JN135405

竹下しづの女

理性と母性の俳人 1887-1951

坂本宮尾

藤原書店

竹下しづの女　昭和 12 年

〈短夜や乳ぜり泣く児を須可捨焉乎（すてつちまをか）〉の軸
揮毫はしづの女、画は親交のあった富永隆太画伯

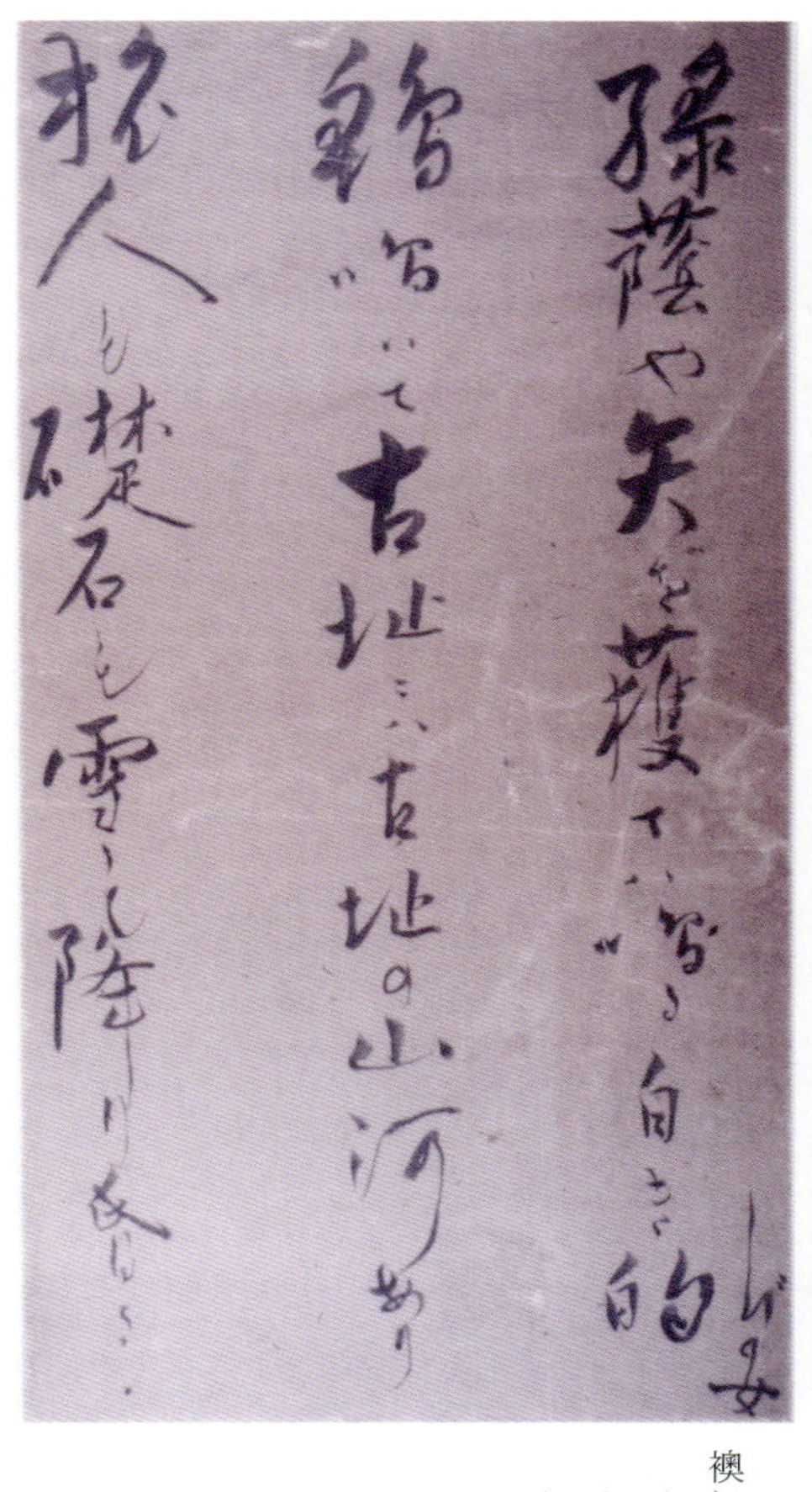

襖に揮毫されていた句
〈緑蔭や矢を獲ては鳴る白き的〉
〈鶫鳴いて古址には古址の山河あり〉
〈旅人も礎石も雪も降り昏るゝ〉

〈修道女椿の坂のけはしきを〉

昭和二十二年の吟。福岡市のサン・モール修道女会の坂を詠んだもの。三女・淑子は戦争中に病床で聖書を読んでいた。大学入学後も哲学や思想の悩みを抱える求道者であり、カトリック修道院と接触があった。

（俳句文学館蔵）

夫・竹下伴蔵の七回忌。自宅庭にて
前列中央に母フジ。後列左から次男健次郎、しづの女、
長男吉仰（龍骨）、長女澄子、次女淳子、三女淑子
（竹下淑子氏提供）

沢田耕一作陶磁（百道焼）
〈水うつやつちにひれふすおじぎ草〉
（句集未収録句）

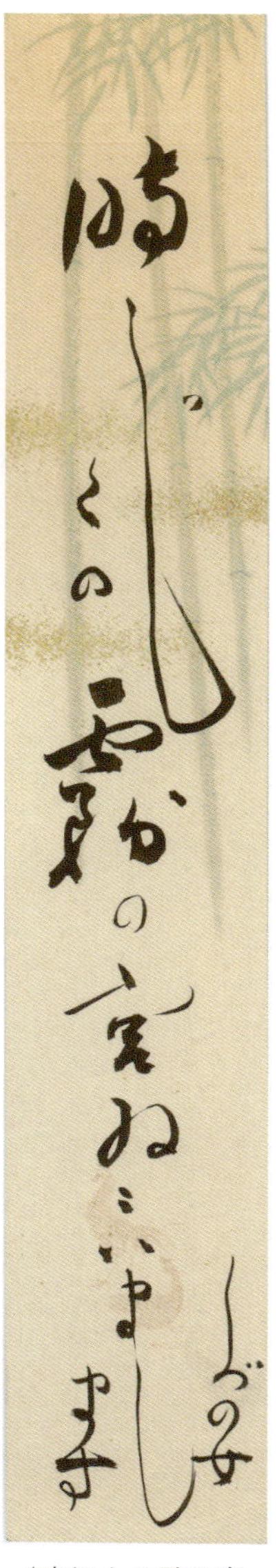

〈時じくの霧の宮居にいましますす〉
（筆者所蔵）

＊明記したもの以外、福岡市総合図書館提供

竹下しづの女　目次

第3章　「ホトトギス」と「天の川」の初巻頭　61

短夜や乳ぜり泣く児を須可捨焉乎（すてっちまをか）

第6章　生活の激変　161

ことごとく夫（つま）の遺筆や種子袋

第II部　俳句指導者として——昭和十二年〜二十六年

第10章　戦後の生活　299

竹下しづの女

理性と母性の俳人　1887-1951

はじめに

竹下しづの女は福岡が生んだあっぱれな女流俳人である。平塚らいてう（一八八六―一九七一）とほぼ同時代を生きたしづの女は、封建的な家父長制から、個を主張する民主主義へと移る「過渡期」を懸命に生きる女性の内面を俳句で表現した。

しづの女といえば真っ先に思い浮かぶのは〈短夜や乳ぜり泣く児を須可捨焉乎（すてっちまをか）〉という句である。寝苦しい夏の夜にお乳を求めてむずかる子を、エッ、ウルサイ、捨てちまおうか、と威勢よく詠んだもの。下五の漢文表現は捨てようか、いや捨てられはしないという反語である。だがそれにしても内容も、表現も衝撃的である。当時の俳壇では、黒船が来た、と驚きをもって迎えられたという。

明治二十（一八八七）年に生まれた彼女は、当時の福岡県の女性の最高学府である女子師範学校に入学し、厳しい軍隊式寮生活を送りながら勉学に励んだ。やがて念願の母校の教壇に立つという、時代の先端の職業婦人となって社会で活躍した。結婚して家庭に入るが、四十六歳の時に夫が急逝した後は、図書館で働き始める。子どもたちを養育し、老母の世話をしながらも、絶えず新しい文化の潮流に関心を抱き、俳句と評論に力を注いだ。彼女は男尊女卑の時代を生きながら、堂々と自身の意見を表明した。彼女はまた、家族のために献身し、若者を導き、さまざまな人と和して生きた、温かい包容力の肝っ玉おっかさんでもあった。

広い社会的な視野、旺盛な批判精神という点で、しづの女は当時の女性の俳人のなかでも突出した存在である。日本の詩は抒情ばかりで理性がないことを嘆いた彼女は、俳句に理性を持たせることを使命とし、社会への関心や実生活に根ざした日々の思いを表現した。しづの女は漢籍に造詣が深く、その作品は漢文調、また特殊な漢字を用いるなど、一見取っつきにくい印象がある。しかし、じっくり読めば独創的な表現法、斬新な作風は今も魅力をもっている。

現代性をそなえた彼女の作品、また独立独行の生涯についてはまだ充分に知られていないように思う。本書の主な目的は、しづの女の創作活動を通して、明治末から大正、昭和初期という変動の時代を、たくましく生き抜いたひとりの知的な女性俳人像を描くことである。

さらに、しづの女の活動のなかでとくに重要な、帝国大学や旧制高校が参加した学生俳句連盟の顧問として、中村草田男とともに学生を指導したことにも注目したい。昭和十二（一九三七）年から十六年まで刊行された機関誌「成層圏」は小さな俳誌であるが、ここを舞台にしづの女は、第二次大戦へ向かう時局を映した先鋭的な作品や評論を発表した。この俳誌から金子兜太をはじめとして多くのすぐれた俳人が育った。しづの女と「成層圏」に集った若者のことを書き記しておきたいと思う。

本書は、二部に分けてしづの女の生涯をたどり、作句の時代背景を明らかにしながらその秀句を紹介するものである。

第Ⅰ部は、誕生から大正デモクラシーの時代を経て昭和十二年まで、女性俳句の先駆者としての歩みを扱う。

第Ⅱ部は、日中戦争の勃発から太平洋戦争、終戦を経て昭和二十六年に病没するまで、「成層圏」および九大俳句会の指導者としての活動を中心に扱う。

しづの女の生涯に沿って俳句作品を制作順に配列してあるので、興味のある章から目を通していただければ幸いである。

*

［テクストについて］

本書におけるしづの女の俳句の引用は、昭和十四年までの作品は、しづの女自身が編集した句集『颯（はやて）』（三省堂、昭和十五年）に拠った。

十五年以後の作品については、初出の「成層圏」、「俳句研究」、「ホトトギス」、「天の川」、「万緑」、「現代俳句」などの俳誌、および収録作品数が多い竹下健次郎編『解説 しづの女句文集』（梓書院、平成十二年）を底本とした。また香西照雄編『定本 竹下しづの女句文集』（星書房、昭和三十九年）、中島秀子編「竹下しづの女集」（『現代女流俳句全集 第一巻』所収 講談社、昭和五十六年）、秋山素子編著『俳人・竹下しづの女――豊葦原に咲いた華』（北溟社、平成二十四年）も参照した。『颱』以後の俳句作品の表記は、編者によって異なる場合があり、可能な限り異同に触れた。初出の資料に当たり、しづの女の創作意図を確認するよう努めたうえで、最終的に坂本が適切と考える表記とした。

散文については、可能な限り「ホトトギス」、「天の川」など初出の資料に拠った。『解説 しづの女句文集』、『定本 竹下しづの女句文集』、竹下しづの女句碑建立期成会編『句碑建立記念 竹下しづの女』（昭和五十五年）、福岡市文学館選書『竹下しづの女・龍骨句文集』（神谷優子編、平成二十九年）も参照した。

本書に引用した俳句作品は、ふりがなを含め、原文のままとした。難解と思われる語については、適宜解説を加えた。

散文の引用については、明らかな表記の誤りは改め、読みにくい漢字には新仮名遣いでふりがなをふった。したがって、引用文のふりがなは、原文にあった旧仮名遣いと、坂本が加えた新仮名遣いが混在する。また、ふりがなは初出の箇所以外にも適宜ふり、さらに難解な熟語には［　］に意味を補った。

本文中、書籍名は『　』で、新聞、雑誌、その他作品名は「　」で示した。『定本　竹下しづの女句文集』、『解説　しづの女句文集』、竹下淑子著『回想のしづの女』は、それぞれ『定本』、『解説』、『回想』と適宜略記した。

本文中の氏名は、すべて敬称を略させていただいた。

第Ⅰ部

女性俳句の先駆者として

明治二十～昭和十二年

緑蔭や矢を獲ては鳴る白き的

第1章　大農家の跡取り娘

一　長峡川のほとり

しづの女の生地、行橋市は福岡県の東端に位置し、三方に山地をめぐらせた沖積平野である。この平野を潤しているのは、英彦山山系を水源とする今川、祓川、そして平尾台から発する長峡川で、市の北東部で周防灘に注ぐ。のどかに広がる田畑では、かつては菜種油を取る菜の花が栽培されて、春は一面に菜の花の黄色におおわれ、梅雨前にはいっせいに菜殻火が焚かれた。古くから開けたこの地は、『日本書紀』によれば、景行天皇が筑紫に入り、長峡県に行宮を建てたので「みやこ」と呼ばれるようになり、これが京都郡の名の起こりといわれている。

ゆったりと流れる長峡川のほとりに、しづの女の句碑がある。

緑蔭や矢を獲ては鳴る白き的　　しづの女

〈短夜や乳ぜり泣く児を須可捨焉乎〉で彗星のように俳壇にデビューしてから、幾多の曲折を経て、二度目の「ホトトギス」巻頭を飾ったしづの女の代表句である。

大小取り混ぜて十八個の千仏石を配置し、中央にはひときわ大きな石が据えられて、しづの女の句が刻まれている。郷里の名石である千仏石は、灰色の岩肌に風雅な白い縞模様がある。そこに記されたしづの女の筆跡は自宅の襖に揮毫しておいたものだというが、緩急自在の勢い

行橋市の句碑〈緑蔭や矢を獲ては鳴る白き的〉

があり、しかもすっきりとした清潔感をたたえて、石の縞模様と調和している。句碑を守るように背後に四本の金木犀が植えられている。自然石を活かした句碑はあたりに溶け込んで、遠くから眺めると、川岸の小さな杜のように見える。

ここから長峡川を少し遡ったところに、水哉（すいさい）園（えん）という私塾の跡がある。川のほとりにあることから、孔子の「水なる哉」（たゆみなく学問する姿勢）にちなんで水哉園と名づけられたという。水哉園は幕末の激動期に、儒学者・漢詩人の村上仏山（ぶつざん）が開いた全寮制の塾で、全国から多くの門下生が集まり、優秀な人材が育った。なかでも明治時代の政治家・文学者・歴史家の末松謙澄は、行橋が輩出した立志伝中の人物である。彼はケンブリッジ大学に留学し、のちに伊藤博文の次女と結婚して逓信大臣などを務めた。竹下しづの女の文体の特徴として、まず漢文調が挙げられるが、彼女に漢籍の手ほどきをしたのは、謙澄の兄、末松房泰である。彼も仏山門下であり、したがってしづの女は仏山の孫弟子にあたる。

しづの女の経歴をたどりながら、俳人としてのスタートまでを概観しよう。

竹下しづの女は、福岡県京都郡稗田村大字中川（現、行橋市）で、父、竹下宝吉と母、フジの長女として明治二十（一八八七）年三月十九日に生まれた。女性俳句の草分け、長谷川かな女と同年の生まれである。

本名は、シヅノ。次男竹下健次郎が編集した『解説 しづの女句文集』などに、「本名は静廼」と記されているために「本名は静廼」が定説のようになっている。しかし、三女淑子といっしょに私が戸籍謄本で確認したところ、「シヅノ」とカタカナであった。

「静廼」は、俳句で一時期用いた俳号で、彼女が師事した末松房泰が星廼屋と号していたことに倣ったものと思われる。初期には、「静廼」、「静廼女」、「しづの」を筆名としているが、本書では「しづの女」で統一する。

竹下家は分家ではあったが大勢の小作を抱え、広い田畑を所有する大きな農家であった。男兄弟はなく、ほかに妹アヤ（明治二十四年七月十三日生まれ）がいた。二人姉妹の姉であったしづの女は、跡取り娘として育てられた。淑子の話では、父、宝吉は婿養子で、いかにも明治時代の男らしく謹厳実直な、理詰めの人であった。水哉園がある行橋一帯は、教育に関心が高い風土であったが、宝吉も見識の高い人物で、たいへんに子どもの教育に熱心であった。彼は落ちぶれても困らないように、娘たちに何か身につけさせておこうと二人とも師範学校まで進ませた。のちにアヤは福岡県田川市白鳥町の白鳥山成道寺（じょうどうじ）に嫁いだ。成道寺の境内にはしづの女の〈雨風に黙々として鵙の冬〉の句碑がある。

明治二十七（一八九四）年、しづの女は七歳で京都郡稗田尋常小学校に入学。三十一年三月に卒業して行事（ぎょうじ）高等小学校に進学した。彼女は当時をふり返り、「土蔵の二階が自分の書斎で、その片隅で古い物語や歴史の和漢をよみふけり、蛇や大鼠に脅かされた」と記している（『回想のしづの女』）。

二　漢詩人、末松房泰の薫陶

跡取り娘のしづの女は、公的な学校教育を受けただけでなく、私的な教育機関でも学んだ。末松房泰は『冠詞例歌集』を編纂した篤学の漢詩人であったが、五十歳を過ぎて衆議院書記官の職を辞して、故郷の行橋市前田に戻っていた。しづの女の生家は近くにあり、房泰から漢籍、小説の指導を受けた。

房泰に師事した時期は、はっきりしない。彼女の経歴はところどころ不明な点があるが、なにぶん明治時代のことで、調べがつかない。しづの女自身は、

末松謙澄子の実兄・星廼屋と号した房泰老が私の師匠さん格で、十四、五歳の頃には万葉集、古今集はもとより、平安朝物から吉田の偏屈法師のものに至る迄読ませられたものですが……

（「恨草城子之記」、「天の川」昭三・一）

と記している。それによると十四、五歳以前となる。中島秀子が作成した年譜では、女子師範学校入学前後、十六歳ごろとなっている。十七歳とする説もある。

しづの女が進学した女子師範学校は全寮制の学校であったから、行橋在住の房泰に師事したとなれば、まだ故郷にいた十六歳以前となり、おそらくはしづの女のいう十四、五歳から師範学校入学までの期間と思われる。

十代半ばまでに彼女は、詩歌は『万葉集』、『古今集』、散文は『源氏物語』、『枕草子』から『徒然草』などの古典の基本を習い、さらに、漢文、漢詩を学ぶという英才教育を受けた。房泰の薫陶の結果、意識しないうちに平気で漢文で書いてしまうほど熟達した。

引用した「恨草城子之記」は、親しかった日野草城への恨み言を綴ったユーモアあふれる文

章であるが、漢字ばかりの「恨草城子之記」という題も当時の女性の書き方としては珍しく、彼女の漢字への傾倒が見て取れる。房泰の指導によって養われた漢文調の硬質な文体は、しづの女俳句を特色づけるものであることを記憶しておこう。

三　女子師範学校での学生生活

行事高等小学校卒業のころの経歴ははっきりしない。中島秀子編の詳細な年譜では同校を明治三十四年に卒業し、同年に行事高等准教員養成所入学とある。最新の福岡市文学館刊行の『竹下しづの女・龍骨句文集』では、卒業は明治三十五年で、つづいて京都郡内教員養成所に入学とされる。どれが正しいか判断がつかないが、どちらの年譜でも卒業したのは、明治三十六（一九〇三）年四月、十六歳となっている。

さらに福岡県の女子の最高学府である福岡県女子師範学校（現、福岡教育大学）に同年十月に入学し、三年間学んだ。この学校は年に二回、四月と十月に募集があった。しづの女は十月に入学したが、それは教員養成所の卒業が、三月ではなく四月であったためであろう。師範学校は、教員養成を目的とした旧制の学校であるが、ここでの教育は彼女の人格形成にきわめて大きな影響を与えたと思われる。当時の福岡県女子師範学校についてまとめておく。

この女子師範学校はしづの女が入学する半年前、明治三十六年四月に開校したばかりであった。それまで福岡県の女教員の養成は、福岡県師範学校内に置かれた女子部で行われていたが、就学率の向上で小学校教員が不足してきており、また女子の就学率を上げる必要があったために、女教員養成の機関として独立させることになったのである。そこで早良郡鳥飼村（現、福岡市）に新校舎が建設された。ところが、授業開始して間もなく火災で教室一棟が全焼して、ピアノが荷解きもしないまま焼失してしまった。それは福岡県の公立学校で唯一のピアノであったという。しづの女の学生時代は、まだピアノがそれほど珍しく、貴重なところであった。しばらくは混乱状態がつづいていたが、しづの女が入学して半年ほどでようやく順調な学校運営ができるようになった。

あたりは一面に田んぼが広がり、農家が点在するだけの淋しい場所で、南に油山、東に練兵場を隔てて福岡城が望めるのどかな田園地帯であった。

この学校は小学校教員の養成を目的とし、本科の定員は二百四十名で六学級、ほかに一学級四十名の講習科があった。入学のための予備試験（国語、歴史、地理、算術）と本試験（修身、国語、算術）があり、全教科満遍なく学力が試され、身体検査もあった。明治三十六年の志願者数は四百七名で、そのうち入学者数七十六名という難関であった。

修業年限は三年で、個人の学費負担はなく、在学中は食費、被服が支給された。

しづの女と同じ時に入学した生徒が記した文章によれば、入学するとすぐ髪を引きつめの束髪に結って、一番地味な着物に着替えさせられた。えび茶木綿の袴地を渡されて、裁縫の時間に縫い方を習って自分で仕立てた。在学中、家からは小遣い銭を送ってもらうだけですんだ、という。貧富を問わず優秀な女子に開かれた、将来の職業につながる勉学の道であった。農業が中心の時代であったので、入学者の多くは農家の出身であった。

ここでは学期試験は行わず、平常点で学業成績を評価し、各学科の成績が六割以上を及第とした。つまり、一夜漬けというわけにはいかず、日頃から勉強に励まなくてはならなかったのである。毎週の授業時間は、月から金曜日まで六時間、土曜日が四時間となっていて、予習、復習の時間も入れると、一日かなりの時間を勉強していたことになる。授業は小学校の教科の教え方を習得させることが主眼で、国語、算術、裁縫、体操、歴史、地理、理科、図画、音楽、修身、習字と、ほぼ全科目を学習した。

入学者は十五歳から十八歳、平均年齢は十六歳で、三年の課程を修了し、教育実習を終え、卒業試験に合格すると卒業となり、教員免状が得られた。花嫁修業のためのお嬢様学校とはまったく違う、厳しく勉強させる職業訓練の学校であったことがわかる。

さらに、特筆すべきは、全寮制であったことである。

入学すると学生全員が寄宿舎で生活をすることになっていた。最上級生が室長、副室長となって寄宿舎の運営に当たった。起床（冬は六時、夏は五時半）から消灯（九時五十分）まで一日のスケジュールが細かく決められ、鐘やサイレンの合図に従って機敏に行動した。上級生から新入生まで軍隊式の階級制がとられ、万事が規則づくめの団体生活で、とても個人の気儘など許される場所ではなかった。

上級生が週番を務めて統括し、炊事当番は釜で米を炊いた。また開校早々の火事騒ぎもあり、夜警当番にも力を入れていた。伝令と呼ばれる寮生への連絡係、ランプの掃除とホヤ磨きの作業は下級生の役目だった。ランプ掃除は単純作業のようにも思われるが、細心の注意が必要な気の疲れる仕事だったという。ほかにも掃除や、各自が自分の洗濯やアイロン掛けなどもする必要があり、忙しい毎日であった。

このように教室での学科の勉強に加えて、寮生活をとおして生活の技術を習い、教員にふさわしい規律ある生活態度を身につけるようになっていた。さらに校友会という現在のクラブ活動も盛んで、テニスなどの運動、音楽、雑誌作りなどを楽しんだ。

現代でいえば高校生の年齢の女子が、親元を離れて、高い志をもって規律の厳しい寮生活を送りながら勉学に励んだ。学校と寄宿舎での教育によって人間形成がなされたのである。

しづの女は明治三十九（一九〇六）年十月に卒業。厳しい課程を三年間で無事に終えたということは、彼女が学力の面で優秀であったことはいうまでもないが、そのうえ寮での集団生活も問題なく過ごすことができたことを意味している。寮生活を通して彼女は、上手に物事に対処し、人間関係を築くことも身につけたと思われる。このとき彼女は満十九歳であった。

当時、大方の日本人の最終学歴は、尋常小学校、あるいは高等小学校までで、しづの女の年齢で結婚して子どもをもっていた女性も多くいた。そのような時代に、彼女は高等小学校を終え、さらに福岡県では女子の最高学府で三年間教育を受けたことになる。

ほぼ同じころに活躍した俳人、杉田久女は、名門、東京女子高等師範学校附属高等女学校本科（お茶の水高女）を十七歳で卒業した。お茶の水高女の教育は上・中流の家庭の女子を、しとやかで聡明な良妻賢母に育てるという方針であった。良縁を得て家庭婦人になり、優秀な子を育て、家を守り、内助に尽くすことを前提としており、卒業後に社会に出て働く人材を育てることを目標としたものではなかった。対照的にしづの女が学んだ福岡県女子師範学校は、女性の教員を養成するための教育機関であった。ふたりとも明治の女性としては高学歴であったが、教育の方向が大きく異なっていた。ふたりの生来の性格、資質の違いもあるが、受けた教育の

若い頃のしづの女

違いもまた、その後の俳人としての展開に影響を与えたと思われる。

四　職業婦人として

教員養成のために学費が官費でまかなわれていた福岡県女子師範学校は、卒業すると、満三年間、知事が指定した県内の小学校に勤める義務があった。卒業したしづの女は帰郷して、明治三十九年十月に福岡県京都郡久保尋常小学校訓導となる。訓導とは、旧制小学校の正規の教員のことで、現在の教諭に相当する。就職について、しづの女が父に宛てた毛筆の手紙が淑子のところに残っていた。日付は明らかではないが、内容的に師範学校を卒業するころと思われる。

先日、京都郡の郡視学にあひましたところが是非郡にかへってもらひたいから、決してよその郡を志望せないやうにとの事でした。大変いゝ人です。そして、行事の高小か久保かにしたらいいでせうといはれましたので、行事の方がようございますといっておきました。兎に角、かへらるるには違ひあるまいと思ってゐます。

（父宛てしづの女の封書）

郡視学は、教育現場の指導監督に当たる旧制度の地方教育行政官であるが、よその郡に応募せずに、ぜひ故郷に戻るように説得しているところから、しづの女を高く評価していたことがわかる。学業優秀で、はきはきした性格の彼女は、教員としてきわめて適性があったと考えてよいだろう。

しづの女は音楽が好きで、ピアノやバイオリンを弾いた。音楽を職業にするという夢を抱いていたのであろう、訓導となって半年後の明治四十年三月に二十歳で福岡県知事の推薦を得て、上野の東京音楽学校（現、東京芸大）甲種師範科を受験することになった。結果は直前に風邪を引いて具合が悪く、合格できなかった。この時の受験証が残っていて、彼女の若いころの夢を伝えている。

音楽学校というと、ピアノやバイオリンの演奏家や声楽家の育成がまず思い浮かぶが、ここは同時に音楽教員の養成機関でもあった。しづの女が受験した甲種師範科は、中等教員の養成機関であった。彼女が卒業した女子師範学校は、初等教育、つまり小学校教員の養成の機関であり、就職はしたものの、彼女はさらに上の学校で教壇に立つことを志したのであろう。初等教育よりも中等教育の教員のほうが待遇もよかったし、なによりも向学心に燃えた彼女にとって新しいものに挑戦することが楽しかったのであろう。

女性が中等教育の教員になるには、東京女子高等師範校（現、お茶の水女子大学）、奈良女子高等師範学校（現、奈良女子大学）という女子高等師範学校（女高師）を卒業する道があった。しづの女はその道ではなく、音楽を担当する中等教員を目指して、東京音楽学校を選んだ。音楽教員は供給が少なく、慢性的に不足していたので、聡明な彼女は得意の音楽を活かせる、ここに進路目標を設定したのであろう。

甲種師範科の修学期間は三年であったから、当時の結婚適齢期を考えれば、二十歳の女性にとって相当の覚悟と意欲がなければ受験できなかったに違いない。就職してから日も浅い時期に、県知事の推薦をもらい、許可を申請して東京の学校を受験するとは、思い切った行動である。彼女はその後も夏休みに上京して、音楽を学んだ。中島秀子の年譜では、東京神田音楽院とあるが、おそらくは神田にあった私立の東京音楽院であろう。明治時代に、若い女性がはるばる九州から上京して音楽を学んだことは、本人の並々ならぬ向上心と行動力、周囲の理解を示すものと思われる。まさにサミュエル・スマイルズの『西国立志編』（中村正直訳）に説かれている独立独行の精神そのものである。明治四年に刊行されたこの本は、ベストセラーとなり、近代日本の精神世界のバックボーン形成に大きな影響を与えたが、しづの女は「みずから助くるの精神」で励んだ。

伝統的に女性の仕事といえば、家事全般に加えて、家業の農業、漁業、商業などに従事するほか、他家での住み込みの家事手伝いなどがあった。殖産興業を推進する明治時代のはじめからは、多くの女性が、家の外でも働くようになり、紡績、製糸などの軽工業の工場が女性のあらたな職場となった。明治末期になると、雑誌記者、速記者、電話交換手、タイピスト、アナウンサーなどの職種も女性に門戸を開くようになって、女性の社会進出が盛んになった。このころ、社会で働く女性を指す「職業婦人」ということばが定着した。

職業婦人については、家の外で働く新しい女性の生き方としての称賛と同時に、勤労して稼ぐということへの蔑視や偏見もあった。良家の娘は結婚するまで親の家で家業や家事を手伝って、親の監督庇護のもとで過ごすものという社会通念が根強く残っていたのである。当時の社会が求める女性の美徳のなかに、貞潔、忍耐、従順があり、社会に出て働くことでそれらの美徳が損なわれることが危惧された。職業婦人であるにはそのような偏見をものともせず、自身の生き方を貫くことが必要であった。

新しい時代に生きる女性として、しづの女は小学校訓導という職業婦人となった。当時の女性にとって小学校教員の仕事は知的で、安定した、尊敬される職業であった。

久保尋常小学校で一年半ほど勤め、明治四十一年三月に母校の稗田尋常小学校に転任して、ここで三年間勤務した。従来の経歴では、『定本　竹下しづの女句文集』の年譜に従って、この後「四十四年には福岡県立小倉師範学校助教諭となり、音楽と国語を担当した」ことになっているが、この点には疑問がある。

小倉師範学校時代のしづの女（前から3列目、左から2人目）

明治四十年の義務教育年限の延長で、小学校教員が不足するようになり、教員養成のための師範学校の新設が必要となった。明治四十一年に小倉師範学校が創立され、つづいて師範学校の学生が教法修練（現在の教育実習）を行う場として、明治四十四年に付属小学校が開設された。しづの女が小倉師範に移ったのは、ちょうどこの付属小学校が設立された年である。

また、師範学校の教員には、高等師範学校卒業の資格が必要とされるが、女子師範学校卒業のしづの女がもっているのは、初等教育の教員免許である。福岡市文学館企画展の図録「銀の爪紅の爪」所収の明治四十四年の資料、図版「福岡県教育会々報」には、しづの女の職名は訓導と記されている。前に述べたように訓導は小学校の教諭を指すものである。しづの女自身が記した『ホトトギス同人句集』の経歴には、ごく簡単に「明治四十四年小倉師範学校奉職」とあり、明確ではないが、異動の時期、教員免許の種類から、教えていたのは小倉師範学校付属小学校であったと推測される。いずれにせよ新設校にしづの女が就職したのは、前任校での勤務ぶりが評価されてのことであり、彼女が教員として有能であったことは間違いない。

このようにしづの女は当時の女性として最高の学校教育を受け、まだ数少なかった職業婦人として、結婚するまで六年ほど社会で働くという貴重な経験を積んだ。精神的、経済的に極めて自立度が高い女性であったといえる。

彼女が若いころの思い出を記した「渡海難」という文章が「ホトトギス」（大十・五）に掲載されている。友人の兄たちと海に行き、島に上陸して遊んでいたところ、潮が満ちてきて遭難しかかり、男性に助けられながらようやく海を渡ったことが書かれている。小宮豊隆とされる人物も登場し、青春の日の忘れ難い冒険譚が生き生きとした筆致で綴られている。若く活発なしづの女が、充実した日々を過ごしたことが窺われる。彼女の若いころの写真が残っているが、ほっそりとした可憐な女性で、美しく髪を結い、袴姿でピアノやバイオリンを弾くハイカラぶりであった。

しづの女は生来の向学心をもち、跡取り娘として自立するように育てられたが、さらにこの就業経験が社会的な視野の広さを獲得することに役に立った。彼女の生き方を見ると、決断力に優れ、ひとたび決めれば、すぐに実行に移すみごとな行動力をもつ聡明な女性であったことがわかる。

五　結婚し、専業主婦となる

大正元（一九一二）年十一月に二十五歳で、福岡県立福岡農学校教諭の水口伴蔵(ばんぞう)と結婚する。それに先だって七月末にしづの女は小倉師範学校を退職している。

伴蔵は明治十八（一八八五）年十一月四日生まれ。しづの女と同郷の京都郡の農家の三男で、福岡県立豊津中学から盛岡高等農林学校獣医科に進学し、獣医の資格をもっていた。彼はしづの女と結婚し、竹下家と養子縁組して竹下姓になった。

しづの女の結婚生活は、ちょうど大正時代の始まりと同時期となる。

大正時代は世界的にも国内的にも大変革の時代であった。世界史的にみれば革命によって君主制国家が崩壊して、共和制国家の誕生が相次ぐという近代から現代への過渡期にあたる。日清・日露の戦勝を経て勢いを得た日本は、一九一四年に勃発した第一次世界大戦でヨーロッパ諸国が戦場となると、新興国のアメリカとともにヨーロッパに代わって物資の生産拠点となって、大きな経済発展をとげた。

第一次世界大戦が大正七（一九一八）年に終結すると、景気が一気に悪化して、人びとの生活が苦しくなった。戦争によって経済格差が拡大するなかで資本主義を批判する共産主義や社会主義思想が次第に広がった。この間、大正デモクラシーと呼ばれる自由で理想的な社会を目指す民主主義的思潮が浸透していったのである。一般市民と女性の地位が大きく向上した時代であった。

しかし、女性の地位が向上したとはいえ、まだ「男は職場、女は家庭」とされていた時代であったから、しづの女は結婚を機に仕事を辞めて家庭に入った。二十五歳という年齢は、当時の女性としては晩婚であった。筑紫郡住吉町大字住吉（現、福岡市中央区住吉）に住むことになり、ほどなく大正二年三月に長女澄子、つづいて大正三年十月に長男吉仭（よしのぶ）、大正六年三月に次女淳子と子宝に恵まれた。

水口伴蔵

それまで職業婦人として社会で活躍していた彼女は、もっぱら家事に勤しむことになった。親元を離れた寮生活で一通りの生活技術は身につけていたので、家事をこなすことには問題はなかったであろう。けれど、家庭に入った知的で意欲的な女性が、いかに自己表現の方法を見つけるか、という大きな問題と直面することになった。一家はそのころ筑紫郡住吉町蓑島（現、福岡市蓑島）の借家に住んでいた。しづの女は毎日の主婦の務めをこなしながら、夫の就寝後に独り起き出して、子どもを背負ったまま小説を書いていた。それを夫に咎められたこともあったという。

六　俳句を始める――大正八年

句を作り始めたのは大正八（一九一九）年の暮、次男健次郎が生まれたころである。このときしづの女は三十二歳で、二男二女の母であった。きっかけは福岡農学校の職場俳句会に所属していた伴蔵が、兼題（句会などであらかじめ題を出しておいて作るもの）の句ができずに困っていたので、しづの女が代作をしたことだという。

しづの女は俳句についてほとんど予備知識がなかったが、俳誌を読んでいくうちに、次第に俳句を作ってみたいと思うようになった。そこで彼女の向学心は、俳句に向けられた。「百日足らずの間に四五年分のホトトギス全部を読破し、古今の俳論句集をあさつては徹夜をつづけた事は幾度」（「恨草城子之記」）と述懐している。俳句とは何かを知ろうと猛勉強したのである。驚くほどの集中力であるが、女子師範学校で訓練された彼女にとって、それほど無理なことではなかったのであろう。まず彼女は「ホトトギス」のバックナンバーを借りて読み、俳句でも自己を表し得ることを確認したうえで、作者の実生活に根ざした詩、想念を表現する器として、この詩型を意識的に選んだのである。しづの女にとって俳句は、偶然に手を染めたお稽古事でも、趣味でもなかった。

彼女は福岡で俳誌「天の川」を主宰する吉岡禅寺洞（ぜんじどう）に師事することになる。禅寺洞は、「竈（かまど）を焚き大根を刻む中から、俳句が生まれなくては——といふのが、しづの女さんの一つの主義とするところであつた」（しづの女句集用に準備した序文。「天の川」昭五・六）と述べている。

主婦であったしづの女の出発点には、俳句は日々の暮らしから生まれるものであってこそ意義があるという信念があり、創作と生活を結びつけようと試みた。さらに、この小さな詩型に、彼女が考えていた哲学、思想も盛り込もうという意欲を燃やした。

警報燈魔の眼にも似て野分かな

第2章　俳壇デビュー

一　吉岡禅寺洞と「天の川」創刊

初学時代のしづの女を導いた吉岡禅寺洞と「天の川」について、また「ホトトギス」との関係について概観しておこう。彼女が俳句を始めたころ、「天の川」はちょうど創刊一年を過ぎたところで、主宰者である禅寺洞はエネルギーに満ちていた。

禅寺洞は十五歳で俳句を始めて、河東碧梧桐（へきごとう）に師事し、その後碧梧桐門を離れて白夜会を起こした。大正三（一九一四）年から「ホトトギス」に投句を始めている。彼は土地を購入して、生花を栽培し、同時に養蜂をする心積りであったが、九州にも俳誌がなくてはならないと周囲の俳人に説得されて、蜂と花で生計を立てるという浪漫的な夢を捨て、農園計画の代わりに雑誌創刊を考えるようになったという。

大正六年十月に、彼は清原枴童（かいどう）とともに、虚子と島村はじめ（元）を迎えて福岡第二公会堂で歓迎句会を開いた。虚子歓迎句会には、社交界の三羽鳥と呼ばれた久保より江（九州大学医学部教授、久保猪之吉博士夫人）、柳原白蓮（歌人。当時、筑豊の炭鉱王伊藤伝右衛門夫人）、野田百枝子（鉱務署長夫人）も参加して花を添え、九州地方の一大文化的なイベントとして注目された。

虚子が九州を訪れたのはこの時がはじめてで、禅寺洞たちの案内で都府楼（とふろう）址、観世音寺に吟遊した。大宰府政庁が置かれていた往時を偲ばせるように、あたりの草叢には大きな礎石が点在していた。一行は夕闇迫る都府楼の跡を、蠟燭を手に見て回った。

〈天の川の下に天智天皇と臣虚子と　虚子〉は、その折に詠まれた句である。

禅寺洞は岩田紫雲郎（しうんろう）、高崎烏城（うじょう）、清原枴童らとともに新しい俳誌を創刊することになった。誌名は虚子の句にちなんで「天の川」とした。

大正七年七月一日に「天の川」創刊号が発行された。禅寺洞は創刊の意気込みをつぎのように綴っている。

天の川は汪洋として大空に横たはってゐる。而して無数の燦々たる星光は、恰も行進曲を奏するかの如き瞬きを連続的に、専向的に、人生の俎上に投射してゐる。我等はこれを仰ぐ時、溢るゝ興趣と広大無辺を叫ばずにはゐられない、それは真の閃きであるからだ。（中略）清新なる器には更に清新なるものを盛るべく苦闘をせねばならぬ芸術的良心がそれである。（中略）天の川は汪洋として我等の大空に横たはってゐる。真実の生命により常に燃焼さるゝ芸術の快味は尽くるところが無い。

（「発刊に臨みて」、「天の川」大七・七）

「天の川」第一号

この時二十九歳の禅寺洞は、人生と自然、そして生命をうたう真の芸術を目指して努力し、清新な俳誌を作る決意を述べている。熱意にあふれた文体から禅寺洞の芸術への夢が伝わってくる。

発行兼編集人は禅寺洞で、発行所は福岡市今泉の禅寺洞宅であった。ただし、雑詠欄（十月号から「天の川俳句」と改称）の選者は、東京在住の長谷川零餘子（れいよし）が務めた。

零餘子が担当した経緯については高崎烏城が、禅寺洞に自身で雑詠選をするように強く勧めたにもかかわらず、「謙譲の美徳を備へた禅寺洞氏は、誰か外の人にやつて貰ふ、といふので、遂に当時『ホトトギス』の地方俳句の選をして居た零餘子氏」に頼むことになったと述べている（「天の川」昭三・九）。

禅寺洞は東京の「ホトトギス」編集部に遠慮していたのである。零餘子は当時、「ホトトギス」発行所に勤務しており、編集委員となって「俳句界」という欄を担当し、東京、地方、海外、婦人の俳句の選をしていた。「天の川」で零餘子選がつづいたのは創刊から二年間で、彼は大正九年に雑誌「電気と文芸」の文芸係に就任して、翌年に俳誌「枯野」を創刊し、その後「ホトトギス」を離脱する。そこで大正九年十一月号から禅寺洞が代わって選者となった。

零餘子について述べたのは、選者を務めた二年間、彼は東京と北九州の間を行き来して情報をつないでおり、このことが、しづの女の俳壇登場に大きな役割を果したのである。この経緯はあとで詳しく述べる。

「天の川」と重要なかかわりをもつ句会として挙げなければならないのは有苞会(アルツト)である。高崎烏城が「有苞会と云ふのは『アルツト』即ち医者の集りである、医者ばかりではないが、その大部分は九州大学出身の医者であるから、こんな変な名称を付したのである」(「天の川」、大七・八)と説明している。句の巧拙などに拘泥せずに、「拘束もなく、約束もなき自由の天地で遊ぶ」ことをモットーとする集団ということである。烏城は東大法学部出身であったが、福岡炭鉱取締役に就任して有苞会に参加した。大正十四年に禅寺洞を顧問に、横山白虹(はくこう)が幹事となり、阪口涯子(がいし)らと九大俳句会が結成されると、彼はその指導にあたった。「天の川」の編集を担当した小川素風郎(そふろう)、その後編集長を務めた横山白虹、のちに参加する北垣一柿(いっし)も九大医科の出身であった。「天の川」は、意気盛んな恐いものなしの論客がそろった有苞会、九大俳句会と深い関連をもっていた。

「門司新報」に新設された文芸欄を禅寺洞が担当するようになると、ここを基点に彼は北九州の俳人とのつながりを強めていき、その結果、「天の川」に多くの北九州、関門地方の俳人が集まるようになった。

　このころは「天の川」と「ホトトギス」はいわば蜜月時代で、「天の川」の俳人は「ホトトギス」にも投句して活躍していた。福岡で発行された「天の川」に拠る俳人たちは、東京、関西の俳人たちと頻繁に交流しながら、独自の北九州文化圏を形成して大きな山脈をなした。清新な文芸の理想に燃えた禅寺洞が主宰する「天の川」は、芝不器男、篠原鳳作、神崎縷々など気鋭の新人を生みだし、彼らは彗星のように俳句界を駆け抜けていった。また「天の川」には久保より江、杉田久女、竹下しづの女、橋本多佳子、佐藤普士枝、小川ひろ女、スコット沼蘋女、わずかではあるが、中村汀女の名前も見られ、一時期「天の川」は、女性俳句の中心の一つであった。

二　女性俳人の育成——婦人十句集

　創刊したばかりの熱気に包まれた「天の川」に、しづの女も参加する。

　歴史的に俳壇の主流を占めていたのは男性で、正岡子規が俳句の革新に乗り出した以後も、俳句を詠む女性は少なかった。女性が積極的に参入するようになったのは、大正時代からで、女性俳人の育成に重要な役割を果たしたのは高浜虚子である。虚子は趣味の話がまったく通じない妻や娘に、趣味や教養の教育をする必要を感じて、とりあえず妻や娘、姪など身近な女性に俳句を作らせてみることにした。

虚子は技量も不充分な初心者が臆せずに参加できるように、女性限定の俳句の場を企画した。大正二年四月に「婦人十句集」という郵便による題詠のトレーニングが始まり、女性たちも家庭にいながらにして句を詠み、選句するという環境が整った。主婦が句会に出席するために家を留守にすることなど、とても考えられない時代であった。

虚子はまた身近な女性を中心にした婦人俳句会を開いた。やがて「ホトトギス」に婦人欄を設け、大正五年十二月号からは「台所雑詠」の入選作が掲載された。「台所雑詠」はその名の通り、主婦の生活の中心である台所から思いつくものを主な句材とする、投句者を女性に限定した課題句の募集である。

有働木母寺(もっぼじ)は、女流俳句の研究をしていた杉田久女に頼まれて、大正時代の「ホトトギス」から女流の俳句を、すべて抜き書きするという作業を行った。作業を終えた木母寺は、大正時代の俳壇の動向をふり返り、つぎのように総括している。

女性俳人が台頭し始めたのは大正二、三年からで、八、九年には絶頂期を迎えた。その要因は、虚子の激励に加えて、「十句集に依る女流俳人の連結と相互研鑽、並(ならび)に大量生産――これは台所雑詠、家庭雑詠、婦人俳句会などの特別発表欄が設けられてあつたに依る――の結果である」（「愛雨亭随筆」、「天の川」昭二・七）と分析している。

俳句界に女性俳人の参加を促すという虚子の方針は、効果をあげた。発表の場が設けられたことで女性たちは積極的に句を詠むようになり、ホトトギスの女性会員も増えていった。

三　九州婦人十句集

「ホトトギス」の婦人十句集に倣って、「天の川」も九州婦人十句集を始めることになった。選者は零餘子、幹事役は杉田久女で、互選の高点句と、零餘子の選と選評が「天の川」に掲載された。

しづの女は久女より三年早く生まれたが、俳句を始めたのは三年ほど遅い。大正初期の女性俳句の黎明期が過ぎ、台所雑詠の効果が表れて、すでに女性の俳句がかなり盛んになってきたころである。彼女も手近な九州婦人十句集に参加を思い立ったようで、幹事の久女からしづの女に宛てた手紙が残っている。当時の北九州の女性俳句のようすを知るうえで興味深い資料である。

久女の手紙は大正九年四月十七日付で、内容は、しづの女を、参加を禁じられている男性が

久女からの手紙（大正 9 年 4 月 17 日）

紛れ込んだものと勘違いしたために、混乱が生じたことの謝罪である。婦人十句集を女性限定としたのは、男性俳人と女性俳人の作句レベルにはまだ大きな隔たりがあり、初心者の女性が気兼ねなく投句できるようにという気遣いであったが、それを悪用して女性のふりをして投句した男性がそれまでに二、三人いたのだという。久女は懲りずに投稿をつづけるようにとくり返し頼んでいる。すでに「ホトトギス」で活躍していた久女は、面倒見がよい先輩として投句を始めたばかりのしづの女に気遣いを見せている。

　しづの女の句や文章の漢文調の闊達な調子から、男性と思い込んだのかもしれない。この手紙を読むと、彼女の参入が巻き起こした混乱が目に浮かぶ。現在から見れば、せっかく新しい会員を迎えたのに、些末なことで騒ぎ立てるとは、いかにも排他的な集団のようにも思えるが、女性たちはまだ俳句にも、句会の運営にも不慣れであった。彼女たちが右往左往するようすが伝わってくるが、このあとに述べる沢田はぎ女の例で明らかなように、当時の社会では主婦の暮らしの中心は家庭内にあった。家の外で自分の興味や関心を追究することは容易ではなかったのである。

このときの十句集の兼題は「芹」で、初めて投句したしづの女の〈陽向芹ふと手に水の温さかな〉が互選で好成績であった。零餘子は「天の川」（大九・七）でこの句を特選に選び、「敏感の句である」と評している。ひらがなが多い表記に変えられているのは、零餘子が手を入れたものであろう。この騒動が原因であったか、句会のあり方に興味が持てなかったのか、その理由は不明であるが、結局しづの女は以後、九州婦人十句集に参加しなかったようである。

四　しづの女の俳壇登場――大正九年

「天の川」の創刊と、黎明期の女性俳句についての前段が長くなってしまった。しづの女の句がはじめて「天の川」に載ったのは、大正九年五月号、零餘子選の雑詠欄、「天の川俳句」の最後の頁の一句である。

警報燈魔の眼にも似て野分かな

野分（のわき）の不穏な空気のなかで光る警報灯を、「魔の眼」と捉えた。句材の選択が独自で、いかにもしづの女らしい大胆な発想であるが、「魔の眼」という比喩は具象性が乏しく、あまり効果的とはいえない。

そして「ホトトギス」での初登場は、翌六月号である。

いつも此溝破（わ）れ鍋沈み田螺かな

記念すべきしづの女の「ホトトギス」初入選の句は、住宅の側の溝であろう、壊れた鍋が捨てられていて、そこに田螺（たにし）がいる情景である。美しい花、自然や人ではなく、どうということもない見慣れた溝の景を切り取るという眼のつけ所が、個性的で目新しい。しづの女の俳句の一つの特徴は、地に足のついた現実の生活のなかに句材を求めていることで、最初の入選句にその特徴がはっきりと表れている。ただし、この句は、光景は見えてくるものの、溝、鍋、田螺と句材が雑多で、無味乾燥である。溝の田螺を詠むならば、そこに焦点を絞った表現にする必要がある。

「天の川」七月号には、〈泥吸ふや田螺畦よりにじり出て〉の一句が入選。これも田螺がテーマで、その生態をひたすら克明に写しただけの句である。

固き帯に肌おしぬぎて種痘かな

句集『颷』の冒頭に置かれた句で、しづの女はこれより前の句の多くを捨てている。第一句目にふさわしい力強い作品で、この句を冒頭に据えたしづの女の選句眼は冴えている。種痘は春の季語。しづの女は珍しい句材に眼をつけて、上腕に接種を受けるために片肌脱ぎになる情景を描いている。「おしぬぎて」の表現が的確で、ここから、きちんと締めた帯から力を入れて着物を引き抜く動作が目に浮かぶ。

七月号「ホトトギス」雑詠欄には、同じく種痘を詠んだ〈種痘人の椅子にすべりし羽織かな〉の一句が入選。この句は九州俳句大会で零餘子の選に入ったものである。種痘に緊張して注意が散漫になり、脱いだ羽織が椅子から滑り落ちた景であろうか。種痘の句としては、「固き帯に」のほうが場面の切り取り方がうまく、臨場感のある作品に仕上がった。

五 「天の川」第一回婦人俳句会での活躍

大正九年六月五日、東京から来た長谷川零餘子を迎えて、「天の川」の第一回婦人俳句会が開かれた。会場は久保猪之吉博士と妻より江が住む大名町の邸宅で、ここは博多の文芸サロンになっていた。

当時の北九州の句会のようすと、「ホトトギス」初巻頭となる直前のしづの女の活躍を知るために、より江の句会報（「天の川」大九・七）を紹介しよう。

婦人俳句会と銘打ってはいるものの、出席者の三分の一は男性で、零餘子、禅寺洞、鳥城、枴童、素風郎の五名、女性は久女、しづの女、より江など九名。東京在住の零餘子夫人のかな女は兼題のみの欠席投句である。あらかじめ出されていた兼題は日傘。当日の席題は、百合、林檎、百足（むかで）、夏帯、柏餅、涼し、夏の園、薔薇、芥子（けし）。席題の数が多く、しかも林檎は季節はずれであるが、当日の久保邸で目にしたものを適宜挙げたのであろう。

投句、選句の数は不明であるが、互選の総合成績の最高点は男性を抑えて久女（三十二点）である。〈芥子に佇つや胸に手くみて腰細く　久女〉など、巧みではあるものの、初期の久女の特徴であるが、繊細な女性らしさをことさらに意識しすぎている。次点は零餘子（二十三点）で、〈夏帯をひきずつてしめし畳かな　零餘子〉など、いずれも散文的である。

注目すべきは、作句を始めて間もないしづの女の第三位（十九点）という大健闘である。その奔放な発想に底力を感じさせる。

いとど頬を膨らして子や柏餅

旭の薔薇に蟲とイつ博士夫人かな

夏園や雲ゆるう来て遠喇叭

一句目、席題の柏餅を詠んだもので、初心者とは思えない巧みさである。端午の節句にちなむ柏餅を口いっぱいに頬張った、元気で愛らしい子どもの姿が浮かぶ。季語の本意を踏まえ、題詠として上出来である。「ホトトギス」には、〈いとゞ頬をふくらして児や柏餅〉の表記で入選、『颱』には未収録。

二句目、薔薇のまえにすっきりと立つより江の姿を写生したものであろう。「矗と」は、「ちくと」と読んで直立してまっすぐに、の意。「彳つ」は「たつ」と読み、たたずむの意。句は薔薇と競うような博士夫人の美しさを浮かびあがらせている。

三句目、「夏の園」という捉えどころのないむずかしい席題の即吟で、夏の景色をゆったりと、おおらかに描いた。けだるいような夏空の広がりを感じさせてみごとである。二句目、三句目は『颱』に収録。

禅寺洞は〈夏帯とくや畳に鳴りてとぐろ巻く〉などで、十五点。

句会の世話役とも言うべき久保より江の、〈夕闇まづ真紅の芥子を包みけり　より江〉、また欠席投句の〈日傘させば戻りし眉の細々とかな女〉は、やわらかな情緒の句である。それらと比較すると、しづの女の句は異色である。大胆な発想、剛直な叙法で、それまでの女性の俳句には見られなかった線の太さを示している。

しづの女の作品は、俳書や「ホトトギス」を熱心に読んだ成果であろう、作句を始めたばかりとは思えない確かな力量を示している。彼女はこれらの句を、東京から来た零餘子のまえで発表した。

夏の花が咲いた久保邸で開かれたのどかな婦人俳句会は、じつは直後のしづの女の、俳壇を驚かせた「ホトトギス」および「天の川」での初巻頭獲得の前哨戦であった。翌六日には歓迎句会が福岡県第二公会堂で開かれて、ここでもしづの女は活躍している。

六　長谷川零餘子によるしづの女推挙

虚子が「ホトトギス」に投句し始めて日も浅いしづの女を巻頭に大抜擢したことは、虚子の卓越した選句眼を示すものとされてきた。たしかに虚子の慧眼の成果であることは論を俟たないが、いきなり夥(おびただ)しい数の投句から選び出したというよりは、そこに至るまでの過程がある。その興味深い経緯を見ることにする。

初学時代のしづの女は、あふれる主観を俳句で表現しようと試行錯誤していた。あるとき杜若(かきつばた)の句を詠んで禅寺洞と素風郎に見せたところ、主観横溢の句であると批判された。この杜若の句の内容については後述することにして、じつは、この句に端を発したしづの女の質問状が初巻頭と深く関連している。

禅寺洞の句評に納得できなかったしづの女は、句会で会った零餘子の意見を聞こうと、俳句と主観についての質問状を記して、彼に渡してくれるように久女に頼んだ。その当時、零餘子は九州婦人十句集の選者で、幹事役の久女は零餘子と親交があったのである。師である禅寺洞の評に屈することなく、理詰めで納得いくまで詰め寄ろうとするしづの女の知的な性格の強さが窺われる。強硬な姿勢であるが、不思議としづの女は周囲の俳人から嫌われてはいない。おそらく、彼女のさっぱりした性格故であろう。

質問状を零餘子に送った旨の、久女からしづの女に宛てた封書が残っている。日付は大正九年七月六日。

「零餘子先生へは非常にあなた様が御ねつしんな作家である事御進境がおどろくほどお早い事など」を伝えたので、追って彼から返信があるだろう、もし返事が遅ければ、自分からも連絡してみるので遠慮なく言って欲しいと述べている。

しづの女の質問状を受け取った零餘子の反応は、一枚のはがきで確認できる。このはがきは『回想のしづの女』に写真版で掲載されているが、その後の展開を考えると貴重な資料である。消印は七月八日、久女から手紙を受け取ってすぐ書かれたものである。

今日は七夕です。よく晴れてゐます。久女さんからあなた様の御手紙を回送してこられました。恐れ入ります。あの御質問の御手紙を高浜先生にお目にかけてあなたを御紹介して置きました。先生も必ず御力添へ下さる事と思ひます。批評にかまはず御自分の思ふままを御作り下さい。

（しづの女宛ての零餘子はがき）

零餘子のはがきは励ますような調子である。ここから浮かびあがるのは、しづの女の質問状が、久女、零餘子経由で虚子の手許に届いたという重要な事実である。

零餘子が九州を訪れた際に、案内役を務めた素風郎によると、しづの女という新人の句がおもしろいと紹介してみたが、零餘子はその時は関心を示さなかった。しかし彼は、久保邸での婦人俳句会などで直接しづの女に会い、その才気あふれる作品を見た。さらに帰京後、彼女の主観についての質問状を受け取った。おそらく漢文調で書かれた理詰めの質問状に感心したのであろう。

零餘子は届いた質問状をすぐに虚子に渡して、しづの女の紹介をした。「先生も必ず御力添へ下さる事と思ひます」というはがきの力強い文言から判断して、零餘子は虚子からよい手応えを得ていたと思われる。しづの女の句が「天の川」と「ホトトギス」で巻頭に躍り出たのは、その直後のことである。しづの女の大胆な行動力がもたらした、思いもかけない成果といえよう。

虚子は毎月投句される山のような俳句のなかから、「ホトトギス」の顔となるような斬新な俳句、新しい作家を探していた。虚子は「ホトトギス」の雑詠欄と、そこからさらに句を厳選して本に編んだ『雑詠選集』との選句方針の相違について以下のように述べている。

雑誌に発表する雑詠の選句と、書物になつたこの「雑詠選集」の中に収めた句との相違に就て、ちよつと一言して置きたいと思ふ（中略）雑誌に出す雑詠が、幾多の投句のうちから少数のすぐれたものを選むとすれば、その選集に選むものは、更にその雑誌に出したすぐれた句のうちから、更に格段にすぐれた句を選むといふに過ぎぬ。併（しか）しかういふことに注意しなければならぬ。

雑詠に選む句は多少未成品であつても、其の当時の新しい趨向に突進したものを特に取るといふ傾きがある。又作者の新しい試みには或点まで同感して取るといふ傾きがある。が、「雑詠選集」の方になるとさうは行かぬ。やはり作者の個性に重きを置いて、何等か新しい方向に進まうとする傾向の見える句は、之を尊重することを忘れないにしても、それでもその句が十分に出来上つてゐない未成品だとすると、どうしてもこれを収録することは出来ぬ。

（「『雑詠選集』雑記（一）」、「ホトトギス」大十二・一）

虚子は、雑詠欄では、作品としての完成度はさておいても、時代の潮流を示す新しさを選択の基準に置いていると述べている。

つまり零餘子から福岡の有望な女性の情報と彼女が記した質問状を渡された虚子は、その投句を検討して、そこに「新しい趨向に突進したもの」「作者の新しい試み」を認めて巻頭に抜擢したというのが、しづの女大躍進の経緯であろう。虚子の慧眼は、しづの女の作品に自由闊達な発想、突出した表現の新鮮さを見出した。

零餘子は虚子にしづの女を紹介したものの、彼女の句が巻頭に選ばれるとまでは予測していなかったのであろう。「ホトトギス」発行所でしづの女が巻頭に内定したことを知ると、あわてて「天の川」でも、しづの女にスポットライトを当てることにした。

小川素風郎は当時をふり返って、零餘子が急いでしづの女の推薦文を書き、「ホトトギス」が発行されるまえにその推薦文を載せて「天の川」を出すように言い、周囲があっけにとられているうちに、すでに編集が済んでいた八月号「天の川」の巻頭に彼女の句を無理に押し込んだと伝えている（「二十年前」、「天の川」昭十一・一）。三女淑子も、零餘子がしづの女を推薦する文章を急遽書き加えたと記している（『回想のしづの女』）。

このような次第で、しづの女は思いもかけず、大正九年八月号の「天の川」と「ホトトギス」の両誌で巻頭を飾るという華々しい展開をすることになった。

短夜や乳ぜり泣く児を須可捨焉乎（すてつちまをか）

第3章 「ホトトギス」と「天の川」の初巻頭

一　「天の川」初巻頭――俳句で主観を詠む

まず「天の川」から見ることにしよう。

大正九年八月号「天の川」は、しづの女特集号といってもよい内容である。はじめに零餘子の「竹下しづの女君の感覚描写を推賞す」、そして禅寺洞の「竹下しづの女君を紹介す」という文章が載る。つづく零餘子選「天の川俳句」の巻頭をしづの女の七句が飾った。さらに編集担当の小川素風郎の「△△君に与ふる書」という題の文章も、「△△君」は、明らかにしづの女を指している。この号はまさにしづの女一色なのである。

零餘子の推薦文は、要すれば、芸術とは何かという問題は、各個人の芸術観に拠るもので、零餘子自身は多様な芸術観を認める立場であると述べ、自身の選句の間口の広さを示したうえで、つぎのように記す。持って回った表現でわかりにくいが、文体も俳人としての零餘子の個性を表しているので、そのまま引用してみる。

竹下しづの女君は芸術感覚者でありその主義の下に句作を試みてゐる。五感の感覚を鋭敏に猛烈に働かして、その感覚を中心として主観に訴へて色づいたものを自己の芸術と心得て、それを以て進まうといふ意見を持つてゐる。

五感の感覚を不断に、且つ刃を以て殺ぎとる如き鋭感を以て俳句に対する。一体感覚といふものは一刹那であり、電光の鋭きよりも瞬間であり、且つ迅速である。（中略）此の刹那の感覚を一瞬間に自己の主観に上せ、主観の判断によつて恣に俳句に表現しようとするのである。（中略）

従つて自然の光景といふやうな単純な活動と色彩のものを好まない結果となる。（中略）それよりも人生と肉体の内的活動を現はするに意義を感じてゐるのである。（中略）

その作る所の俳句は特異であり、優れてゐる。

しづの女君が俳句に志すや否や、今日人の称へる如き写生の説に深く耳を借さずに自ら此の感覚描写に向つて突き進み幾分の効果を得やうとする努力と意気を認めて此の文を草する。

（「竹下しづの女君の感覚描写を推賞す」、「天の川」大九・八）

冗長な文であるが、零餘子は、しづの女が感覚を大切にして、一瞬の印象を主観的判断に従って詠もうとしていると分析して、彼女の作句の独自性を評価している。

注目すべきは、文末の（大正九・七・二五）という執筆の日付である。八月号になんとか間に合わせようと書かれたものであることがわかる。

つづいて、禅寺洞の「竹下しづの女君を紹介す」は、さらにその二日後の日付（大正九・七・二七）で、零餘子の文を補完する形で書かれている。しづの女の俳句は目下、「堂々たる俳句の大道と、俳句を破壊する処の頗る危険な分岐点」に立っていると分析し、彼女が望む「押さへ難い人生と肉体の内的活動の所謂感覚描写」をするためには、まず自然の描写をするように勧めた、と禅寺洞は述べている。しづの女俳句の特性を把握したうえで指導の方針を明らかにしている。

楠目橙黄子は禅寺洞と零餘子の文章を読んで、二人が競ってしづの女を誉めあげているようだったと記している（「蜷々居雑筆　二」、「天の川」昭二・七）。

素風郎は、むずかしい理屈をこねる初心者の△△君に、先輩として教えるような調子で述べている。

「写生句なるものは甚だ慊ない、自分は大主観句に到達したい、其の途ありや」と模索中の△△君に向かって、あるがままの自然を観察し、自身の主観を働かせて写生し、自然の内包する真を追究することが自然描写の基本だと諭す。そして、「大主観に入りたいといふあなたの希望は写生に忠実であることに依て達せられるのではありますまいか」と締めくくった。

これらの零餘子、禅寺洞、素風郎の文章から、俳句を始めたばかりのしづの女が、自然を客観的に写し取っただけの写生句には満足できず、写生遵守の潮流に抗して、子規が唱える大主観を詠むことが俳句で可能かという疑問を、あちこちにぶつけていたことが読み取れる。俳句で主観を詠むという主張がしづの女の出発点であった。

二　「天の川」初巻頭作品

零餘子選の「天の川俳句」の巻頭となったしづの女の七句は以下のとおりである。

（1）清水掬むや犇と岩に倚る繊そ腕／（2）伏し重つて清水掬ぶや生徒達／（3）枯笹と墜ちし蝸牛に水暗し／（4）芥子摘めば手にもたまらず土に落ちし／（5）春雷や針おきて眼鏡拭ふ母／（6）とても霽れぬ五月雨傘をさして去ね／（7）夏痩の肩に喰ひ込む負児紐

（1）の「清水掬むや」は、「繊そ腕」の意味が取りにくく、この句だけでは、どのような人が清水を汲もうとしているのか明確なイメージが湧かない。（2）を参照すると、まだ腕の細い生徒たちが水を汲む景を詠んだものと推察がつく。「犇と」、「繊そ腕」の表記に漢籍に強いしづの女の特徴が見られるが、二句とも字余りで、とりわけ一句目の中七が不安定である。（4）の「芥子摘めば」は久保より江邸での婦人俳句会の句。芥子の花弁や茎の繊細さを詠むという着眼は鋭いものの、動詞が多いため、句の緊張感が損なわれて散文的になっている。

（6）の「とても霽（は）れぬ」は、せりふを用いた命令調の表現が独特である。それまでの婦人俳句には珍しい、大胆な叙法である。（7）は日常の景を詠んでわかりやすい。

これらの句は、一見して破調が多い。主観を表現したいと主張するしづの女であるが、内容から必然的に生じた破調というよりは、技巧不足で、ぎくしゃくした感じになったように見える。禅寺洞が指摘しているように、折々の生活の実感を俳句で描写することが、しづの女が生涯をかけて追究した課題であった。しかし、彼女の初期の作品の多くは、一句に複雑で多量の素材を盛り込んだために窮屈になっている。彼女が親しんできた漢詩とは調子が違う、俳句固有のリズムにまだ馴染んでいないことが見て取れる。

「天の川」初巻頭のしづの女のこれら七句は完成度が低く、作品が優れているというよりは、「ホトトギス」に後れをとらじと動いた零餘子の裁断によるものといえよう。

三 「ホトトギス」初巻頭――大正九年

しづの女は大正九年八月号「ホトトギス」でも巻頭をとる。中央の「ホトトギス」のほうに自信作を投じたのであろう、「天の川」の投句よりも揃った七句である。

短夜や乳ぜり泣く児を須可捨焉乎（すてっちまをか）

巻頭のうちでもっとも注目された句であり、しづの女といえば浮かぶ代表句となる。
「乳ぜり」の「せり」は「迫る」の連用形で、せきたてる、催促するの意。明け易い夏の夜、母乳を欲しがってむずかるわが子を、もてあました母親の正直な気持ちを吐露した句である。下五は、もう捨ててしまおうか、いや捨てられはしない、の反語的な表現である。しかし、反語とはいえ、わが子に対して捨てるという語を用いたこと自体が大胆で、そういうことを詠んだ女性はいなかった。ただし、育児に明け暮れるなかで、ああ、もう嫌だ、という思いが一瞬浮かんだ経験をもつ母親は少なからずいたはずで、この句の内容はけっしてしづの女だけのヒステリックな衝動ではない。授乳中の母親にとって乳児は自身の身体の一部のように感じられ、捨てられるはずがないからこそ言えることばである。句の根底に流れる、よく理解できる本音の感情が、この一見特異な句に普遍性を与えている。

　下五で注目すべきは、ふりがなが「すてちまをか」ではなく「すてつちまをか」と口語調となっていることである。しづの女は、下五は仮名で書いても同じであるが、「漢文を平気で書く癖があつて」（「自句自解」）つい書いてしまった、自分では、漢文よりむしろ「すてつちまをか」という口語表現のほうを問題と考えていたと述べている。威勢のいい口語調と珍しい漢文表記はこの句の重要なポイントで、もし文語調の仮名書きであったならば、句として深刻になりすぎたであろう。

この句でしづの女は、忍耐強くやさしいという女性にそれまで押しつけられてきたイメージ、また慈愛に満ちた献身的な母親のイメージを、エイヤッとばかりに撥ね退けてみせているのである。

四　漢詩「棄児行」の影響

中村草田男が、「須可捨焉乎」には、当時、宴席で剣舞として演じられていた「棄児行」の影響があり、「これは、その剣舞から受けている当時の読者一般の暗い沈痛感にアッピールせしめようとの配慮下に斯くなったものであろう」と解説している（「しづの女鑑賞」、『定本』）。

草田男の指摘通り、たしかにこの句は、剣舞、詩吟として演じられた漢詩「棄児行」を頭に入れて鑑賞すると理解しやすくなる。また、しづの女俳句の独特の漢文調の叙法の句を鑑賞するときの参考にもなるので、「棄児行」の全文を引用し、漢詩独特のきびきびした響きの読み方を記してみる。

棄児行

斯身飢斯児不育　　斯の身飢れば斯の児育たず

斯児不棄斯身飢
捨是邪不捨非邪
人間恩愛斯心迷
哀愛不禁無情涙
復弄児顔多苦思
児兮無命伴黄泉
児兮有命斯心知
焦心頻属良家救
欲去不忍別離悲
橋畔忽驚行人語
残月一声杜鵑啼

斯の児棄てざれば斯の身飢う
捨るが是か捨てざるが非か
人間の恩愛斯の心迷う
哀愛禁ぜず無情の涙
復児顔を弄して苦思多し
児や命なくんば黄泉に伴わん
児や命有らば斯の心を知れ
焦心頻りに属す良家の救いを
去らんと欲して忍びず別離の悲
橋畔忽ち驚く行人の語
残月一声杜鵑啼く

（『詩吟道大鑑』）

幕末の動乱期には、わが子を育てられなくなった貧しい人びとが、なんとか子どもが生きのびることを願って、寺社、裕福な良家の門前などに子を捨てることがあったという。「棄児行」はそのような子を捨てる親の情を詠んだ悲壮感漂う漢詩である。この詩は二十七歳で斬首された米沢藩士、雲井龍雄の作詞とされてきた。藤沢周平は、小説『雲奔る』で同郷の維新の志士、雲井龍雄を描いたが、そのあとがきで、「棄児行」は雲井の作ではなく、同じく米沢藩士の原正弘の作と記している。動乱の世を駆け抜けていった秀才、雲井の刻苦勉励の生涯と、「棄児行」の哀切な雰囲気はよく合っていて、そのため彼の作品と思われてきたのであろう。

この漢詩が詠まれたのは幕末であったが、半世紀を経て、波乱に満ちた大正期にも、その暗いドラマ性が人びとの心を捉え、さかんに吟じられていた。村上仏山門下の末松房泰に漢詩を学んだしづの女であるから、当時人気の「棄児行」を当然知っていたと思われる。しづの女の句は、苦悩の果ての叫びを写実的に表したというよりは、子どもを抱えた母親の胸を一瞬よぎった思いを、剣舞の大上段の構えを模して表現した作品として、深刻になりすぎずに受け止めたい。

この句が俳壇に与えた衝撃は相当なものだったらしい。漢詩の一行のような下五を俳句に持ちこんだ発想は驚嘆すべきである。阿部みどり女は「その頃の俳人達は大変な女流俳人が現はれたぞ、ぐづぐしてゐると蹴散らかされる等と相当俳界にセンセイションを巻起したものだつた」(『俳句研究』昭十・十)と当時を振り返っている。

「ホトトギス」に掲載されたにもかかわらず、「天の川」でもこの句は話題になった。しづの女自身も、特異な座五について、質問を受けることが多かったのであろう、自句自解している。

「すてつちまをか」といふ語呂の模擬者が沢山あるといふ話をきいてつくぐ\と考へました。（中略）要するに「すてつちまをか」のこの語句は私共のピストルで、即ち最後の手段、非常手段なのです。（中略）元来此句「すてつちまをか」に代るべき他の普通平穏の、上品の、下五あらば、（中略）よろこんでこの「すてつちまをか」は捨てるのに何等の未練もないのであります（中略）私は私の句作生活にもう二度とこの「すてつちまをか」を用ふるつもりはないと断言してもよいと思ひます。（「句作者のピストル」、「天の川」大九・十一）

このしづの女の弁明に対する一般的な反応はどうであっただろうか。率直な意見が「天の川」質疑欄に寄せられていておもしろい。質問者は十時壺外生という人物である。

吾々が現在普通に使用してゐる文字では何故いけないのでせう。邪推するに作者は事大思想に囚はれてゐて、さうした俗語を平たい文字で現はすことは詩の品位を傷けるとでも考へたのでせう。作者は二度と使ふ言葉ぢやないといつてゐますが一度でもこんな珍分漢（ちんぷんかん）はウンザリして了（しま）ふ。（中略）（こんな言葉をも真似る人があるといふに至つては俳壇は末路である。声を上げて泣きたくなる）

（「質疑欄」、「天の川」大十・一）

彼はひどく反発しているが、この句が巻頭になったのを目にした一般の俳人の、素朴な感想だったのであろう。さらに彼は、何故にわざわざ下五にこのような文字を用いたのか、その理由と、効果を質問している。回答者は高崎烏城で、堅苦しい文字でも、平らな文字でも句の感銘は変わらない、と無難にかわしている。

五 「啼く」か「泣く」か

ちなみに表記についていえば、中七を「泣く」とするか「啼く」にするかも問題となっている。竹下健次郎は、「啼く」にしなかったため、弱い句になってしまったと生前しづの女が嘆いていたと伝え、母の思いを汲んで、今後は「啼く」と表記しようと提案している。提案を受けて、現在、「泣く」と「啼く」の二つの形で引用されているのを見る。

現代の日本の漢字の用法では、「啼く」は鳥・獣・虫などが声を出すときに用い、人間の場合は、「泣く」の表記が一般的である。本来は、「啼」と「泣」という二つの漢字はいずれも鳥獣にも人にも用いられる。「啼く」は声を出して続けて泣き、「泣く」は涙を流して泣くときに用いられる。この句の場合、どちらの漢字でも無理ではないが、「啼く」のほうが、幼い赤ん坊が泣き止まないことを表現したい作者の作句意図に添っているのであろう。

漢籍に詳しいしづの女にとって、用字の選択はとりわけ重要な関心であったことは理解できる。この句が「ホトトギス」に入選したときは俳句を始めて日も浅かったため、一般的な用字の「泣く」としたものの、その後「啼く」にしたいと考えるようになったのであろう。しづの女は昭和十三年刊行の『ホトトギス同人句集』では、「啼く」と改訂している。ところが、昭和十五年刊の句集『颸』では、再び「泣く」に戻してある。しづの女自身が編集した句集であるから、このとき「啼く」と表記しようと思えば容易にできたはずであるが、「泣く」としている。おそらく彼女はあまりにも有名になったこの句に手を入れることはせず、「ホトトギス」に敬意を表して、初出時の形のままにしておくことにしたと考えられる。

したがって、結論としては、この句の場合は、作者自身が最終的に採用した「泣く」の表記を尊重するほかはない。俳句は表記も含めて作品であり、「啼く」としたかったという嘆きを漏らしていたとしても、「啼く」と揮毫したものが残っていても、故人となった著者が校閲して最終的に活字にした著作がある以上、後世の者が恣意的に手を入れることは許されない。

耳目をひくこの句は、激しい主観の横溢、漢文調、下五の字余りなどしづの女の特徴が濃く表れている。当時の道徳律は女性に良妻賢母であることを説いており、慈母であることを求めていた。そのような時代に、家事や育児に忙殺される生身の母親の焦燥を表した内容の大胆さに新しさがあることはいうまでもない。

表現としても、打ち出しに「短夜や」と置く、切れ字の用い方が鮮やかである。さらに「短夜」という季語の斡旋も申し分ない。俳句という詩型の骨法に則った叙法である。そして、なによりも漢文調の下五の迫力が圧倒的である。意表を突く漢字とそのふりがなは、視覚的にも強い印象を与える。末松房泰から学んだしづの女の漢文の素養は、簡潔な漢文調の叙法、自在な漢字熟語の使用、さらに、それぞれの漢字固有の意味を吟味した文字の選択などに表れている。漢文は、しづの女の文体に間違いなく大きな影響を与えた。

この句は内容、表現ともに自らの意志のままに生きる「新しい女」の時代の到来を告げるのにふさわしい作品であり、その斬新さが、俳句界に衝撃を与えたのは当然のことである。

六　「ホトトギス」巻頭となったその他の句

短夜を乳足らぬ児のかたくなに

菜屑触るゝやっと身を伏せて水の蜂

乳啣ます事にのみ我が春ぞ行く

とても霽れぬ五月雨傘をさして去ね

風を怖れたゝむ日傘に橋長し

這婢少（わか）く背の子概ね日傘の外

一句目は〈短夜や乳ぜり泣く児を須可捨焉乎（すてつちまをか）〉の状況を、抑えた調子で詠んだもので、情景がよく浮かぶ。

三句目、乳飲み子を抱えた自身の境遇を客観的に眺めた句。春は人びとがさまざまな活動を開始する季節であり、かつては社会で生き生きと活躍していたしづの女は、自身の現状をふり返った。「我が春ぞ行く」には、母親という役割だけに明け暮れる自身の人生への感慨がある。

五句目は、風に飛ばされないように、日傘を畳んで橋を渡る光景の描写。橋の上の強い日差しや、水面を渡ってくる風が感じられて印象的である。六句目と同じく、久保邸の婦人俳句会の兼題「日傘」の句であったかもしれない。

六句目、〈這婢少（わか）く背の子概ね日傘の外〉は難解で、評者によってさまざまな読み方がされてきた。この上五の語釈には、初出の「天の川」の句会報（大九・七）が参考になる。句会報では、「この婢少し」と表記されているので、句会後にしづの女が、「この」に「這」の字を当て、「少し」を「少く」と推敲したと思われる。「這」という字は「此」の意味ももつ。「婢」は、下婢（かひ）などとよばれる家事雑用をする女の召使いの意。

つまり、上五は「このひわかく」と読み、「このお手伝いはまだ年若く」と解釈できる。「這婢」を「このこ」とする読みもあるが、意味はその通りであるとしても、「婢」を「こ」

と読ませるには、ふりがなが必要であろう。

大正時代であるから、四人の子持ちであったしづの女の家には、子守りがいたのであろう。句は、そんな子守りが赤ん坊をおんぶしている情景を描いたものである。三木露風の童謡「赤とんぼ」の「夕焼、小焼の赤とんぼ、負われて見たのは、いつの日か。（中略）十五で姐やは嫁にゆき」と歌われた抒情の世界を思い出させる。しづの女の句は、この子守りはおぶった赤ん坊のために一生懸命日傘をさしてはいるが、なにぶん子守りもまだ幼いので、肝心の赤ん坊はたいてい傘からはみ出ている、というほどの句意。

負われているのはしづの女の子どもであろうが、日傘の外に置かれて困ったとか、婢が若くて不憫であるというような感情を表す表現はなく、恬淡と情景だけを描写している。「概ね（おおむ）」という判断をするところに、知的なおおらかさがある。簡潔ななかに年の行かない子守りと赤ん坊の姿がきっちりと描けている。勢いのよいリズム、漢字を多用した表記、大胆な景の切り取り方にしづの女の独自性がある佳什（かじゅう）である。

「ホトトギス」巻頭となった作品は、〈短夜や乳ぜり泣く児を須可捨焉乎（すてっちまをか）〉をはじめとして、七句とも粒ぞろいで、「天の川」で巻頭となった七句よりも高い水準にある。まっすぐに外へ向かってことばを放つ豪快な詠みぶりは、しづの女俳句の特徴で、魅力がある。これらの作品を数多い投句から巻頭に抜擢した虚子のすぐれた選句眼が光っている。

翌九月号の雑詠欄には、しづの女の入選句はない。しかし、男性俳人に伍して、七席に久女、十席に阿部みどり女、ほかに金子せん女、高橋すみ女、久保より江、長谷川かな女などの作品が上位に入選していて、虚子が女性俳人育成に力を注いだ成果が表れている。

七　小川素風郎の影響

池上不二子は、評伝『俳句に魅せられた六人のをんな』で、「しづの女が突如ホトトギスの巻頭をかち得た陰には、しづの女の素風郎研究が徹底してゐたことを忘れてはならないと思ふ」と述べている。

では小川素風郎はどのような影響を与えたのであろうか。

九大医学部の大学生であった小川素風郎は、「天の川」の編集を担当していた。彼はまた「ホトトギス」でも活躍を見せて、〈虫を聞かんと顔昂(たかぶ)れり耳しひ児〉などで「ホトトギス」大正九年三月号の巻頭、同年五月号でも〈桜見ながら家のことといふ妻去ろか〉ほかで二席となる。つづいて七月号も〈花人へ御者鞭上げてのけといふ〉で巻頭を飾った。

素風郎の特徴として、表現技法では、会話を句に取りこむ手法を得意としていたことがある。〈花人へ馭者鞭上げてのけといふ〉〈行くといふ子は伴れて行く袷著よ〉に見られるように、散文なら「　」でくるような台詞、「のけ」、「行く」、「袷著よ」を句のなかに取りこんでいる。それによって芝居のように場面が鮮やかに浮かび、命令文によって句は独自のきびきびした切れ味のよさを得ている。

また、内容については、対象への醒めた距離感が大きな特徴となっている。

東京の長谷川かな女宅で開かれた女性ばかりの合評会、「家庭に関する俳句合評」（「天の川」大九・九）で、素風郎の〈桜見ながら家のこと言ふ妻去ろか〉が採りあげられた。参加者は、かな女、阿部みどり女、飯島みさ子、高橋すみ女などで、せっかく花見に来たのに、すぐ家の事を言い出す妻への興ざめな思いを述べた句であるとしている。そのうえで女性たちは、「去ろか」が、ただ家に帰すということか、それとも離縁するという意味なのかをめぐって議論するが、結局、どちらとも決めかねている。みどり女が、乱暴な句であると評しているように、この句にはある種の冷淡さが感じられる。素風郎の句には、命令文、会話体という表現形式に加えて、対象に冷徹に向き合うニヒルな姿勢があり、そこに意表を突く目新しさがある。

初学時代のしづの女は、忙しい禅寺洞に代わって「天の川」の先輩の素風郎から、さまざまな作句の助言を受けていた。素風郎からの葉書も竹下家に残っている。まだ作句技法について白紙の状態であったしづの女は、身近な素風郎の句から叙法などを学んだ。池上不二子の指摘通り、〈とても霽れぬ五月雨傘をさして去ね〉などには、たしかに素風郎の影響を見ることができる。

八　初巻頭以後の入選句

「天の川」大正九年九月号も、巻頭はしづの女である。入選した九句のうち見るべき句は、

　処女二十歳(はたち)に夏痩がなにピアノ弾け

打ち出し「処女二十歳に」は、与謝野晶子の〈その子二十櫛にながるる黒髪のおごりの春のうつくしきかな〉を思い起こさせる。しかし描かれる世界はまったく異なり、与謝野晶子の短歌が若い女性の美しさの賛美であるのに対して、しづの女の句は、鉄は熱いうちに打てとばかり、若い女性への叱咤激励である。素風郎調の「ピアノ弾け」の命令口調は歯切れよく、新奇な詠みぶりではあるが、内容的にすぐれた句であるかは疑問である。

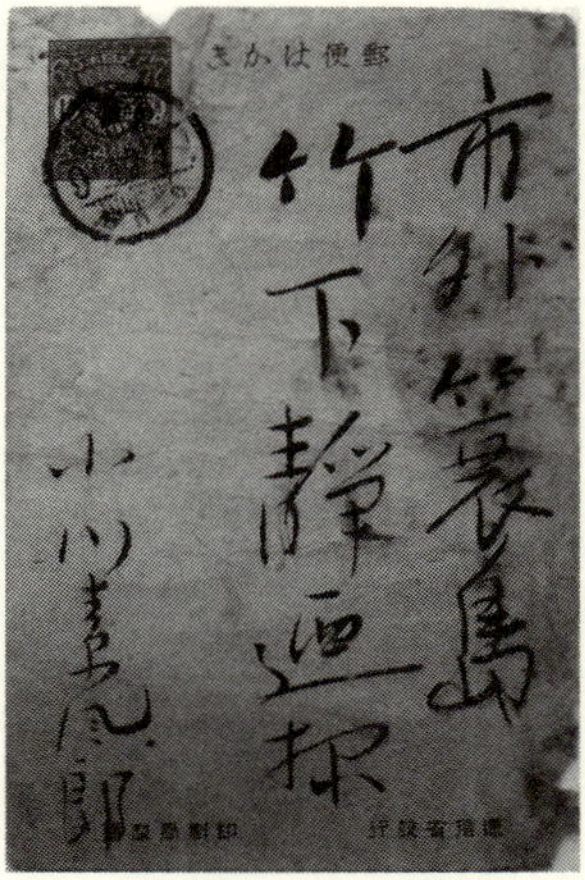

小川素風郎からの葉書

　その他の九月号の作品を見ると、いずれも日常生活を詠んで、発想が散文的である。

（1）滴りて木賊嫩芽の色甘き／（2）箒

触るゝやくづれて芥子の花狼藉／（3）丈つめし袖ふりて見ぬ更衣／（4）干せばすぐに用ある梅雨の学校傘／（5）鮓手ゝ手に葮簀喰み出て工夫達／（6）（児病む）尋常に盛る日淋し千鳥草／（7）此木いつも遊泳の服のありどころ／（8）鮓おすや淋しさに緋海苔も一ふり

しづの女は従来美しいとされてきた風物ではなく、生活を詠もうとして試行錯誤の段階にあることがわかる。たとえば最後の（8）の〈鮓（すし）おすや〉の場合は、その着想、著しい破調から散文の断片のようで、習作の域にある。

当時「天の川俳句」の投句は、一人二十句以下となっていたが、それにしてもこれら九句入選は多く、内容的に見るべきものが少ない。二席、三席は四句入選であり、選者、零餘子のしづの女に対する過剰ともいえる肩入れが伝わってくる。このような選句はしづの女の作句に迷いを与えたかもしれない。零餘子は虚子ほどすぐれた選句眼の持主ではなく、その指導も一貫したものではなかったと思われる。

大正九年十一月号から「天の川俳句」欄の選者が零餘子から禅寺洞に代わった。この号の巻頭は素風郎。二席はしづの女で以下の五句であった。

（1）夕霧に太陽（ひ）の親しさよ月に似て／（2）九月尽櫛に嵩増す木の葉髪／（3）玻璃戸頭（づ）突きて影と競ひ墜つ青トンボ／（4）鍵（キイ）板打つや指紋鮮かに夏埃／（5）秋日こめて紅

蘆の葉や燃えそめし

（1）は夕霧でうっすらと曇った状態の太陽が月のようであり、そこに親しみを感じている。まぶしいはずの太陽の翳りに目を止めた把握に新しさがある。（2）は季重なりで、「木の葉髪」という季語の説明の域を出ていない。（4）は鍵板の指紋という着想に目新しいところがあるものの、「夏埃」は季語として強引である。「ホトトギス」（大八・四）で巻頭句になった島村はじめの〈囀やピアノの上の薄埃〉が記憶のどこかに残っていたのかもしれない。

これらの句に見られるように、初学時代のしづの女の作品は、俳句という短い詩型に無理にことばを詰めこもうと格闘している感があり、なんといってもリズムが整わない。

しづの女の作句方法は、お手本とされるような俳句を真似るのではなく、納得がいく形を求めて、激しく試行錯誤をしていた。結果として、ここに挙げた半製品のような句が多く生まれたと思われる。それはしづの女が自身の俳句のスタイルを獲得するために必要な過程であった。

では「ホトトギス」の成績を見てみよう。大正九年十月号は十席で五句入選した。そのうち注目すべきは、

瀧見人水魔狂ひ墜つ影見しか

滝を見ている人を「瀧見人」とするような省略法は、「種痘人」「夜長人」など、この当時はよく見られたものである。激しい勢いで滝が落ちるさまを、「水魔」という超自然の力と捉え

る発想は、初入選の〈警報燈魔の眼にも似て野分かな〉の「魔の眼」にも見られるもので、しづの女はさらに「狂ひ墜つ」と詠まずにはいられなかった。作者が描きたいと思っている情景は浮かんでくるものの、衝撃を狙ったようなことばの斡旋が、逆に説得力を削ぐ。また激しい心象を築こうとしながら、下五を「影見しか」と推量形にしたために、句が弱くなっている。

柔らかく女らしい句が主流であった時代に、自由な発想で思いのままを表現したことがこの句の新機軸であるが、完成度には問題がある。しかしこれまでの女性俳句から一歩踏み出した大胆な作句は評価できる。

大正九年十一月号は一句入選、十二月、大正十年一月号は入選なし。

今年尚其冬帽乎措大夫(づま)

大正十年二月号入選の二句中の一句。「措大(そだい)」とはこの場合、書生の意。内容的にはとくに深いものではないが、すべて漢字という表記の珍しさが句の眼目である。平気で古い帽子をかぶり、いつまでも書生気分が抜けない学究肌の夫に対する軽い揶揄をこめて詠んでおり、そこには夫へのあたたかい眼差しが感じられる。『颱』では大正九年の項に収められているが、創作年によって分類したものであろう。

三井銀行の扉の秋風を衝いて出し

夜寒児や月に泣きつゝ長尿り

「ホトトギス」大正十年三月号入選句。

前句、「銀行の」ではなく、敢えて「三井銀行の」と上五を字余りにした結果、調べは滑らかさを欠くものの、この固有名詞は句材として新鮮である。財閥系列の名を冠した打ち出しが近代的な堅固な建物を想像させ、「衝いて出し」と強い意志を示す下五と呼応して斬新な句となった。『颫』では九年に分類されている。

秋桜子はこの句についてつぎのような的確な鑑賞をしている。

「三井銀行」というような銀行名を大胆にとり入れた句は、大正時代には全く無かったもので、これも当時の人々をおどろかした句の一つである。但し、下五音は今ならば「衝いて出づ」というのが普通で、この方が調子もしっかりするし、上八音という字あまりを受け止めるだけの力を持っている。それを「出し」と弱々しく詠むことは、ホトトギスの女流――殊に「台所俳句」を作っていた人々に多かったものである。しづの女は台所俳句会のメンバーではなかったと思うが、やはりこういう点で、影響をうけていたものであろう。

（「現代俳句思潮と句業」）

「出づ」とすべきという秋桜子の指摘は、納得させられる。たしかに、「出づ」の方が句の形がよく、響きもよい。秋風といえば伝統的にもの淋しさを感じさせる季語であるが、この句では爽快な風と捉えていて、そこにモダンな雰囲気がある。

後句の〈夜寒児や〉、夜の外厠の景がよく浮かぶ。母に付き添われて、眠くて泣きながらも、長々とおしっこをしている姿が描かれている。「月に泣きつゝ」が切ないような夜の情景を浮かびあがらせる。いかにも子どもらしい無邪気な動作を、半ば呆れながらもやさしく見守る作者の視線が感じられ、簡潔に表現されている。「ホトトギス」大正十年三月号入選句。

除夜の鐘襷かけたる背後より

「ホトトギス」大正十年五月号入選句。『颱』では九年に分類されている。

「背後」と固い表現にするところがしづの女らしい。忙しい主婦の歳晩を詠んで、生き生きとした臨場感がある。

楠目橙黄子はしづの女の華々しい俳壇デビューを振り返って、「九州は曲者に富む」という書き出しで、三人の曲者、小川素風郎、久女、しづの女をあげて、その衝撃を伝えている。

久女氏といふ女流俳人の活躍に呆気にとられてゐた俳壇は、同じく九州に出現して一挙にホトトギス巻頭を奪つて行つた竹下しづの女といふ女流作家に、更に度肝を抜かれたものである。

短夜や乳ぜり泣く児を須可捨焉乎　しづの女
這婢少く背の子概ね日傘の外　同
三井銀行の秋風の扉衝いて出し　同

等当時にあつては、女性の断髪以上モダーン振りであつた。

（「蜷々居雑筆　二」、「天の川」昭二・七）

日野草城は、しづの女の登場について、「我々天下の男どもは」「浦賀に黒船が襲来したやうに度胆を奪はれてしまつたのであつた」（「『天の川』の思ひ出　Ⅲ」、「天の川」昭二・十二）と記している。

これらの評は、しづの女の俳壇デビューがどのように世間に迎えられたかを物語っている。「ホトトギス」雑詠欄は全国からの投句者が多く、一句載れば赤飯を炊いて祝うと言われたほど入選は容易ではなかった。女性であり、投句を始めて間もない、まだ俳壇で名前を知られていないしづの女が巻頭になったのは間違いなく快挙であり、句の斬新さも手伝ってまさに「黒船の襲来」のような大きな刺激を与えた。

九　女性の「ホトトギス」初巻頭――沢田はぎ女

しづの女は、実質的に女性初の「ホトトギス」雑詠欄の巻頭作家といえよう。ただし、正確には、しづの女より前に沢田はぎ女が、明治四十二年三月号で〈地の底に釣瓶の音や冬籠〉で巻頭になっている。これが文字通り最初の女性による「ホトトギス」雑詠巻頭である。

次章でのしづの女が作句を中断した経緯を考える際の参考にするために、脇道に逸れるが「ホトトギス」雑詠欄の歴史と、一主婦であったはぎ女の俳壇での短かった活躍について触れておきたい。

虚子が「ホトトギス」にあらかじめ決められた課題についてではなく、自由に詠む「雑詠」欄を設けたのは、明治四十一年十月号である。第一回は二頁で、巻頭は渡辺水巴、二席ははぎ女。投句者は回を追って増えていったが、虚子はそのころ小説に打ち込んでいて、雑詠欄を新設したもののあまり関心を払っていなかった。第六回目（明四十二・三）の雑詠欄も一頁だけで、入選はわずか七句であったが、その巻頭を占めたのがはぎ女であった。

地の底に釣瓶の音や冬籠　　沢田はぎ女

「ホトトギス」の女性初巻頭にふさわしい格調高い作品である。厳寒の時期、ひっそりと籠もって暮らしていると、井戸水を汲もうと下ろす釣瓶の音が聞こえる、それは地のずっと深いところから響くようだと詠んでいる。雪に閉ざされた北陸、高岡の長く静かな冬の暮らしを彷彿とさせ、若い女性の作品とは思えないほど、奥行きのある、深く内省的な句である。伝記的には、この句を詠んだ年に、はぎ女は授かったばかりの最初の子を喪っている。愁いに沈んだはぎ女は、地の底から響いてくる音に、亡き子の声の残響を聞いていたのかもしれない。

この句の作者、はぎ女の本名は、はつい、初枝と表記していた。明治二十三年に富山県西礪波郡西五位村（現、高岡市）に生まれた。沢田弥太郎と結婚した彼女は、夫の勧めで俳句を始め、「国民俳句」に十七歳の若さで初入選し、やがて「ホトトギス」で巻頭をとるなどめざましい成績をおさめた。すると、因習的な土地柄もあり、周囲からの風当たりが強くなり、当初作句を勧めた夫や、姑も、はぎ女に俳句をやめるように求める。

明治期の小学校の修身教育では、女性は嫁入りしたのちは、婚家の親を実の親と思って孝行を尽くし、夫を立てるようにと教え込んだ。せっかく巻頭になったものの、若い嫁であったはぎ女は夫と姑に従い、俳句の筆を折って家事と育児に専念することにした。新たに授かった子どもを育て、良妻賢母として生きることを優先したのである。

はぎ女の俳人としての活躍は明治四十年秋から四十三年春までというごく短期間であった。はぎ女については、夫が代作していたのではないか、そもそもはぎ女という俳人は存在しなかったという噂も立った。それは女などに立派な句が詠めるはずはない、という頑迷な思い込みが世の中にあったからであろう。

虚子は四十二年八月号で雑詠欄を休止する。

やがて虚子は小説に見切りをつけて俳句に復帰し、碧梧桐たちの提唱する新傾向俳句に対抗して、守旧派、古典派を掲げた。中断していた雑詠欄は明治四十五年七月号から復活した。それ以後、虚子は「選は創作なり」を主唱し、すぐれた選句眼によって雑詠欄を「ホトトギス」の核に育てていった。しづの女はこの復活後の本格的な雑詠欄で最初に巻頭となった女性俳人である。

はぎ女のさらに十年前、明治三十年代にごく短期間だけ活躍した金沢の魅力的な女性俳人、中川富女がいた。はぎ女にせよ富女にせよ、すぐれた才能が俳壇で認められていたにもかかわらず、この時代に女性が俳句をつづけるには多くの障害があり、結局彼女たちは筆を折ることになった。女性俳人が活躍できるような社会になるまで、まだまだ時間がかかったのである。

乱れたる我れの心や杜若

第4章　作句の中断と復帰

一　主観・客観への懐疑——大正十年

大正九（一九二〇）年に「ホトトギス」巻頭に抜擢されて注目を集めたものの、翌年にはしづの女の作品発表は減る。大正十年六月から十一年一月まで入選句がない。その後、二月に二句、五月に〈逝く春や點子弛みてし五弦琵琶〉など二句が入選。その後、句作を中止する。しづの女の唯一の句集『颰』（昭和十五年十月刊）には、大正十一年から昭和元年までは収録句がない。

なぜしづの女は俳句から遠ざかったのであろうか。その事情を、彼女自身は、『ホトトギス同人句集』で、「俳句の季題制・十七字定型制に対する懐疑」と記し、また『颰』巻末の「俳歴」でもごく簡単に述べている。

◎大正九年四月始めてホトトギスに投句。
◎同大正九年五月『乱れたる我の心や杜若』の作品を獲、之の句に端を発して、俳句の主観・客観・及び季の問題に懐疑・懊悩、終に解決を得ず作句を擲つ。（「俳歴」、『颰』）

中断の要因として「俳句の主観・客観・及び季の問題」という文芸上の問題をしづの女は挙げている。これまでの評伝の多くは、しづの女自身が記したこの俳歴を引用して、作句中断の理由としており、「俳句の主観・客観・及び季の問題」から「作句を擲つ」が定説のようになっている。

しかし、ほんとうに原因はこの通りであったのだろうか、そもそも、〈乱れたる我れの心や杜若〉から発した疑問とは具体的にどんなものであったのだろうか。

しづの女は句集『颱』で、「我れの心や」（本文）、「我の心や」（「俳歴」）と二通りの表記をしているが、混乱するので、以後この句は、本文の表記「我れの心や」に統一しておく。また、『定本 竹下しづの女句文集』では、〈狂ひたる我の心や杜若〉となっているのは、編集にあたった香西照雄が生前のしづの女の意向を汲んだものと思われる。中島秀子編の「竹下しづの女句集」も、『定本』を踏襲して「狂ひたる」である。

しづの女がこの杜若の句を得たのは、大正九年五月一日、住吉神社の神池のほとりである。

乱れたる我れの心や杜若
狂ひたる我れの心や杜若
呆けたる我れの心や杜若

という三種の上五を思いつき、禅寺洞と素風郎に見せたところ、痛烈な批判を受けて、しづの女のことばを借りれば「誅殺」されたという。

この句を契機に中断に至った経緯を、しづの女自身が「ホトトギス」で詳しく語っているので引用してみよう。

乱れたる我の心や杜若　しづの女

の句を獲て、之を当時の句の先生に誇示したのを一言の下に「主観露出句」といふ理由にて却下され、反対に自分としてはたゞの写生句に過ぎないとしか考へて居なかつた、

床に生けて紫濃ゆき杜若　しづの女

を挙げられ、不平やる方なき折も折、其後ホトトギス巻頭句として原石鼎（せきてい）氏の

狂ひたる我の心や杜若　石鼎

が現れ、早速勢こんで、

以て如何となすや

と、其先生に詰めかけしを、

石鼎先生、一生の大失敗作ですね

と一蹴せられ、こゝに私の不平は猛然として爆発し、恰（あたか）も面語の機を得て居た零餘子氏に質問の矢を向けしよりの、この書簡束であつたのであつた。

（「句作方法論片々」、「ホトトギス」昭五・十）

整理すると、「当時の句の先生」は禅寺洞で、初学時代のしづの女はできた句を禅寺洞に見せては、意見を仰いでいた。「句の先生に誇示した」とあるので、しづの女にとって会心の作だったのであろう。

「其後ホトトギス巻頭句」となった原石鼎の句は、〈狂ひたる我の心や杜若〉で、「ホトトギス」雑詠（大九・六）の、巻頭ではなく二席となった八句中の一句である。

しづの女は批判された自身の句によく似た石鼎の句が、虚子選の「ホトトギス」では高く評価されているのに気付き、禅寺洞にねじこんだ。すると禅寺洞は、石鼎の「大失敗作」と切り捨てた。

しづの女は作句を始めたときから、いかにして俳句に主観を盛り込めるかを模索し、さらに、歳時記で季節毎に分類されている季語に疑問を抱いて、禅寺洞に多くの手紙を書き送って疑問をぶつけた。疑問に応えて、禅寺洞は驚くほどの熱意を傾けて返事を書いた。原稿用紙に何枚にもわたるものもあり、竹下家は戦災に遭わなかったためにそれらは残っている。

禅寺洞は写生と主観についての基本的な見解を以下のように明快に述べている。

私は写生尊重論者の一員であつて、亦写生の弊害を高唱する一員であつたことを遅れながら明言して置き度い。委しく云へば、所謂写生の弊害として、只個体の説明若しくば報告に終るやうな句で、何等詩的観察眼に訴へざるもの、つまり精神なき空虚のものは排するもので、又写生を無視したる根拠なき、感情の安価な表示若しくば技そのものに陶酔して、自己の踏み処さへ弁へざるが如き、安価な主観句を嫌悪する(以下略)。

(「写生と椿の句」、「天の川」大十一・四)

禅寺洞は、写生の技だけの詩的情感のない句、逆に安易な主観句のいずれも認めないという立場を明確にしている。その立場から彼は、しづの女の句は、写生を無視した主観句と判断した。

納得できなかったしづの女は今度は零餘子に質問状を送り、久女経由でこの質問状が零餘子に届いたことはすでに述べた(本書五六〜五七頁)。しづの女はその後もつぎつぎと質問状を送りつけ、零餘子からたくさんの返信が来たものの、結局のところ、零餘子の回答にも納得できなかった。彼女は、零餘子から送られた古い手紙の束を前にして、当時を回想しながらこの文章を記しているのである。

いったいなぜしづの女は、これほどこの句に執着するのであろうか。この句で表現しようとしたものは何であったのだろう。

二　俳句の季感

しづの女がこの句で伝えようとした「季感」について、「妄執」と題した文章が手がかりを与えてくれる。草田男の句と比較しながら彼女はつぎのように述べている。

俳句に季感を重んずるといふやうなことがどうして始められたことであらうか。思へば我国土の有つこの特異な季感こそは不可思議な存在ではある。晩春初夏のこの悩ましい自然の息吹きが人間の感覚をゆすぶつて芳烈醇香な詩を生ましむる。乱れたる心、狂ひたる心、これは一つの既成概念的文字である。而も、この概念を象徴する季語の杜若は、一つの選ばれた詩語であることは動かせられぬ。等しく晩春初夏の悲哀を象徴する季語に金魚がある。中村草田男氏は

金魚手向けん肉屋の鉤に彼奴を吊り

と詠んだ。

〝肉屋の鉤に彼奴を吊り〟と〝乱れたる心〟〝狂ひたる心〟を具象化した草田男は流石に

雋敏［すぐれてはやいの意］である。　（「妄執」、「冬野」昭十六・六）

しづの女のこの自句解説を読んではじめて私は、「乱れたる心」、「狂ひたる心」という上五で彼女が表現したかったのは、自然の勢いが盛んな「晩春初夏」特有の気分、つまり生命力あふれる季節に人間が感じるけだるさのようなものを指していると知った。彼女にとってこの上五は「既成概念的文字」であり、この概念を象徴する季語として杜若を置いたという創作意図がようやく読み取れた。しかし、しづの女の意図が充分に作品化されているかと問われれば、私の答えは否であり、禅寺洞の指摘通り、「主観露出句」であると思う。

しづの女の自解は、我田引水とも思える。まず、自句と草田男の句を、晩春初夏の気分を詠んだ句として同列に扱っているが、読み手が草田男の句から受けとる心象と、しづの女の句の心象は大きく異なっている。草田男の句からは、漠然とした「晩春初夏」の気分というよりは、特定の対象に対する憤懣が伝わってくる。大きな鉤に憎き相手を葬って、手向けの花ならぬ小さく可憐な金魚を供えるシュールな映像が目に浮かび、大仰なもの言いのなかに作者の心理状態が巧みに描写される。

いっぽうしづの女の句は、「乱れたる心」、「狂ひたる心」という抽象的な表現では、何に対して、どのように感じているのかが読み手に正確に伝わらない。杜若という花から思い浮かぶのは、繊細で優美な花弁の形状、古典的な色彩美、静かなたたずまい、剣のような葉の力強さなどであろう。それを念頭におけば、この花を生命力に溢れた晩春初夏の「乱れたる心」、「狂ひたる心」という「概念を象徴する季語」とすることに無理がある。石鼎の句は、自身の「狂ひたる心」の象徴として杜若を措いたのではなく、むしろ杜若の静寂と「狂ひたる心」との対比を描いているのではないだろうか。

例えば噴き上げたように真っ直ぐに咲く花を思えば、〈天上も淋しからんに燕子花　鈴木六林男〉に見られる象徴性に納得できる。しづの女の句は内面世界の象徴とはなっていない。あるいは、〈男なら逢はじと云やれ杜若　沢田はぎ女〉と比べてみても、しづの女の季語の斡旋は強引である。はぎ女の句がもつ軽妙な味わいは、在原業平の〈からころも（唐衣）き（着）つ馴れにしつま（妻）しあればはるばる（遥々）きぬるたび（旅）をしぞ思ふ〉（『伊勢物語』）を連想させて、男と女の艶めいた姿も浮かびあがってくる。杜若という季語の本意を踏まえた詠みぶりである。

「乱れたる」「狂ひたる」「呆けたる」の三種類いずれの上五にしても、この句は、住吉神社で見た杜若から受けた「晩春初夏」の情感を詠みたいというしづの女の思いが先行して、まだ読み手の心に心象が届くような作品に仕上がっていない。

三　作家としての主体性

句集を編むにあたって、句作中断の誘因となった重要な句として、しづの女はこの句を敢えて句集に加えた。そして〈乱れたる我れの心や杜若〉という形で収録した。それにもかかわらず句集出版の約半年後、「俳句研究」（昭十六・四）では、「〝颱〟拾遺五十句」を載せ、その末尾に〈狂ひたる我の心や杜若〉を置いて、「句集『颱』の中にてこの句の上五を〝乱れたる〟と誤記したり。茲に正誤のために掲ぐ」と註記している。上五を「狂ひたる」に訂正しているのである。

しづの女は「誤記したり」と書いているが、それほど執着のある句をほんとうに書き誤ったならば、俳句作者として杜撰のそしりを免れない。おそらく句集出版の時期に至っても、自身で得心がいく最終的な句の形に到達していなかったことが、誤記とその後の訂正の要因であろう。

「主観露出句」と批判した禅寺洞は、しづの女の初学時代をふり返り、自分は俳人しづの女誕生の産婆役を務めただけと謙遜したうえで、以下のように綴っている。

しづの女さんは、ものをてきぱき処断して、いさゝかの残滓もなく、歯切れよくやつてゆく人である。またさうせねば居れぬ性分である。打てば響くといふ人である。さういふ性格のしづの女さんであるから、燃ゆるやうな主観句を作らうと焦ることが、他人とちがつて一層著しかつた。客観句だの写生句だのは生温かつた。而してさういふ筵の上で従順に遊んでゐることが出来ぬ子供であつた。その天分の赴くところに任せて、ただ危険の淵に陥らざるやうに、俳句の冷徹を説いてただ見守つてゐるといふことが、私の役目で、この外に私はしづの女さんに教えるところは少しもない。(中略)なほ素風郎君にしろ、しづの女さんにしろ、つねに、私と全然異なつた作品をつくり敢然として荊棘の道を辿つたことは愉快であった。

(「竹下しづの女句集の序」、「天の川」昭五・六)

俳句の手ほどきをした禅寺洞は、血気に逸るしづの女に、主観の俳句は行き詰まる、客観写生が肝要であると諭した。しかし、しづの女は得心がいかなかった。

ここで確認しておくと、しづの女が主張する主観句の方向が完全に否定されていたわけではない。すでに見たように、零餘子はしづの女の句を「天の川」巻頭に選び、彼女が目指す「感覚描写」の方向を「その作る所の俳句は特異であり、優れてゐる」と称賛している。会員の個性を尊重する禅寺洞も、写生のもつ意味を諭してはいるが、主観的な方向を否定しているわけではない。なによりも虚子が彼女のほとばしるような主観の句である〈短夜や乳ぜり泣く児を須可捨焉乎（すてっちまをか）〉の斬新さを認めて、「ホトトギス」巻頭に据えている。

このようにしづの女が目指す主観句は、すぐれた作品であれば俳壇で容認され、評価されている。それにもかかわらず、彼女は俳句の主観・客観の問題に突き当たり、「作句を擲つ」と記している。

結局のところ、この時点でしづの女が直面していた問題は、主観・客観という文芸上の問題というよりは、もっと根源的な俳句作者としての主体性の問題ではないだろうか。

しづの女は禅寺洞、素風郎に句の評を求め、それに納得できずに零餘子の意見を求めており、三種の上五の候補を並べて、零餘子に選んでもらっている。自身の句の評価を他人に委ね、予想外の批判を受けると、別の見解を求めて右往左往する姿勢に、まず問題がある。みずから問題点を整理し、充分な推敲をして到達した自信作であれば、それを尊重することが作者の本来の姿である。

主観についての疑問の答えを他者から引き出そうとするのではなく、満足できる答えを自身で見つけるべく、創作をつづけながら独力で模索するのが作家であろう。そもそもこれだけ俳句を論理的に考察するしづの女であるなら、文芸に唯一絶対の解を求めて他者の意見を仰いでも、納得する解は得られない、と気づいていてもよかったのではないだろうか。

しづの女は鮮烈な俳壇デビューで一躍脚光を浴びたものの、すぐに作句を中断した。彼女はその原因を、「俳句の主観・客観・及び季の問題に懐疑・懊悩」と記しているが、それは多分に文学者としてのポーズであり、真の原因となったのは、いまだ俳句作家としての主体性が確立できなかったことから生じた懐疑と懊悩であったと思う。

後年しづの女は、杜若の句が特異な作品であり、句集で省かなかったことを恥じていないと述べるに至り、「この杜若の句のみは誰がなんと言つても決して割愛せないであらう」ときっぱりしたことばで結んでいる（「妄執」、「冬野」昭十六・六）。初学時代のしづの女は、自身の作品にこのような評価を下し、確信をもって進むことができなかったのである。

四　主婦が俳句を作る困難

しづの女が俳句を中断した背景として、もう一つ考えなくてはならないのは、家庭内の事情である。文芸上の悩みもさることながら、幼い子どもを抱えた主婦が直面した家事と創作の両立のほうが、より切迫した緊急度の高い問題であったに違いない。

巻頭となった大正九年にしづの女は、七歳から一歳まで、二男二女の母である。〈春泥にツワリの反吐をそと吐きし〉（「天の川」大十・五）とあるように、翌年には三女が生まれる。ただでさえ忙しい子持ちの主婦である上に、俳壇で注目されたことによって、いっそう多忙になった。

後年彼女は当時の状況を率直に語っている。

　幸か不幸か。東西を弁ぜぬうちに巻頭へひき据ゑられた私は、其の当時の私の家庭上に、非常に主婦としての雑務の多かつた事が、とりかへしがたい私の傷手となつたのでした。私は、そして、それから俳壇との交渉にへこたれてしまつたのです。

　文芸を以つて娯楽とする事の出来る、第一階級人の子供も少い主婦と、私とは同日の論ではありません。

　突然に驚して来る俳人諸子の来訪が度重なる。一面識もない俳誌がいくつも〳〵舞ひ込んで胆をつぶさせる。各種の頒布会が厳めしい顔を並べて勧誘に来る。全くとちめんぼうをふつてしまひました。家貧しくして俳諧を知る。人生の不幸これより大なる物があらうかとつく〴〵と長大息を吐いたのでした。加ふるに子供の大病。自分の重患。それやこれやで一時に姿を消してしまつたのでした。禅寺洞師は私を流星だと皮肉りました。私は言ひ返してやりました。イエ彗星です。又折を得て必ず今一度現はれます。

（「恨草城子之記」、「天の川」昭三・一）

福岡市百道海水浴場にて　昭和元年

左から次男・健次郎、三女・淑子、次女・淳子、畑野恍子、
長女・澄子、畑野哲彦、しづの女、妹・畑野アヤ

家庭生活に忙殺され、そのうえ健康も害して、とても俳句三昧という生活ではなかったことが綴られている。ちなみに、「栃麺棒(とちめんぼう)を振る」というおもしろい表現は、うろたえあわてるの意。

「須可捨焉乎(すてっちまをか)」と詠まれた赤ん坊であった健次郎は、「当時のわが家は、畳二畳の玄関と土間造りの台所を除けば、僅か二部屋しかなかったから、この狭い家の中に親子六人が犇(ひし)めきあっていた。だから、むし暑い夏の真夜中に乳をねだって泣き叫ぶ私には母もホトホト閉口したにちがいない」（「母の俳句と私」、『解説』）と述べている。

現代から見ると窮屈な暮らしぶりが想像されるが、これはしづの女一家だけではなく、当時の多くの日本人の普通の生活であった。竹下家は福岡市簑島大神通りの借家に住んでいた。健次郎の話によると、周囲には大神という地主が所有する同じような構えの借家が並び、農学校に勤務する人が多く入っていて、その一軒に竹下家も暮らしていたのだという。

しづの女が記した「短夜や」の「自句自解」は、この句が生まれた状況を明快に述べているので、すでに引用した「句作者のピストル」（本書七一頁）と重複するところもあるが、引用する。しづの女はまず俳句の解釈には句の背景となる時代相を知ることが重要だとして、婦人の置かれた現状を述べている。

此句に現れてる婦人は上流の貴婦人若くば物質上の豊富な一部（資産階級）の婦人ではありません。勿論下流の無自覚な無知な女でもありません。仮りに其等の女達とすると此句はヒステリックな色彩を帯びたツマラない句になります。即ち此句に現はれてゐる女は、現今の過渡期に半ば自覚し半ば旧習慣に捕へられて精神的にも肉体的にも物質的にも非常なる困惑を感ぜしめられ懊悩せしめられてゐる中流の婦人の或瞬間的の叫び＝（心の）でありモす。彼の日本でも平塚女史、晶子女史、若くば山川女史などが原稿紙何十枚と書いて論じ立てゝゐる婦人論の肯綮［かんじんなところの意］にも触れてゐるやうなシーンと思ひます。今の中流社会の母となる人の重荷がどんなに過重なことでせう。卑近に例をとつても、三度の食事、室内外の掃除、洗濯。外で働いて来る主人にも慰安を与へたし。児供も教育したし、自分の修養もしたし、曰く何、曰く何と体が三つも四つもあっても及ばないほどの仕事をかゝへて女中難で雇人もなし、体も心も綿の如く疲れて眠ってゐる短夜の最中を乳不足の児は乳を強要して泣く。眠さは眠し半ば無意識に自分の乳房をあてがつた。然し出ない乳は児の癇癪を募らせるばかり。火のつくやうに泣く。

「エッ。ウルサイ。」

とはじめて正気に目覚めて見ると、其処には可愛いゝ児が泣いてる。（中略）

此の「エッ。ウルサイ。」

といふ瞬間の表現が此句です。

（「自句自解」、「天の川」大十・一）

と乳児を抱えた母親の苦悩を解説する。

くり返しになるが、句はわが子を捨ててしまおうか、いや捨てられはしないという反語であり、薄情な母だと非難することは、的外れである。「外で働いて来る主人にも慰安を与へたし。児供も教育したし、自分の修養もしたし」の箇所こそが、近代的な自我に目覚めた女性であり、また愛情深い主婦でもあり、こなしきれない家事に忙殺されていたしづの女の嘘偽りのない本心だと思う。

日野草城は、禅寺洞といっしょに蓑島のしづの女の家を訪問して、彼女の実生活を垣間見たときの感慨を『「天の川」の思ひ出』に綴っている。

草城はまず、しづの女が、田中王城の句を草城の作だと思い込んで懸命に褒めるという愛すべきそそっかしさを描く。そして、「言葉ははき〳〵してゐるし、目鼻立ははつきりしてゐるが、やさしくてよく気のつくいゝ奥さんであつた」として、草城の腹具合が悪いことを知ると、彼女がすぐに農学校から搾り立て牛乳を取り寄せてもてなし、別れ際には汽車で飲むようにと熱い牛乳を壜に詰めてもたせてくれたことを記している。彼はしづの女に亡くなったなつかしい嫂（あによめ）の面影を重ねている。「たつた三四時間前に始めて会つたこの人に、私は不思議な離愁を覚えた」（「天の川」昭二・十二）という。

きらめく才気の若手として俳句界に登場した草城が捉えた、生活者しづの女の意外な姿である。「須可捨焉乎（すてつちまをか）」と言い放つ豪放な女性俳人と思っていたしづの女の、家庭的な一面が浮かびあがる。しづの女の温かい包容力を感じさせるエピソードである。草城としづの女はこの後もずっと親しい関係をつづけることになる。

五　過渡期を生きる女性

しづの女は夫を婿養子として迎えたので、仕えるべき舅姑はなく、その意味では精神的に楽であった。しかし、洗濯機も炊飯器もなかった時代である。タライで洗濯し、竈に火をおこして食事の用意をして、来客に応対し、大勢の幼い子どもを育てれば、それだけで手一杯になる。家事労働の負担が女性に重くのしかかっていた。

カルタ歓声が子を守るわれの頭を撲つて

上五は過度に省略した表現であるが、カルタ遊びをする人の歓声がという意味であろう。若いころから詩歌に親しんだしづの女であったが、いまは幼い末娘を抱えてカルタに参加することもできない。彼女を気遣ってくれる人もなく、カルタに興ずる歓声をうるさく感じているのである。「ホトトギス」大正十年五月号雑詠の入選句。

杉田久女の〈寒風に葱ぬくわれに弦歌やめ〉も同様の気分の句である。寒風に吹かれながら総菜用であろう、畑の葱を抜いている主婦の耳に響いてくる、歓楽の陽気な三味線や歌への怒りを爆発させたものである。

二人の娘をもつ久女も、時間がないとしばしば嘆いている。久女は主宰誌の遅刊を詫びて、

「何しろ女中はなし客は多し毎日の郵便、御飯たき洗濯等、朝は早く起きて働らくので夜はすつかり疲れそれでも時々二時三時とぐた〳〵になつてゐねむり〳〵かいてゐる事もあり」、ようやく編集が済んだが、主人にも叱言(こごと)を言はれつづけている（「花衣」四号）、と窮状を説明している。

しづの女も久女も、矛盾に充ちたこの時代を「過渡期」という捉え方をしている。〈須可捨(すてつちま)焉乎(をか)〉の句が詠まれたのは大正九年、〈カルタ歓声(どよみ)が〉は大正十年、久女の〈弦歌やめ〉が大正八年、また〈足袋つぐやノラともならず教師妻〉は大正十一年である。いずれの句も、母であり主婦である女性のやるかたない叫びが率直に表明されている。女性の権利拡張を求める大正デモクラシーの最盛期に生きた女性たちの大半は、近代的な自我に目覚め、新しい女性の生き方を求めながらも、いまだ家父長制の桎梏に縛られていた。

女性が置かれているそのような状況は、次第に社会的な問題として意識されるようになった。久女は自身の〈足袋つぐや〉をつぎのように鑑賞している。

> 過渡期のめざめた妻は、色々な悩み、矛盾に包まれつつ尚、伝統と子とを断ちきれず、たゞ忍苦と諦観の道をどこ迄もふみしめてゆく。人形の家のノラともならずの中七に苦悩のかげこくひそめてゐる此句は、婦人問題や色々のテーマをもつ社会劇の縮図である。

（「大正女流俳句の近代的特色」、「ホトトギス」昭三・二）

この時代には、医学博士夫人の久保より江、あるいは櫓山荘時代の橋本多佳子のように、大勢の使用人を使って生活のことは他人任せにしていられる階層の人びとがいたが、それはごくわずかで、一般の女性は日常生活の雑事に追われていた。大正デモクラシーの自由主義は、人間の生命を高らかに謳う理想主義や人道主義を強調する民衆文化を生みだし、都市部を中心に、個人を解放して、新時代を切り開くという理想を追求する思潮が盛んになった。このような流れのなかで市川房枝などの女性活動家が現れて、女性の地位向上を求める運動を推進した。婦人参政権の獲得や女性解放を推進する新婦人協会が設立された。

しづの女が述べているように（本書一〇四頁）、大正七年から平塚らいてう、与謝野晶子、それに山川菊栄、山田わかも加わって、母性保護をめぐる女性解放史上で重要な論争が「婦人公論」、「太陽」という雑誌を舞台に展開された。

らいてうは病身の夫と幼い二人の子どもを抱えて仕事をしていたが、国家は妊娠・出産・育児中の女性を保護すべきという母性中心主義を提唱した。それに対して歌人として活躍しながら十一人の子どもを育てたスーパーウーマンの晶子は、女性も自ら訓練し努力して経済的な自立をすべきで、国家に保護を求めるのは依頼主義と批判した。

らいてうは明治十九（一八八六）年生まれで、しづの女とほぼ同世代であり、晶子はそれよりも早い明治十一（一八七八）年生まれである。女性の家事育児の負担の実態は時代が移ってもあまり変わらなかったが、家事労働に対する女性の意識は徐々に変化した。就学率は明治三十年代から急上昇を始め、とりわけ女子の就学率の伸びは著しかった。明治三十年代末には初等教育が普及し、軌道に乗った。やがて学校教育を受けた世代の女性が家庭をもち主婦となった。印刷技術の革新のお陰で新聞、書籍、雑誌が手軽に読めるようになって、女性の意識の啓蒙や文化の発展に大きく貢献した。「主婦之友」、「婦人画報」などの婦人雑誌があいついで創刊された。なかでも「婦人公論」は大正五年に中央公論社からインテリ向けの女性総合雑誌として刊行され、女性をめぐる論争の場となった。婦人雑誌が載せていた実用記事は扱わず、女性解放、男女同権など、女権の拡張を目指す誌面構成であった。

一般女性たちの間にも意識変化が生じた。けれども目覚めた女性たちは、旺盛な知的好奇心、向学心をもちながらも、社会参加、知的活動のための余裕がなく、何かしたいけれど、することができない状態におかれた。理想と彼女たちをとりまく現実との間には大きなギャップがあった。しづの女は「現今の過渡期に半ば自覚し、半ば旧習慣に捕へられて精神的にも肉体的にも物質的にも非常なる困惑を感ぜしめられ懊悩せしめられてゐる中流婦人の或瞬間的の叫び」と分析し、久女は「過渡期のめざめた妻は、色々な悩み、矛盾に包まれつつ尚、伝統と子とを断ちきれず」と作者が直面する苦境を表現している。

大正初期に虚子は婦人十句集、台所雑詠欄の新設によって、女性を俳句界に誘い、それが奏功して女性の参加が増え、すぐれた女流俳人が育った。それは俳句結社の主宰者としての虚子の卓越した指導力を示すとともに、時代の動向を的確に捉える彼の先見性の成果でもある。「過渡期の」女性たちが抱える自身の思いを表現したいという内面の欲求を、俳句という小さな詩型が掬いあげた。そして俳句という表現手段を得たことで女性の自己啓発はいっそう活発化した。しづの女の場合も、久女の場合も、主婦や母としての務めに追われて一時期作句を中断したものの、時が来ると再び俳句に戻っていった。

六　写生の効能の再認識

明治四十一（一九〇八）年に開設された雑詠欄は、渡辺水巴（すいは）、村上鬼城（きじょう）、飯田蛇笏（だこつ）などの作家を称揚することから始まった。虚子は「ホトトギス」に作句の指針として「進むべき俳句の道」を大正四年から六年まで連載した。大正五、六年には、客観写生に忠実な西山泊雲（はくうん）や島村はじめが雑詠欄で活躍を始め、しづの女が投句するころには原石鼎が復活し、野村泊月（はくげつ）、池内（いけのうち）たけし、鈴木花蓑（はなみの）、岩木躑躅（つつじ）など客観写生を遵守する作家が尊重された。客観写生が強調された当時の「ホトトギス」では、ただ事象をなぞっただけの無味乾燥な写生句が多く入選しており、主観を詠みたいしづの女は飽きたらなく思っていた。しかし彼女がしばらく作句から遠ざかっている間に、雑詠欄の顔ぶれが入れ替わり、東大俳句会のメンバーが活躍するようになった。

大正末期から昭和初年にかけて、水原秋桜子、阿波野青畝（せいほ）、山口誓子（せいし）、高野素十（すじゅう）が登場した。山口青邨（せいそん）が彼らを四Sと名づけたが、客観写生一辺倒であった時代の一つの反動として生まれた彼らの浪漫的で清新な作品は、俳句の領域を拡大した。

作句をやめて、俳誌を開くこともなく過ごしていたしづの女は、あるとき俳壇の変化に目を見張る。そのときの驚嘆を次のように述べている。

高嶺星蚕飼の村は寝しづまり　秋桜子

その時の私の驚愕と感嘆とは、文字どほり、息をとめてしまふ程の感動であった。彼の乾燥無味な写生句充満のホトトギス雑詠を虚子先生は何時の間に、此の緑地帯の美しい泉と化されてしまはれたのであらうか、と少時呆然自失してゐる私に、再び、俳句への還元の欲求が滝の如く奔騰して来たのである。（「愛誦句と秘誦句」、「俳句研究」昭十八・二）

秋桜子のみずみずしい句に、しづの女の柔軟な感性は即座に反応した。秋桜子は春の星の下で静もる山あいの養蚕の農村を描き、自然とそのなかにある人びとの暮らしを詩情豊かな作品にした。彼女の心を捉えたのは、秋桜子の句からあふれる抒情であった。

つづけて、彼女は「写生」の尊さを痛感した句として、

瀧の上に水現はれて落ちにけり　　後藤夜半

をあげている。これは我を忘れてじっと滝を凝視した結果得られた、客観的に真実を捉えた句であることに気付き、自身の初期の句〈瀧見人水魔狂ひ墜つ影見しか〉と引き比べ、「負けた！」と絶叫したという。

しづの女は、夜半（やはん）の句が、当時の「ホトトギス」雑詠欄に氾濫していた「写生が俳句の目的であるかの如」き凡庸な句とは一線を画していることを直感した。「軽蔑した写生への再認識を出発せしめられし句」であると称賛している。

滝という激しく落ちる水を、しづの女は「水魔」と捉え、「狂ひ墜つ」と大仰なことばを重ね表現した。いっぽう夜半の句は、水の動きに焦点を当てて、滝の実態を静かなことばで的確に描写している。静かな流れが滝となる、その静から動へと転換する場面を切り取って、滝の姿を鮮やかに示している。

この句によってしづの女は主観を表現するうえで、写生という手法が発揮する力を今更なが

ら悟ったのである。秋桜子、夜半の句をしづの女がこのように受けとめたことは、彼女が鋭い感受性と確かな鑑賞力の持主であることを示している。

七　九州俳壇での女性の躍進

「天の川」は昭和二年七月に創刊百号を迎え、別府温泉で虚子歓迎句会が開かれた。虚子は「客観写生」という主張を具体化して、昭和三年六月に「花鳥諷詠」というスローガンを打ち出し、春夏秋冬という季節の変化によって生じる自然、また人間の現象を詠むことを提唱した。このころの禅寺洞は、虚子の「花鳥諷詠」の道に従うことを明言しており、「天の川」と「ホトトギス」は良好な関係にあった。「天の川」の課題句選者は豪華な顔ぶれで、「ホトトギス」で活躍中の俳人が名を連ねていた。水原秋桜子、富安風生（ふうせい）、日野草城、田中王城、楠目橙黄子、小野蕪子（ぶし）、佐々木巽（たつみ）、山口誓子、有働木母寺（もっぽじ）、鈴鹿野風呂（のぶろ）、まだ二十代の若さの芝不器男など、気鋭の俳人が登場した。

「天の川」で特筆すべきことは、女性俳人の活躍である。九州の女性俳句の発展ぶりを、禅寺洞はつぎのように述べている。

昨年春以来福岡では女流俳人の方が可なり多数出来ました。多くは横山白虹君が指導されてゐます。桜楓会（女子大学出身者）の方々や、九大病院の看護婦長の方々などです。それから福岡県女子専門学校の俳句講座を、私が受持つことになつてもう半年以上になります。（中略）頗る熱心で毎回の講座に三四十人は見えてゐるやうです。（中略）尚ほ杉田久女氏の主宰する嫩葉会が追い〳〵人数も増え隆盛に赴きつゝあることは、女流俳界の為めまことに喜ばしいことです。竹下しづの女さんも永く俳句を断つてゐられたが、最近復活されて、旧臘久しぶりに発行所を訪はれました。今後九州の女流俳界がどこまで進展するかはみものです。

（「編集後記」、「天の川」昭三・一）

炭鉱、製鉄景気に湧いていた北九州は、大きな活力を蔵していた。歴史的に中国、朝鮮半島との交流の拠点となってきたこの地域は進取の気性に富み、新しいものへの欲求があった。好況のなかで女性の社会進出が進むと、文化的な集団が生まれた。そこに禅寺洞などの熱心な指導者が乗り出し、彼らの尽力で女性俳句の裾野が広がり、活発な活動が行われた。こうして、九州にすぐれた女性俳人が輩出することになったのである。

昭和三（一九二八）年十月七日、虚子を迎えてホトトギスの第二回関西俳句大会が福岡市第一公会堂で開かれた。関西俳句大会という呼称であるが、四国、九州、京阪の三ヶ所で毎年回り持ちで開かれ、現在でいう西日本大会と捉えればよいだろう。「福岡日日新聞」は虚子の博多駅到着を禅寺洞がモーニング姿で出迎えた写真を掲載している。

「天の川」(昭三・十一)に大会の詳細な報告があり、北九州のさかんな俳句熱が伝わってくる。参加者は三百数十名という盛会であった。巻頭に虚子の講演「写生といふこと」の要旨が掲載されている。虚子は、写生の技という観点から高野素十、水原秋桜子、山口誓子、阿波野青畝の句を鑑賞し、写生を尊重する方針を説いた。

楠目橙黄子は、つぎのように感想を記している。

九州俳壇の名物はなんと云っても女流作家のすぐれたことである。此の大会の一角に婦人席の貼紙、うち眺むればより江夫人、久女氏、しづの女氏、萩女氏いづれも一と花も二た花も咲かされた方々ばかりで、その外(ほか)雲の如く女ながらもといふ有様。第三回関西俳句大会は来年京阪地方で開催されるさうだが、優秀なる作家を網羅することに於ては無名会あたりの猛者を中心にして各地大会の随一だらうが、たゞ女流作家に於ては到底九州には及びもつくまい、仮りに久女氏一人でも京阪女流の全部に匹敵するからな。

(「大会雑記」、「天の川」昭三・十一)

現在ではわざわざ婦人席を設けることなど考えられないが、当時の俳句大会は男性が主流であったから、会場に女性のための席が設けられた。この婦人席が賑わっていたのであろう、大会の運営委員長を務めた横山白虹は、九州の女性俳人の多さに各地からの参加者が驚いていたと伝えている。白虹の勧めでしづの女もこの熱気に満ちた大会に出席し、俳句に再び意欲を燃やすことになった。

ちひさなる花雄々しけれ矢筈草

第5章　葦原のなかの新居

一　自宅の新築

昭和四（一九二九）年にしづの女の一家は大濠（おおほり）公園の南側の福岡市浜田町（現、福岡市中央区草香江）に転居した。福岡市営地下鉄七隈線の六本松からほど近いあたりで、現在はマンションや集合住宅がいくつも建っているが、当時は葦原と畑のつづく静かな一帯であった。

この場所を選んだのは、大濠公園で開かれた東亜勧業博覧会を見に行ったしづの女が、会場周辺の葦の繁る風景がすっかり気に入ったからである。簑島の手狭な借家住まいであった一家は、ここに自宅を新築することにした。

一帯は、昔は博多湾の大きな入り江であった。慶長年間に黒田長政が福岡城を築城した際に海を埋め立て、長い堤を築いて外濠とした。福岡城が廃され、明治、大正期は、あたりは葦の生い茂る沼沢地となっていたが、一部を埋め立てて東亜勧業博覧会用地とし、その収益で周辺を公園として造成することになった。昭和四年に県営大濠公園として開園したが、当時の北九州の活力を示すように、中国の西湖（せいこ）をモデルとした目を見張るようなりっぱな公園であった。古いポスターを見ると、池を中心に、中の島、能楽堂、美術館、日本庭園をそなえ、水面から五十メートルも噴き上げる大きな噴水もあった。

竹下家の新居は敷地が広く、農学部出身で農学校教諭の夫は畑を作って楽しんだ。当時一帯は埋め立てたばかりで、葦原の風景はしづの女の格好の句材となった。

昭和四年の作品として、『颱』につぎの句が収録されている。

草庵新築

青葦を手づから刈って簾を編むも

『定本』では、「主人は寸暇なきまま私一人にて設計より現場監督まで致し、三伏(さんぷく)の盛夏を真黒くなりて草庵をつくりたり」と、詳しい前書きがある。

健次郎の話では、しづの女自身がじっさいに簾(す)を編む作業をしたわけではなく、傍らで号令をかけていたのであったが、忙しい建築現場に足を運んで、完成するのを楽しんでいたという。

ちひさなる花雄々しけれ矢筈草

これも昭和四年の吟。矢筈草(やはずそう)は、路傍に咲くマメ科の一年草。長楕円形の葉をもち、小さな赤紫色の花をつける。葉脈が葉の縁に向かって斜めに平行して走っていることが特徴で、葉の先を引っ張ると葉脈に沿ってV字形に切れて、矢筈の形に似ているためにこの名が付いたという。しづの女は新居の庭に生えるこの地味な草を好んで、何度も句に詠んでいる。草の名の弓矢のイメージが、明朗闊達な作者のきりりとした姿と重なってくる。

しづの女は新居建設を詠んだ句を虚子に送り、選を頼んだようで、その返信（昭和四年九月十

句碑〈ちひさなる花雄々しけれ矢筈草〉
中京中学校庭

四日付）が残っている。原稿用紙に書かれた虚子の手紙は、三伏の盛夏に真っ黒になって監督したことを、「あなたらしくて面白い」と述べている。さらに今回の三句がいつものような「衒気（げんき）なく、大変結構に存じ、斯（こ）うあり度（た）きもの」と評している。ここで虚子がいう「衒気」とは、才能や知識を人に自慢したがる気持ちの意で、しづの女の才気走った、難しい漢文調の句風を指すものと思われる。句集『颸』の後記に「私の句の有つ二つの相反する性格の中、此集中の句の性格は客観的平明な句を主として選出し、恩師高浜虚子先生の嘗て御評言にありしが如き佶屈聱牙（きっくつごうが）な句は殆ど省いてある」と記しているが、その「佶屈聱牙」の句と似た傾向を指している。虚子はしづの女独特のこの難解な句風より、平穏な調子のほうがよいと指導している。虚子の手紙はしづの女の明朗闊達な個性を愛しみながら、ゆったりと見守っていて、心が通いあう師弟関係であったことが窺われる。

　虚子はこの手紙で、しづの女の矢筈草の句に和して、

をんな手の雄々しき名なり矢筈草　虚子

の句を贈った。贈答句の名手と讃えられた虚子ならではの名吟で、〈女手のをゝしき名なり矢筈草〉の表記で、後にしづの女唯一の句集の序句とされた。

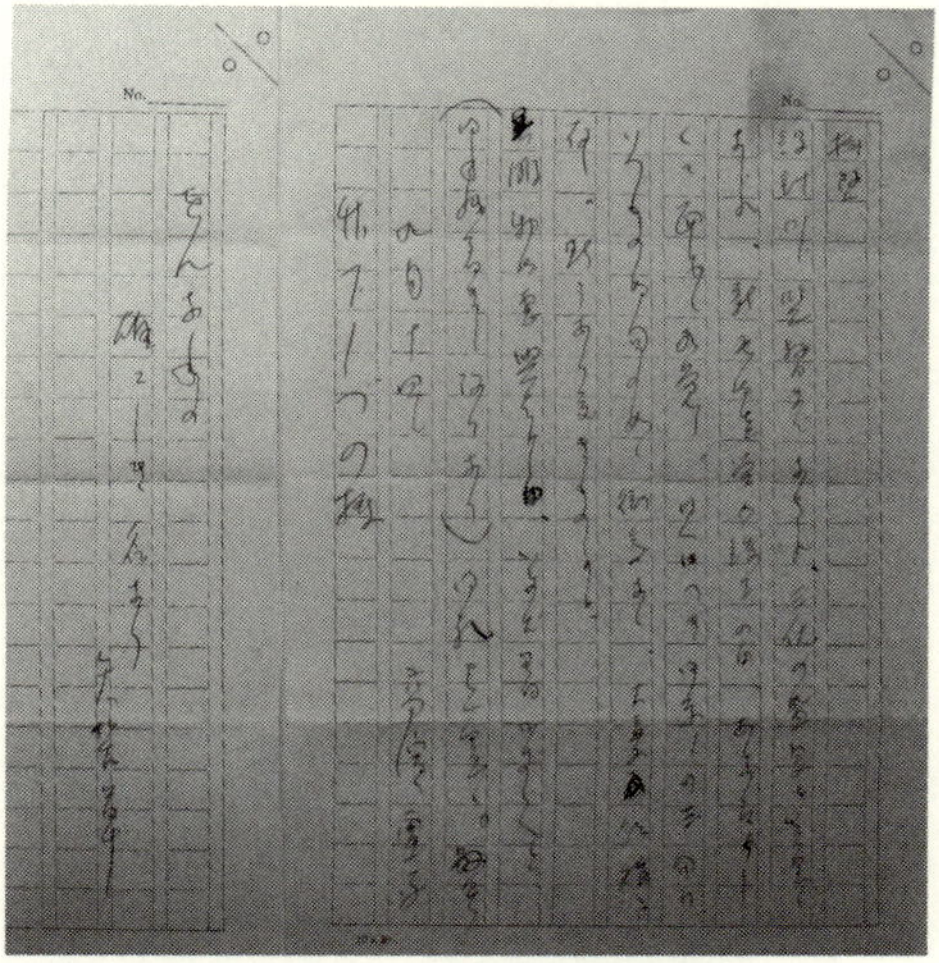

虚子から「をんな手の…」の句が贈られた手紙

二　句集出版計画の中止

再び作句を始めて一年ほどで、しづの女に句集出版の話があった。『颱』の後記には、「最初の計画は昭和四年で、虚子先生を始め数多の序文を頂いたにもかゝはらず故障続出にて中絶」と記されている。

このときの「故障続出」とは、まず完成したばかりの新居が台風で浸水するという災害に見舞われて、句稿が水浸しになったことである。そのうえ、しづの女は体調を崩していた。子どもを生んでから次第に太ってきた彼女は、引越し前に転んで横腹を負傷し、その傷がなかなか治らずに化膿した。傷は悪化

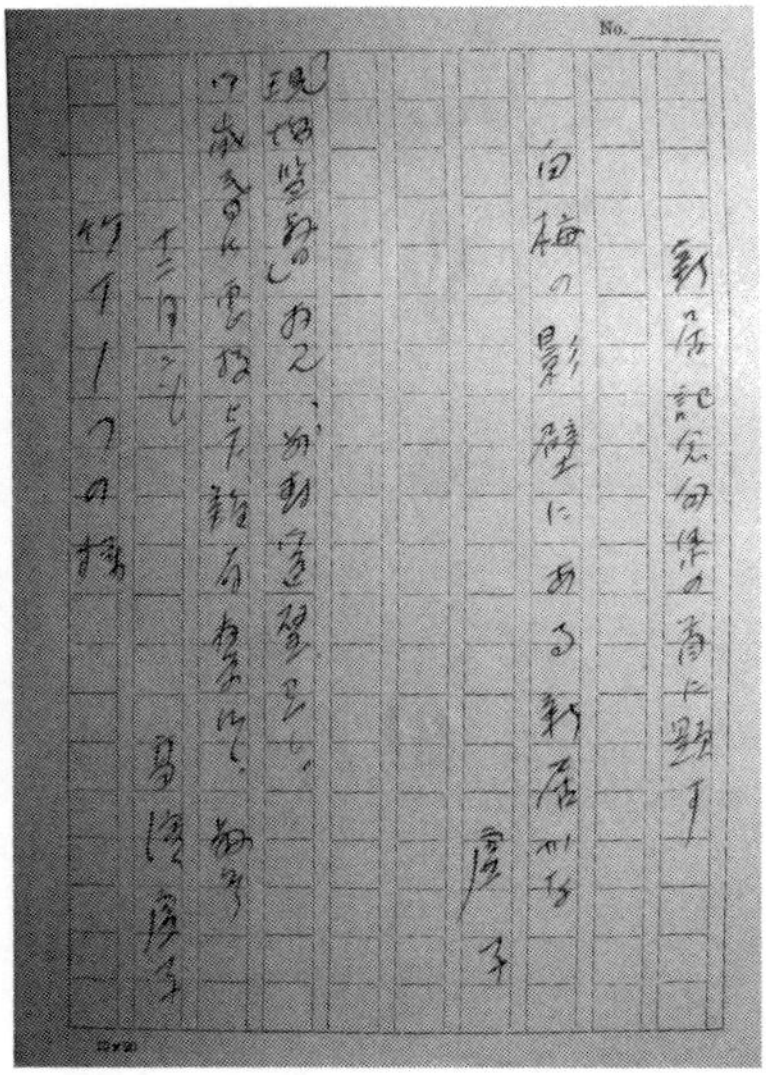
新居記念句集の首に題す

白梅の影壁にある新居かな　虚子

虚子〈白梅の影壁にある新居かな〉

して、横山白虹の病院で手術を受けることになった。そのほかにも高血圧、ヘルニア、腎臓病などを抱え、体調がずっと悪かったという。

このような次第で、出版は見合わせることになった。

この句集計画のために虚子から贈られたのは序文ではなく、序句であったと思われる。虚子の句は、原稿用紙に書かれたもので、福岡県立図書館に寄託され、三女淑子の『回想のしづの女』に写真版で収められている。

昭和三年十二月六日
新居記念句集の首に題す

白梅の影壁にある新居かな　　虚子

新築と句集出版を祝う句であったが、結局、序句として句集を飾ることはなかった。

また、初学時代の師である禅寺洞から句集の序文をもらったが、その後、しづの女が禅寺洞の元を離れたため、昭和十五年の句集『颯』には収録されなかった。禅寺洞は書き上げた序文を「天の川」（昭五・六）に「竹下しづの女句集の序」として載せている。

親交のあった日野草城からも序文をもらい、これも『颯』では割愛されている。禅寺洞と草城の序文は『句碑建立記念　竹下しづの女』に収録されている。昭和四年というまだ女性の句集出版が珍しい、早い時期に、句歴は浅かったがしづの女には出版計画があったことは確かである。

三　小説「格子戸の中」

しづの女は俳句だけでなく、小説を書くことにも意欲を見せている。彼女は結婚したばかりのころは夫が寝た夜中に起き出して小説を書いていたが、俳句同様に一時中断し、子どもに手がかからなくなると再び小説に取り組んだ。「格子戸の中」は「門司新報」に、昭和四年四月五日から十八日まで十四回にわたって連載された作品である。

「格子戸の中」という題は、夏目漱石の「硝子戸の中」を思わせる。漱石の作品は硝子戸の内側にある書斎で、もう若くはない作者が思いめぐらしたことを綴った随筆である。いっぽうしづの女の作品の題は、貧弱な格子戸によって世間と隔てられた家庭の中というほどの意味である。狭苦しい家のなかに、主婦の澄子、婿養子の三宅、まだ幼い三人の年子の子ども、そして澄子の母、おしんが暮らしている。夫は同僚に養子であることを馬鹿にされながら、安い給料で繊維会社で働く、しがない勤め人である。彼は澄子を愛しているが、身勝手な義母とは折り合いが悪い。澄子は、夫と母の間で気を遣いながら、貧しいなかで精一杯主婦として、母としての役目に励んでいる。

作品は子どもを抱えた主婦の目が回るほど忙しい日常生活を克明に描く。格子戸を開けて一歩外に出れば、そこは世間というコミュニティであり、澄子には近所の主婦たちとの面倒なつきあいが待っている。寒空の下、女たちがたむろする井戸端で、澄子は汚れたおしめを洗わなくてはならない。たらいの汚水を捨てながら、

こんな、糞汁で洗礼を受けた女には、神様もいりません、社会もいりません、名誉も道楽も、一切合切いりません。

家庭王国です！主人と子供と、これだけが私の全てです。

（「格子戸の中」、「門司新報」昭和四年四月六日）

「自分には家庭がすべて」と彼女は高らかに宣言し、傍らにいる子どもがいない有閑夫人に向かって、子の世話に明け暮れる今の自分の生き方こそが「女として正常」だと言い放つ。しかし、家庭王国を唱え、自身の生き方を肯定してみせている彼女にも葛藤はある。本来、彼女は、どんな芸術家も適わないほど、生活を「美術的に音楽的に詩的に輝かし得る才能を有つてゐた」、ところが、「三宅と結婚するや、其の日から、忽ち最も平凡な、最も低級な、裏長屋の細君と化してしまつてゐる」のである。余裕のない多忙な日々を、どんな無産階級の女でも、今の自分の不眠不休の家庭労働ほど激しく働いてはいない、と心のなかで嘆いている。

我が儘な母は、貧しい澄子の家を見限り、居心地のよい澄子の妹の家に移りたいと言いだす。しかも、父が遺したわずかな遺産の半分を持っていくという。それを聞いた夫の三宅は怒り、家族の諍いがくり広げられる。夫と母の間で息をひそめるように自分を殺して暮らしていた澄子が、ついに堪えきれなくなって、ふたりに向かって「あなた方は、二人共、皆エゴイストです！」と感情を爆発させるところで終わる。

婿養子の夫、母、妹が一人、年子の子どもたちという家族構成は、しづの女の実際の家族をそっくりなぞっている。また「澄子」は、しづの女の長女の名前である。ただし登場人物の個性は創作であろう。

門司新報

THE MOJI SHIMPO　昭和四年四月十六日　火曜日

氣乘のせぬ軍縮委員會

英佛が元來敬遠主義

議論に花咲く位で次回に持越さん

速開の希望

實際的問題

豫想されて

露紙擧つて後藤伯の死を悼む

格子戸の中（十二）　竹下しづの

「門司新報」に掲載された「格子戸の中」(昭和4年4月16日)

この小説はなかなかおもしろい。導入部は隣家の西洋婦人が開いている聖書の会の「主、吾を愛す」の澄み切った讃美歌から始まる。歌声を聞きながら、澄子は今日が金曜日であることに気付く。有閑婦人たちの世界と、厳しい主婦の現実の対比から小説の世界へと入っていく。

巧みな状況設定がなされて読者を作品世界に誘い、プロットの展開も無理がない。ただ結末のつけ方は唐突で、投げ出した感がある。澄子の激しい言動に夫と老母はどのような反応を示したか、その結果どうなったか、を描き、作者の創作意図をもっと丁寧に伝えるべきである。

表現上の問題点としては、まず、人物造形が紋切り型で、人物の心理が充分に描けていないことがある。また文体にも難がある。「ガタ〳〵」「ブカ〳〵」「ザァ〳〵」など安易なカタカナの擬態音を多用した文体が安っぽいこと、事象を説明するための比喩が多く、しかも突飛な比喩であることが作品の品格を削いでいる。文体を磨く余裕がなかったのであろうが、この雑な文体のせいで作品は読みづらくなっている。

このような欠点はありながらも、作品が扱っている、家事と育児に忙殺されて疲れ果てた過渡期の女の苦悩というテーマは、切実な響きをもって迫ってくる。澄子は才能も教養もある女性だが、家庭こそ女の王国という信念をもって、社会で活動するよりも、妻として夫を支え、母として子どもを養育し、娘として老母に孝行する、献身的な主婦として生きている。つまり彼女は社会が求める良妻賢母を志向する人物として設定されている。しかし、そのような女性でありながらも、育児と家事労働は大きな壁であり、忍従の限界まで試され、理想と厳しい現実の間で苦悩している。〈短夜や乳ぜり泣く児を須可捨焉乎（すてっちまをか）〉と詠んだ若いころのしづの女の状況を、小説で描いたような作品なのである。

序言として、しづの女はナサニエル・ホーソーンの『緋文字』に言及しており、文学的知識の広さを示しているが、『緋文字』に描かれるヘスター・プリンに、敢然と子どもを育てる女の原型を見ているのであろう。

社会の制約のなかで、目覚めた女性がいかに自分らしく十全に生きてゆくかは、しづの女の

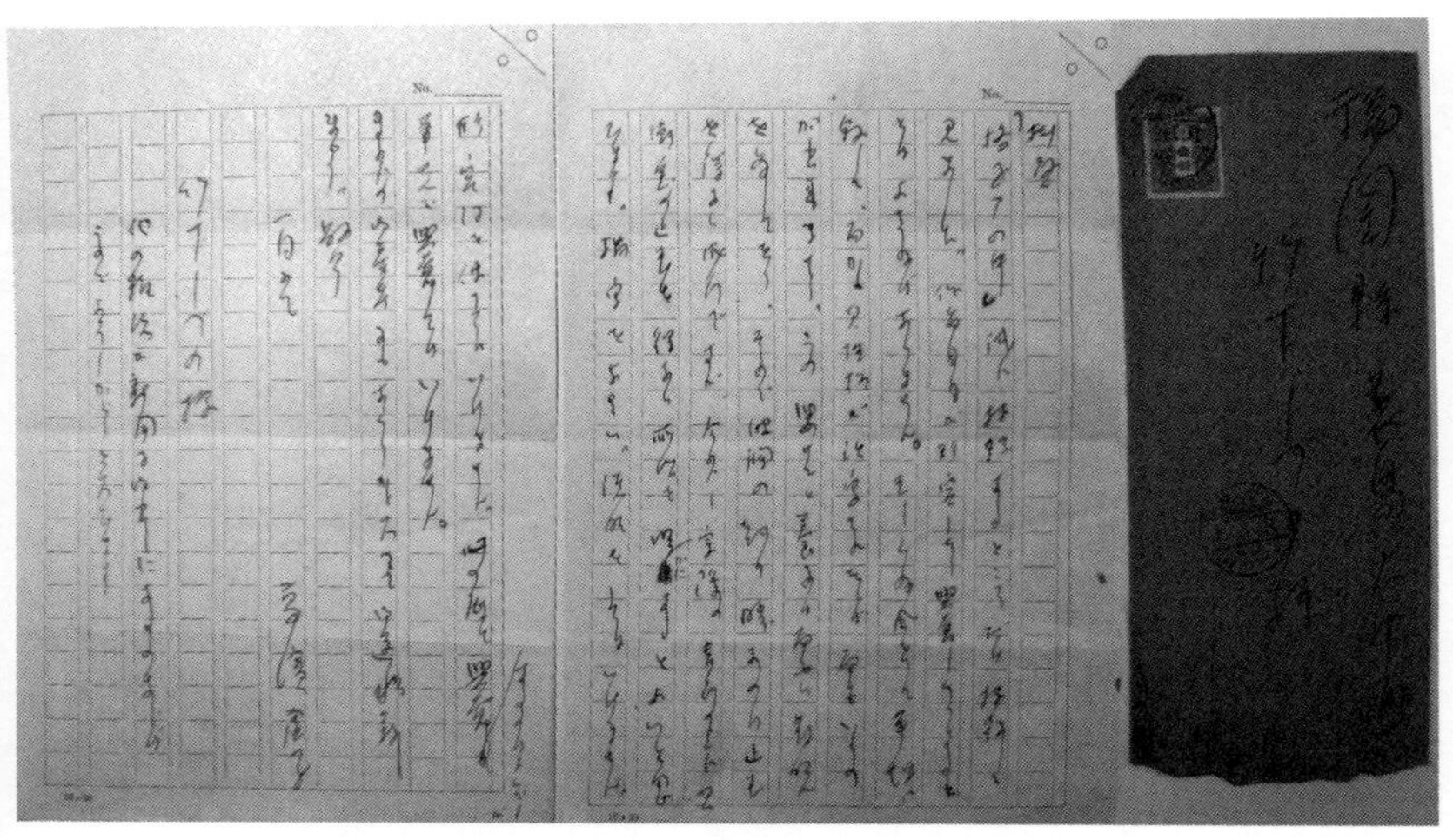

「格子戸の中」について助言をする虚子の手紙

切実なテーマであり、この作品でも実体験を踏まえて具体的に詳しく描かれている。表現形式に注意を払って改訂すれば、読み応えのある作品になる素材で、しづの女の文才を示している。

この小説をしづの女は虚子に見て貰ったようで、虚子からの返信が残っている。虚子は原稿の不要な部分を抹消して返したと記している。一時期小説の執筆に没頭したことがある虚子は、彼女の作品を丁寧に読んで、懇切で的確な助言をしている。

> 作者自身が形容したり興奮したりすることはよさねばなりません。そしらぬ風をして平坦に叙して、而も其の性格が活写されたらば面白いものが出来ます。（中略）描写をなさい。説明してはいけません。形容詞を使ってはいけません。心の底で興奮するのはよいですが筆先で興奮し

てはいけません。

（昭和四年一月八日付、しづの女宛ての虚子の封書）

虚子が諭す叙述の極意は、小説だけでなく俳句にも通じるものである。他の雑誌か新聞に出すならこれでよろしかろうと思う、と虚子は伝えているが、「格子戸の中」はこの助言を得て「門司新報」に連載されたと思われる。新聞の一面に連載されたということは、一般の新聞読者にとって興味がもてるテーマを扱った作品であり、主婦の手すさびではなく新聞社が設定するレベル以上の出来映えであったと考えてよいだろう。

四　作句再開後の作品――昭和四年

初期のしづの女の俳句は、述べたいこと全部を一句に収めようとしていた。ところが作句を再開し、写生の意義に目覚めた後の作品は、大きな進展を示している。

作句再開後の佳什を挙げよう。昭和四年の吟として、

彼 の 漢 遊 ぶ が 如 し 葦 を 刈 る

浜田町の家の外の広がる葦原の景を詠んだもので、葦刈りの姿を描写している。「遊ぶが如し」の比喩が的確で、丈の高い葦を刈る大きくゆったりとした動作が目に浮かぶ。

昭和五年の作品としては、

畑打つて酔へるがごとき疲れかな
日を追はぬ大向日葵となりにけり
月代は月となり灯は窓となり

一句目、作者自身のことでも、誰かを描写したと考えてもよい。健康な肉体の隅々にひろがってくる、労働のあとの快い疲労を表す「酔へるがごとき」の措辞がみごとである。

二句目、太陽を追って向日葵（ひまわり）は向きを変えるというのは俗説で、実際にはそういうことはない。盛夏のたくましい向日葵のようすを詠んだこの句は、下五「なりにけり」と堂々と叙して、その存在感を表している。すっかり茎も太くなり、昂然と大輪の花を掲げる向日葵を、しづの女は「日を追はぬ」と捉えているが、盛夏の向日葵を、我が道を行く生き方の表象としていたのかもしれない。

楠本憲吉は「大向日葵即作者、作者の紅血の通った大向日葵であるがゆえに、この句のユニークな味が感取される」と評した（『昭和秀句Ⅰ』）。

三句目、しづの女が頻用する対句の形をとっている。月の出前の白みがかった空にやがて月が上ると、あたりの闇のなかで窓がくっきりと浮かびあがった。窓枠で縁取られた明るい窓と月の景であるが、夕刻から晩への時の推移を描き、静かな詩情をたたえている。

昭和六年の作品としては、

　　茸狩るやゆんづる張って月既に

久女がこの句の明快な句評をしている。

　この句はまた張り切つて強弓の如き表現である。私は茸狩といふものを余りよく知らないが、あちこちと茸狩してもう帰り路でもあろふか。向ひの山影から弓弦をはりきつた如き月が鮮やかにさしのぼつた。

　月既にと、弓弦を、ふつりと切り離したやうに力強くいひ放したところ、昂奮した作者の感興も、丁度大弦の如くはりきつてゐる。しづの女さん独特の主観のつよい句である。

（「花衣」創刊号）

茸狩の帰路、夕暮れて月が上ってきた景であろう。久女の鑑賞のとおり、「ゆんづる張って」の把握が力強く、下五の止め方も巧みで、切れ味がよい。句の調子も勢いがある。

　作句再開後のこれらの作品は対象を的確に描き出すと同時に、背後に作者の内面世界も浮かぶ。調べも初期の作品のような滞りがなく、調子が張って、朗々として快い。

五　学生俳句大会

昭和四年、五年、六年と三回にわたって横山白虹が主導して九大、福岡女子専門学校、福岡高校、福岡師範学校などの学生を集めた「学生俳句大会」が開かれた。第一回大会で禅寺洞と横山白虹が講演した。

昭和五年十二月七日に開かれた第二回学生俳句大会の宮下青葉による報告が「天の川」（昭六・二）に載り、翌月号に、禅寺洞、棚橋影草、横山白虹、久女、しづの女、久保ゐの吉、より江などを選者とした選句結果が発表された。講演としては、三宅清三郎が「名所俳句に就いて」、禅寺洞は「現代の俳句」を語った。また「竹下しづの女氏は『作句の実際的考察』について滔々と弁じ、男子をして顔色なからしめた」とある。しづの女は論理的に考える俳人であり、教壇に立った経験もあり、大勢の前で話すことは得意であったのであろう。最後に久保ゐの吉の「雑感」と題したユーモアに満ちた講演があったとしている。充実した大会であったことがわかる。

懇親会では、学生側から季題、十七字詩型についての質問が出た。「三宅大人タヂ〳〵の態だ。しづの女サン却々（なかなか）負けない。内容が形式を制約するか、形式が内容を制約するかの議論は面白かつた」とその場の状況を記している。俳句形式をめぐる真摯な討論が伝わり、講演に討論に、男性を凌ぐ論客しづの女の面目躍如といった景が目に浮かぶ。

第三回学生俳句大会は昭和六年十二月六日に開かれ、九大や福岡女子専門学校から学生が参加した。報告が「天の川」(昭七・一)にある。選者に禅寺洞、高崎烏城、横山白虹、棚橋影草、後藤蓼蟲子、また、しづの女、久女の名前がある。句会後に懇親会も開かれて、議論が交わされ、親しい交流があったようすがわかる。

六　日本新名勝俳句の銀賞

大正十二年の関東大震災は首都圏に壊滅的な打撃を与え、東京に拠点を置いていた主要紙「時事新報」、「國民新聞」、「萬朝報」が被災して力を失った。いっぽう大阪が本拠地の「大阪朝日新聞」、「大阪毎日新聞」は売り上げを伸ばし、新聞社の勢力分布が変化した。昭和六年、高浜虚子選の「日本新名勝俳句」は、日本の名勝百三十三景を詠んだ句を募集するものであったが、この全国規模のイベントを主催したのは勢いのある「大阪毎日新聞」「東京日日新聞」である。応募総数はじつに十万三千句余であった。

山岳の部、英彦山(ひこさん)を詠んだ久女の〈谺して山ほととぎすほしいまゝ〉が帝国風景院賞金賞二十句に選ばれた。次席銀賞五句として、久女の〈橡の実のつぶて颪や豊前坊〉、福岡の俳人、鶴御巣の〈杉の月奉幣殿にさしわたり〉、そしてしづの女のつぎの三句が入選した。

秋晴や阿蘇に手かざし日田を指し
時じくの霧の宮居にいましえます
霧いたみせる神の扉に合掌す

三句とも英彦山山頂の神社に詣でた折の、実直な詠みぶりの句で、『颸』には未収録。一句目、〈秋晴や〉は、「ホトトギス」（昭六・三）の入選句である。二句目の「います」は、在る、居るの尊敬語、いらっしゃるの意。

これらのほかにしづの女は英彦山吟詠の八句が普通入選。また、日田盆地を詠んだ、〈遊船に水門もたぬ楼ぞなき〉〈腰掛けて鶺鴒をきく岩のあり〉〈鳰のせて水郷の水かさもなし〉の三句が入選した。いずれも目配りがよく、歯切れのよい調子も快い。熱心に作句に励んで、積極的にイベントに参加していることがわかる。

久保ゐの吉『春潮集』出版祝賀会　昭和７年７月２日、片倉ビル
前列：右端から杉田久女、しづの女、一人おいて久保より江、久保ゐの吉、二人おいて吉岡禅寺洞
中列：左から二人目に横山白虹、河野静雲　後列：左から二人目に神崎縷々

七　久保より江との交友

昭和七年七月には久保猪之吉（俳号ゐの吉）の句集『春潮集』上梓の祝賀会が開かれ、その報告が「天の川」（昭七・八）にある。久保猪之吉はドイツに留学した耳鼻科の権威で、九州帝大医学部教授であった。彼は一高の学生時代に落合直文に師事して短歌を詠んでおり、妻のより江の影響で俳句を始めた。子どもがいない夫婦はともに文芸に関心があり、文芸誌「エニグマ」を刊行した。久保邸は若山牧水、長塚節、柳原白蓮なども出入りする九州の文芸サロンとなっていた。

出席者は久保夫妻と、吉岡禅寺洞、高崎烏城、横山白虹、白土古鼎、棚橋影草、河野静雲、神

崎縷々、杉田久女、竹下しづの女など二十八名であった。また山口誓子の手紙も披露された。久保博士のお祝いに当時の北九州の主要な俳人たちが駆けつけたという感がある。北九州の俳壇の活発な活動状況が伝わる。

昭和十年九月には久保猪之吉が九大を退官し東京へ行くことになり、久保猪之吉・より江夫妻の送別会が開かれた。姉のように慕い、親しいつきあいのより江と離れることは、しづの女にとって心の支えを失う思いがしたであろう。この後も親密な交流がつづいたことは、竹下家に残された多数のより江からの書簡から窺われる。

八　夫の校長栄転と長女の結婚

家を新築したものの、竹下家は二年ほどで転居する。昭和五年十二月、夫・伴蔵が粕屋農学校の校長に任命されて、翌年四月に長者原の学校の構内の官舎に住むことになったのである。新築の家は人に貸すことになった。健次郎によると、校長官舎は古いけれど一軒家で、風呂は学校の寄宿舎の浴場を利用していたという。毎日、用務員が湯が沸いたと呼びに来ていた、とのどかな暮らしぶりを記している。

農学校といえばすぐクラーク博士の札幌農学校が思い浮かぶが、農学に従事する人を育成するために、農業に必要な知識や技能を教える中等・高等教育機関が各地にあった。就学期間は二、三年で、農業、養蚕、園芸、畜産、林業など、その土地の状況にふさわしい学科と実習を教えていた。

明治年間に福岡県内ではつぎつぎと農学校が開設された。福岡県粕屋郡立農学校（現、福岡魁誠高等学校）は少し遅れて大正元年の創立である。第一次大戦による好況で工業、商業の実業学校は大きく発展したが、農学校は逆に進学希望者が減っていた。人びとの農業への関心が薄らいでいたのである。そのため、各郡の実状に合わせた農学校のあり方を検討する必要に迫られていた。

農学校には公務員の資格がとれる甲種と、主に自営農家を育てる乙種があり、粕屋農学校は乙種であった。当時、入学希望者の減少を食い止めようと、甲種への昇格を目指す動きがあった。それをめぐって学校、校友会のなかで対立が生じ、渦中に巻き込まれた伴蔵に対して「竹下校長排斥運動」まで起きた。伴蔵の農学校の校長就任は大抜擢の人事であり、大栄転とされたが、このような状況で着任した彼にとって、校長の職は心労が多かった。

水論に農学校長立ちも出づ

「水論」は、夏に旱（ひでり）がつづいて田が干上がり、水田用の水をめぐって起きる争いのこと。当時の校地と実習地は約九〇〇〇坪で、農事試験場の役割も果たしていて、地域との係わりが深かった。水争いが始まると校長は仲裁に呼ばれた。句からはいかにも好人物であった伴蔵の姿が目に浮かぶ。昭和六年の吟。

学校では当時まだ珍しかった高品質のメロンが栽培され、トマトやシクラメンなども手がけられていた。このメロンをしづの女は久保より江に贈っている。伴蔵は農学校の広い敷地に好きな花を植えて楽しんだ。

三女淑子が、そのころの竹下家の楽しい暮らしをなつかしそうに私に語ってくれた。母しづの女はさまざまな楽器を器用に弾きこなし、家にはバイオリン、三味線などもあった。平家琵琶の弾き語りをしたときには、近所の人が聴きに集まったという。しづの女は農学校で飼育していた馬に乗って「天の川」発行所に行って、びっくりさせたこともあるという。

父伴蔵は、当時の男性が好んだ趣味の一つである謡(うたい)を家でも稽古していた。長男吉佀は手先が器用で、家族からは理系に進むと思われていた。彼の理屈っぽさは祖父の宝吉似とされ、家族はやり込められることが多かった。また、次女淳子はしづの女ゆずりの音楽好きで、歌がうまく、学校で独唱をしたほどであった。次男の健次郎はおとなしかったが、おもしろいことを言って人を笑わせるのが得意であった。けっして夫婦仲が悪かったわけではないが、しづの女は当時の女性としては珍しく自説を主張し、伴蔵も譲らず、よく口げんかをしていたという。それぞれに個性的であり、仲のよい家族の日常が彷彿とする話である。

昭和七年四月に、長女澄子が横山白虹の媒酌で山藤一雄（のちに九州大学教授）と結婚した。見合い結婚が主流の時代であったから、白虹が九州大学の学生のなかから澄子にふさわしい優秀な配偶者を捜したのである。縁談のまとめ役を果たした白虹の尽力を伝える手紙が残っている。彼としづの女は馬が合い、家族ぐるみの交流を続けた。〈山をなす用愉しゝも母の春〉と詠んでいるように、しづの女はいそいそと長女の婚礼の準備に励んだ。

子をおもふ憶良の歌や蓬餅

鮓おすや貧窮問答口吟み

など山上憶良への親しみをおおらかに詠んでいる。「貧窮問答口吟み（くちずさみ）」と詠んでいるのは、せいいっぱい娘の婚礼支度を整えて、懐が寂しくなった母親の、満ち足りた、嬉しいぼやきであろう。

この時期は子どもも成長して楽になり、校長夫人として、また俳人として、しづの女の人生のなかで充実した時期であった。〈旅衣時雨るゝがまゝ干るがまゝ〉とあるように、虚子、立子らと関西、伊勢、また山陰に旅行した。じつはこの山陰旅行は、後述するように、その後の禅寺洞との確執の起点となる。

九　俳句評論への意欲

しづの女は社会と思想の潮流に関心をもち、俳句の世界だけでなく他の文学ジャンルにも目を配るインテリの俳人であった。彼女は俳句に知性と思想を導入しようと、積極的に俳論を発表した。

主要な俳論としては、「天の川」に掲載された「雑言」（昭六・二）と題したものがある。このなかで彼女は、俳句の黄金時代とはやされながら、しっかりした俳論がないことを嘆き、俳句は大衆的な文学で、どんな人でも実作ができるため、実作者は文芸的な素養に乏しく、文学的素養の豊かな人は句作に真剣ではないというジレンマが俳論の不作を招いており、すぐれた俳論が生まれることを願うとしている。

ここでは季語と定型というテーマを扱っている。季語については、季題が邪魔という人がいるが、「『季題』に捉はれると邪魔になる。逆に利用せよ！（中略）『季題』を書物の中に求むる人はマゴ〳〵させらるゝにきまつてる。『季題』は自然の中にあると思へば文句はない」と述べる。

定型については、十七字が窮屈だという人がいるが、それなら百字でも、千字でも窮屈である。俳句は詩であり、詩は人生の慰楽だ。碁にせよ、トランプにせよ慰楽に制限的規定はつきもので、「季題が邪魔だ！　十七字が窮屈だ！　といふのは、ブルジョア息子が、親の遺産が邪魔だ！　親の家庭が窮屈だといふに等し」と断じた。

新興俳句が盛んになるなかで有季定型については絶えず議論されてきており、俳論として内容的にさほど目新しい点はないが、確信に満ちた快刀乱麻の勢いの論述である。当時の女性の俳人で、正面からこれを論じたのはしづの女のほかには見当たらない。

初学時代のしづの女は、俳句の季題、また主観について悩み、禅寺洞や零餘子を質問攻めにした。彼女が関心をもったのは、俳句の上達法というような実践的な方法論ではなく、俳句という詩型の本質であった。俳句の中断という悩みの時期を経て俳句に復帰した彼女は、歳時記に縛られるのではなく、自然のなかで自分自身の季題を捉えるように、有季定型という文化的遺産を楽しんで活用するようにと持論を説いている。ここでしづの女は、虚子が提唱する有季定型を遵守する姿勢を明確にしている。俳句形式に関する歯切れのよい文章からは、様々な文学ジャンルの知識をもつしづの女の俳句観が読み取れる。

さらに「句作の実際的一理論」（「天の川」昭六・六）、「懐旧」（「天の川」昭七・三）を発表して、評論活動に意欲を示した。

また「天の川」誌上で、昭和七年四月号から八月号まで四回にわたって、「福岡県下中等学校国語教科書中の俳句」という論考を寄稿した。「ホトトギス」では虚子、内藤鳴雪らによる読本中にある俳句についての討論が掲載されていた。最初に「小学校読本中にある俳句」、次いで、中学読本、女学校読本と、長い間この取り組みが連載されていたので、これに倣ってしづの女も福岡の教科書について検証したものである。教壇に立っていたしづの女にとって、国語の教科書は関心のあるテーマであったのだろう。

教科書に収録された句を書き抜き、句の出典と作者の略歴を記して、ごく短く率直な感想を付した。丁寧な文献の紹介があり、学校で先生が生徒に教えるときに押さえておくべき要点を簡略に述べたもので、叙述の形式は整然として、綿密である。しかし、あくまでも教育現場へ提供する参考資料であり、集めたデータに基づいて自身の考察を論述するという論文ではない。本名の「竹下しづの」で発表しており、俳句作品とは別の論考の執筆という意図を示すものであろう。忙しいなかで研究を怠らなかったことがわかる。「天の川」はしづの女にとって評論を発表する恰好の場となっていた。

また「天の川」(昭七・四)には第三回九州婦人俳句会の報告をしづの女が書いていて、女性の俳人が増えていることがわかる。

しかし徐々に「ホトトギス」と「天の川」の関係は疎遠になりつつあった。それが顕著に示されるのは『ホトトギス』に就て」と題した合評会(「天の川」昭七・八)である。メンバーは横山白虹、神崎縷々、白土古鼎などで、久女が「ホトトギス」で初めて巻頭となった楊貴妃桜の句を取り上げて辛辣な批評を加えた。さらに「ホトトギス」の巻頭のあり方に対する疑問を呈した。彼らの歯に衣着せぬ批判的な発言から、すでに「ホトトギス」と「天の川」陣営の俳句観にはかなり隔たりがあることが見て取れる。

十　ホトトギス同人の発表——禅寺洞との齟齬 1

しづの女がホトトギス同人になったのは、昭和九年である。『颱』の巻末の「俳歴」には、つぎのように記されている。

◎同大正九年五月『乱れたる我の心や杜若』の作品を獲、之の句に端を発して、俳句の主観・客観・及び季の問題に懐疑・懊悩、終に解決を得ず作句を擲つ。
◎昭和二年　機を得て再び復活。ついで、ホトトギス同人に推され、現在に及ぶ。
（「俳歴」、『颱』）

しづの女らしい簡潔な表現であるが、誤解を招きやすい書き方である。本人が記したこの俳歴に依拠した結果であろう、『定本 竹下しづの女句文集』と『解説 しづの女句文集』の年譜では、昭和三年の項に「つづいて（「ホトトギス」の）同人に推される」となっている。これは誤りで、「ホトトギス」のバックナンバーを丁寧に確認すると明らかであるが、正しくは、同人になったのは昭和九年である。このころ「ホトトギス」で活躍した俳人たちの顔ぶれを考えれば、巻頭を取ったとはいえ作句中断期間もあるしづの女が、昭和三年に同人になることは不自然である。『颱』の俳歴で、「復活。」の後に、改行があればこのような混乱は起きなかったであろう。

昭和初期のホトトギス同人の数はごく少なかった。東京から離れた九州の俳壇では、誰が推挙されるのか、鵜の目鷹の目となる関心事であったと思われる。九州俳壇の状況を知るために、同人問題について整理してみよう。

禅寺洞は昭和四年十二月号の「ホトトギス」四百号記念号で、秋桜子、素十、誓子、草城などとともに同人に推挙された。昭和四年時点での同人は、全国でわずか二十九名で、一覧にしづの女の名前はない。その直後の、昭和五年一月号に「同人選者（訂正）」が載って、三十二名の同人が挙げられているが、やはりしづの女は含まれていない。

九州で禅寺洞のつぎに同人になったのは久女である。久女は昭和七年十月に同人になったが、このとき同人数は五十一名。久女の場合も九年に同人になったとする年譜を見かけるが、誤りである。このような混乱が起きる一因は、昭和七年の同人一覧が虚子の句日記の最後に、さりげなく載っていて、目次に記載がないからである。そのため目次から同人変更を探していると見落としてしまうのである。

しづの女の名前が同人一覧に初めて載るのは、昭和九年六月号である。このとき西海道（現在の九州）で名前が挙がっているのは、「吉岡禅寺洞、杉田久女、河野静雲、久保ゐの吉、久保より江、竹下しづの女、宮崎草餅（そうへい）」の七名。結婚して熊本を離れた中村汀女は、「東京並に付近」の項に載っている。同人総数は、全国で八十七名であった。

混乱のもう一つの原因は、一覧にはその時点の全同人の氏名が一挙に掲載されていて、前からの同人と新同人の区別ができないことである。そのため、久女、またしづの女の同人推挙の年は誤解されたままなのである。

同人になった時期にこだわるのは、しづの女と禅寺洞の関係にひびが入ったきっかけの一つは、昭和七年のホトトギス同人発表であったと思われるからである。ホトトギス同人をめぐる禅寺洞との悶着は、しづの女という女性の、知的でありながら、一度思い込むと自説を曲げない、頑固な性格を示しているように思う。

久女は九州の女性俳人のなかで最初の同人になったが、すでに日本新名勝俳句で帝国風景院賞に選ばれた実績もあり、充分の実力をそなえていた。そのことは問題がないとしても、北九州俳壇には、久女に劣らず、あるいは、久女以上に重要な女性俳人と目されていた久保より江がいた。

久保より江は虚子と同郷の松山の出身で、祖父母の家に夏目漱石が下宿していた関係で、幼いころに漱石、子規と知り合った。短歌を詠み、小説を書き、また清原枴童について俳句を学ぶ才媛で、大正七年に『嫁ぬすみ』、昭和三年に『より江句文集』を上梓している。九州帝大教授であった夫の久保猪之吉博士も文化人で、久保邸には虚子も九州を訪れると迎えられている。

前に述べた長谷川零餘子を迎えての第一回婦人俳句会が開かれたのも久保邸であり、座談会の会場などにも用いられていた。より江は、福岡の名流夫人として文化的なイベントでは重要な役割を演じてきた。彼女は「天の川」では別格扱いで、雑詠欄に投句して選を受けることはせず、創刊号に乞われて短編小説を載せ、五号にはエッセイ「夏目先生のおもひで」を発表している。そのように九州では一目置かれたより江に先んじて、久女ひとりがホトトギス同人になったことは、想定外の出来事であったと思われる。

しづの女は、より江を姉のように慕って、親しく行き来していた。彼女は七年の同人一覧に禅寺洞と久女の名前だけがあるのを見て、いぶかしく思ったのであろう。

この号には同人一覧と並んで同人資格が掲載されている。

一、有数なる作家にて熱心なるホトトギス支持者。
一、古き俳人にて熱心なるホトトギス支持者。
一、一度選者たりし人、又は古き縁故ある人にて、今は疎遠となり居るも、別にホトトギスに離反する意志表示なき人。

（「ホトトギス」昭七・十）

「有数なる作家にて熱心なるホトトギス支持者」という一条に、しづの女は注目した。そこで彼女はホトトギスの山陰俳句大会に参加した折に、大胆にも直接虚子に向かって「熱心なるホトトギス支持者」とはどんな人かを質問する。

福岡に戻ってから彼女は、禅寺洞や「天の川」の会員たちのまえで、山陰大会の様子を土産話として語った。それを聞いた禅寺洞は、しづの女に、虚子やその弟子たちの前で名指しでアンチホトトギスのレッテルを貼られたと思い込み、あわてて「私の立場を語る」（昭七・十一）という文章を発表し、自身とホトトギスとの自由な関係を述べた。新興俳句勢力とホトトギスの対立が緊張感を増しているなかで、けっしてアンチホトトギスではないと誌面で弁明したのである。

十一　しづの女の「公開状」——禅寺洞との齟齬２

この「私の立場を語る」を読んだしづの女は、禅寺洞が彼女の土産話を誤解していると抗議し、「天の川」への掲載用に「公開状」（昭八・五）を記した。

「公開状」のなかでしづの女は、山陰大会における「熱心なるホトトギス支持者」をめぐる顚末を、（１）虚子との車中の会話（車中）、（２）野村泊月との会話（松江市）、（３）より江との会話（福岡）という三つの場面に整理して綴り、禅寺洞の誤解を解こうとしている。長くなるが引用する。

虚子先生との会話

しづの女「先生、ホトトギスの同人推挙文中に同人の資格として、ホトトギスを支持する者とありましたのは、物質的支持を意味しますか」
虚子先生「イヤ、そんな意味ではありません」
しづの女「精神的といふ意味なので？」
虚子先生「さうです！」

しづの女「でも、先生、精神的支持といふのでしたらわざわざお断りにならなくとも既定の事ではないでせうか。それを、わざ〱支持する者とお書きになられたので、なんだか物質援助をする者のやうに解されてしまひますわ。現に私の主人が彼の文章を読みまして『ホトトギスの同人といふのはいくら出すのか』と申します故、『ホトトギス同人は物質的援助はないですよ』と申しますと主人が『木犀でも天の川でも、どの俳誌でも同人は金を出すのだらう。だからホトトギスも『支持する者』と断ってある以上、物質的援助のことだらうぜ。お前も一つ田半分でもやるが同人になるか』とさう申して大笑ひを致しました程です」

（「公開状」、「天の川」昭八・五）

とユーモアを込めて率直な意見を虚子に伝えたのだという。

第一の場面で、しづの女は、師である虚子に向かって、同人の資格とは物質的支持ではないのか、と大胆な質問をぶつけた。明朗闊達なしづの女には、どんな相手とも対等に話し、魅了する人徳があったのであろう。虚子は彼女の性格を気に入っていて、親密な師弟の関係が築かれていた。虚子は単刀直入な質問に困惑したようすもなく、受け流している。

第二の場面は、山陰俳句大会で、しづの女と野村泊月と二人だけの会話である。

泊月「近頃禅寺洞君は一寸もホトトギスの雑詠に出ませんがどうしているのです」
しづの女「余り、投句しないんぢやないですか」
泊月「福岡はどうも振ひませんね」
しづの女「一体天の川はアンチホトトギス気分が盛んですよ。中には猛烈なアンチがゐますよ」（同前）

さらにしづの女は、今後の俳句大会の開催について打診する泊月に、「天の川」は大会の世話役など引き受けはしない、と返答した。

第三場面は、帰宅後の福岡である。しづの女はより江にこのエピソードを語り、二人でホトトギス支持者が精神的なものを指すなら、では禅寺洞はどうして同人なのか、と首をかしげたという。

以上が「公開状」に記された、しづの女が土産話として語った内容である。彼女は武勇伝でも語るように、虚子や泊月との率直なやりとりを綴っている。

十二　禅寺洞「私の立場を語る」としづの女の抗議――禅寺洞との齟齬3

いっぽう土産話を聞いた禅寺洞は、大勢の前で禅寺洞のようなアンチホトトギスをなぜ同人にしたか、と槍玉に挙げられたと思い込んだ。そこであわててとったリアクションが、「私の立場を語る」という弁明である。これは、前段のしづの女の公開状よりも先に発表されたものである。「天の川」に載ったこの文章は目にする機会が少ないので、詳しく記す。

禅寺洞は、自分はしづの女の言うようなアンチホトトギスではなく、ホトトギスとは一貫して自由な関係を保っており、「天の川」会員にも自由な姿勢を認めているだけだと述べている。

私の俳壇に於ける立場は、比較的自由である。（中略）山陰俳句大会の際、しづの女が私の立場をアンチホトトギスなりと宣明されたさうで私の感情とは誤ってゐると思ふので、この文を書くべく余儀なくされたのである。（中略）成程天の川にはアンチホトトギスの人がゐる。しづの女の言のごとく、ぞく〳〵とはゐないかもしれぬが、ゐることはたしかで私も認める。さういふ人たちにはアンチホトトギスと言へると同時に、現在に於けるアンチ俳壇の人なのである。私の力ではどうすることも出来ぬ自由な人たちである。（中略）私もそれらの人たちの自由を認めてゐる、といつてべつに天の川と離反する意志の人たちではない、天の川に対して容赦なく批判もすれば悪口も言つてゐる。
勿論芸術上の問題が主である。私がホトトギスの雑詠評をしたとて、人物評をしたとて、それがホトトギスを離反することにならぬのと同様である。（中略）私のホトトギスに対する感情は、忠実なるべきところは忠実であり、賛成しかねるところには忠実でないまでの話しである。

（「私の立場を語る」、「天の川」昭七・十二）

禅寺洞は、結社の主宰として芸術の観点からホトトギス批判はするが、離反するつもりはないという自身の立場を対外的に明確にした。さらに、次回の関西俳句大会開催のことなど、まだ編集会議で討議してもいない状態であり、しづの女は「天の川」を代表して大会に出席しているわけでもないのに、その発言は僭越だと厳しく批判した。

禅寺洞が発表した激しい調子の文章に対して大きな反響があったのであろう。しづの女は自身の土産話がこのような結果を生んだことに驚き、自分は虚子やその弟子たちのまえで「禅寺洞のやうなアンチ虚子を何故に同人に推したるや」と気焔をあげたことはない、本人のいないところで悪口を言うような卑怯なことはしない、取り消すようにと禅寺洞に「公開状」を送って強く抗議したのである。禅寺洞はしばらく取り合わなかったが、しづの女があまり何度も抗議するので、半年後にこの「公開状」と、さらにその後に送られていた抗議文三通を「天の川」に載せた。

この処置にしづの女は不満を抱いた。

しづの女側の主張は、より江を追悼した文「美しき陰翳」で詳しくわかるので、これも引用する。

> 帰福後この旅行談を吉岡禅寺洞氏に漫談したところ、氏は突然この漫談をたねとして、〝立場を語る〟という衆知の一文を天の川誌上に発表した。当の私の驚きも驚きながらより江夫人も〝サロンの話を、而も、歪曲して……〟と難詰の調子で憤ってくれた。（中略）然し、私がこれを原因に禅寺洞氏との縁を絶ってしまふと、〝福岡俳壇のためだし、一つは、真相を知らぬ局外者達のためにあなたが誤解をされては損ですから〟と、わざ〱二人の和解のために一方亭に一席の宴を設くるといふ侠気ぶりを発揮した挿話もある。絶対に和解などするものかと強情ばつた私もこの夫人の侠気にはさすがに抗しかねてしまつた。
>
> （「美しき陰翳（久保より江夫人の追憶）」、「俳句研究」昭十六・八）

思ったことは誰憚ることなく堂々と語るという姿勢を誇りにしているしづの女としては、

「禅寺洞はアンチホトトギスだ」と虚子に告げ口をしたと思われたことにまず憤慨している。しづの女はプライドが傷つけられたと感じた。さらに、自分の立場を弁明する禅寺洞の振る舞いが、ホトトギスの太鼓持ちのように彼女の目に映り、彼女の再三の抗議を受け流すような態度に怒りを募らせた。

ここで「公開状」「私の立場を語る」「美しき陰翳」という三本の文章を並べて眺めると、禅寺洞が「私の立場を語る」で弁明するという行動をとった事情もわかる。禅寺洞は、師である虚子やホトトギスと良好な関係を保つように努めてきた。そもそも「天の川」という誌名が虚子の句に由来するものであり、阪口涯子（がいし）が「鎮西将軍」と呼んでいるように、彼は長年九州におけるホトトギスの発展のために精魂込めて尽くしてきた。

そのいっぽうで、彼は「天の川」主宰者として、俳句の新しい領域を発見して、俳句を進展させるという使命感に燃えていた。彼の俳句理念に共鳴して「天の川」には舌鋒鋭い論客が集い、虚子が是認しない無季俳句、連作などを試みる者がいた。篠原鳳作は青春のみずみずしさにあふれた無季俳句を詠み、横山白虹、神崎縷々は炭鉱労働者を主題に社会性の強い無季俳句を詠んだ。禅寺洞は、会員各自の俳句観を尊重する方針を守りながら、季語のもつ意義についてずっと模索していた。

さまざまな俳句革新が試みられるなかで、禅寺洞も「俳句は十七字詩である」(「天の川」昭八・二)、「無季の問題等」(「天の川」昭九・五)などを発表して、俳句は季感、季題が第一義でなく、十七字が基であると提唱し、無季を容認することになる。しかしそれは禅寺洞にとって創作上のことで、古風な彼は虚子を師として敬愛しつづけており、心情的には虚子の弟子であったと思われる。後述の、「ホトトギス」から「馬酔木(あしび)」へ移った山口誓子に対する批判的な反応もそれを示している。

禅寺洞や「天の川」が新興俳句の色を強めていることは、知られていたとしても、ホトトギス関西俳句大会という場で、身近なしづの女から、アンチホトトギスとレッテルを貼られることは心外であったに違いない。主宰として多様な俳句観の天の川会員を見守る立場もあって、姿勢を明確にしておく必要があると考えて、急遽「私の立場を語る」を発表したのであろう。さらに述べれば、禅寺洞はすでに昭和四年に同人になっていて、七年に九州で新たに同人になったのは久女だけである。久女のことも考えれば、同人問題で騒ぎを大きくすることを避けようと、しづの女の抗議を放置したのではないだろうか。

しづの女は禅寺洞の言動にひどく憤慨している。たしかに禅寺洞が、彼女の話を充分に理解せずに早とちりして、三つの場面を混同したのは問題であった。しかし、しづの女にも軽率な点がある。彼女の言動は、つまるところ、あの禅寺洞がホトトギス同人になれたのは「物質的な支持」をしたからだという論になる。また「天の川」と禅寺洞はアンチホトトギスだと、ホトトギスの重鎮、野村泊月にもらしており、それはとりもなおさずホトトギス陣営に向かって告発しているのと同じである。

水原秋桜子が、客観写生の「ホトトギス」を離脱し、俳壇に大きな波紋を起こしたのはこのわずか一年前、昭和六年のことである。彼女はこの時点での禅寺洞の主宰者としての立場に配慮が不足しており、自身の発言が波乱を引き起こす可能性を意識していない。事の発端はしづの女の大会での言動にあり、当時の俳句界の緊迫した状況を考えれば、「漫談」で済まされる話ではないのである。

一連の出来事は、昭和七年のホトトギス同人の発表で禅寺洞と久女の名前だけが一覧に載り、同人資格が明文化されたことに端を発している。ここから俳人たちが虚子およびホトトギスとの関係にいかに心を砕いていたか、またホトトギス同人という資格がいかに大きな意味をもっていたか、を読み取ることができる。「ホトトギス」と新興俳句の対立が鮮明になるなかで、俳人たちが緊張し、過度に神経質になっていたことを窺わせる顚末である。この経緯はその後の禅寺洞のホトトギス同人除名を含め、周辺に影響を及ぼしたのかもしれない。

川名大は禅寺洞の「私の立場を語る」としづの女の「公開状」について、ここからしづの女と「禅寺洞との間に誤解や齟齬が生じ、それを修復できないまま両者の関係は破綻してしまった」と述べ、しづの女の句集『�』の巻末の俳歴で「天の川」や吉岡禅寺洞について一切触れられていないのは、このときの二人の関係破綻および、昭和十五年の『京大俳句』弾圧事件など新興俳句誌への国家権力（特高）の諜報活動が厳しくなったことが要因であろう」（『昭和俳句の検証』）という鋭い指摘をしている。

禅寺洞は初学時代のしづの女を懇切に指導し、しづの女も熱心に学ぶという関係にあった。しかし、良くも悪くも一つの方向へ突き進む、竹を割ったような性格のしづの女であるから、この件から二人の間に決定的な齟齬が生じた。新興俳句へと舵を切った禅寺洞および「天の川」としづの女は袂を分かった。これ以後しづの女の句は「天の川」には見られなくなり、しづの女の句集『颱』には、禅寺洞が書いた序文（本書一二五頁）は収録されていない。しかし、この悶着の最中に夫を喪ったしづの女を支援する短冊頒布会の発起人に、禅寺洞も名を連ねている。

ことごとく夫(つま)の遺筆や種子袋

第6章　生活の激変

一　夫の急逝

昭和八（一九三三）年一月、伴蔵が入浴中に脳溢血で倒れた。健次郎はそのときのことをつぎのように記している。

父・伴蔵は一月十八日の夕刻、農学校寄宿舎の浴場で私と一緒に風呂に入っていたが、浴槽を出た途端、「うっ！」といって床に座りこんだ。「母さんを呼べ」と小声でいったので、私は裸のまま道路を越えて家に駆け込んだ。駆けつけた母は、すぐに脳溢血だと気づいたらしく、「子供は立派に育てます。心配なさるなっ！」と、父の耳元に口を当てて大声でいった。それから八日間、母の必死の看病も空しく、父は眠るようにこの世を去った。享年四十八歳であった。

（中略）母・しづの女の語るところによれば、父は人から騙されたことはあったが、人を騙したことはなく、お人好しで正直者であり、非常に潔白な性格の持主であったそうである。ただ、私は中学一年生だったので、その父をよく知らないままに成人した。

（『解説　しづの女句文集』）

しづの女は随筆「雪折れ笹」に、夫の突然の死について書いている。

憶へば実に、俄なる春の雪ではあつた。そして、世にも突然なる故人の死ではあつた。故人が粕屋農学校に在つた短い二ヶ年余りの星霜は、まことに、故人にとつては煉獄の日夜であり其の農学校長の額帽は、刺もはげしい荊棘の冠に過ぎなかつた。

春 雪 の 雪 折 れ 笹 と な り て け り

而も、故人が有つて居た世にも稀なる純潔と誠実と、天性の剛直素朴な精励とは、よく其の荊棘を艾り、煉獄を消解して、荒廃せる学校を整備し紊乱せる経営を革新し今や、漸うにして其真個の人格的存在を示さんとするの機に直面したる日に、恨ましくもポキリとたほれてしまつた事は遺された者が忘るゝ能はざる最大痛事であらねばならぬ。

一片の私心なく、一抹の陰影をもとめぬ八荒晴明な其白潔の性格を象徴した当夜の雪を無心に観ずる事が出来ず、月並みとは知りつゝも、

春 雪 の 白 き よ り な ほ 潔 か り し

と思はず吟んでしまつた私である。

(「雪折れ笹」、「福岡日日新聞」昭和八年四月一日)

大正昭和の俳壇に特異の作品を以て廣く知られたる竹下しづの女氏は現にホトトギス同人として活躍を續けられて居ます。
今回、故夫君と關係深かつた福岡農學校長、及在福知名の俳人、吉岡禪寺洞氏、河野静雲氏、久保より江氏三氏の美しき友情的援助の下に、其短冊頒布會を左記淸規の下に催されます。
貴下の御加入を得て意義ある頒布會たらしめたく懇願致します次第であります。どうぞ御加入の榮を得させて下さい。

昭和十年一月

淸　規

一、種　類

甲種、　竹下しづの女氏短冊一枚　金貳圓也

乙種、　竹下しづの女／久保より江／河野静雲／◎吉岡禪寺洞　四氏のうち加入者の希望により二氏を一組とす。希望の人の上に印をつけて下さい。　金參圓也

丙種、　竹下しづの女氏　四季短冊四枚一組　金五圓也

右三種は御加入者の希望により御指定をなされ度きこと。特に乙種に於ては四氏のうち、御希望の二氏の氏名御明記を願ひ度きこと。

二、頒布方法、
　申込順により御郵送致します。

三、會　費、
　郵便小爲替、その他適宜の方法により前納すること。

四、申込期限、
　昭和十年二月末日迄、

五、申込場所、
　福岡市濱田町一丁目五一　竹下しづの女宛
　福岡市今泉九四　天の川發行所
　福岡市馬出濱稱名寺内　木犀發行所

竹下しづの女俳句短冊頒布會

しづの女の短冊頒布会の案内状　昭和10年2月

夫急逝後のしづの女を援助するため、吉岡禅寺洞、久保より江、河野静雲の呼びかけで、短冊の頒布会が開かれた

しづの女は、「竹下校長排斥運動」まで起こされながら、農学校校長として困難な激務に励んだ故人を悼んでいる。夫への畏敬と深い情愛に満ちた文章である。伴蔵が校長を務めた期間は、わずか二年足らずであった。

しづの女はさらに、〈供華の梅白雪のまま手折りけり〉〈温室咲きのフリージヤに埋め奉り〉など二十句ほど、あふれる思いがそのまま結晶したような悼句を詠んだ。温室には、花が好きな伴蔵が丹精した花が咲いていた。それらの室咲きの花々で棺は埋め尽くされた。

「故人清廉にして名利に疎く、私は悪妻にして理財の道を知らず」と綴っているように、働き手の急逝によって一家は経済的な問題に直面せざるを得なくなる。結婚して家を出ていた長女を除き、しづの女は養育すべき四人の子どもと七十一歳の

母を抱えていた。

伴蔵を喪った一家は官舎を出なくてはならなかった。浜田町の自宅は人に貸していたので、福岡市春吉町儀年の借家に一時転居する。引っ越しの荷物を運ぶ自動車も入れないような狭い路地奥の借家を見て、かつては行橋で地主として広い家に暮らしていた老母は嘆いたという。

吉岡禅寺洞、久保より江、横山白虹、河野静雲がしづの女を経済的に少しでも助けようと、短冊頒布会を企画してくれた。〈忌ごもりのしのび普請に秋老ける〉とあるように、その収益で浜田町の敷地の一角に平屋の小さな家を建てて引っ越す運びとなった。母屋は貸して、その家賃を家計にまわすことにする。

「ホトトギス」に、〈貧乏と子が遺るのみ梅の宿〉（昭八・五）など二句が入選。翌月には、「主人校葬」の前書きで、〈通り路の茶の花道をかく行きて〉（昭八・六）が入選した。

ちなみに「雪折れ笹」は『定本　竹下しづの女句文集』にも収録されているが、初出の「福岡日日新聞」と比べてみると、細部に香西照雄が編集の手を加えていたことが確認できた。香西の改訂は、読みやすいようにという意図で行われたものであるが、彼が編集した『定本』には、俳句作品も含めて、編集の手が入っている可能性も考える必要があることを知った。

二　淋しい日々を詠む――昭和八年―九年

困難な日々のなかで、しづの女は心にしみる名吟を残している。

ことごとく夫(つま)の遺筆や種子袋

夫が亡くなったのは一月二十五日で、葬儀、官舎からの引っ越しと追われているうちに、また草木は芽吹き、自然界の命が再生する春を迎えた。種蒔きの季節がめぐってきても蒔く人はいない。農学が専門であった夫は、学校で馬を飼育し、植物を育てていた。「ことごとく」の措辞から、たくさんの種が区分けして袋に収められていたことが知られる。中七に置かれた「や」の切れに深い詠嘆がこめられ、思いもかけず遺筆になってしまった文字を眺める作者の姿を浮かびあがらせる。亡夫への追慕は、種袋に記された文字という物を通して、過不足なく詠まれ、胸を打つ。昭和八年に詠まれたしづの女の代表句の一つである。

水飯に晩餐ひそと母子かな

香の名をみゆきとぞいふ冬籠

ひよどり来きくいただき来人来ずも

いずれも昭和八年の吟。思いもかけない夫の死によって一変した一家の生活は、静かな調子でこのように作品化されている。

一句目、母と子だけの食事は、質素なものとなった。肩を寄せ合う遺族の暮らしぶりに、深い喪失感が漂っている。二句目、ひっそりとこもり暮らしているなかで、漂ってきたのは供養の香であろうか、「みゆき」の名は深雪を想起させ、「冬籠」と響きあう。三句目、かつては来客があって賑やかな家であったが、主を喪ってひっそりと静もった。来客もなく、世間から取り残されたような暮らしを表現するのに、ヒヨドリ、キクイタダキという野鳥を登場させて、淋しさのなかに洒落た情感がある。

母の名を保護者に負ひて卒業す
節穴の日が風邪の子の頬にありて
涼しさや帯も単衣も貰ひもの

夫の急逝後一年余りが過ぎた昭和九年の作品である。一句目は、三月に長男が福岡中学を卒業した折の吟。母子家庭となって、保護者欄にしづの女の名前が記載されたのである。

二句目は、木製の雨戸の節穴であろう、小さな穴から射してくる一筋の日光が、病む子の頬に当たっている。看病する母親のこまやかな情にあふれた佳句である。

三句目、子どもの教育費に追われていたしづの女は、自身の衣服まで手が回らず、親しかったより江からプレゼントされていたという。「貰ひもの」とさらりと詠むところに、ものごとにこだわらない、おおらかな性格が表れている。

海羸打にすぐゆふがたが終ふなり

海羸は海の巻貝。海羸打ち、海羸廻しとは、この貝殻に蠟や鉛をつめて独楽を作って、箱やゴザの土俵で回して、相手の独楽をはじき出して勝負を争う子どもの遊びである。現在ではほとんど目にしないが、九月九日の重陽の日前後に行われた子どもの風習で、秋の季語。

外で遊ぶ子どもたちの姿から秋の日暮れを描いている。釣瓶落しの秋の日はすぐにとっぷり暮れて、子どもたちは家に帰り、あたりのにぎやかな声も聞こえなくなる。中七・下五は、抑制の効いた表現で、秋の夕暮れの情感を巧みに捉えている。昭和九年の吟。

しづの女が愛した自宅周辺の葦原の風景を詠んだ昭和九年の句として、

吾がいほは豊葦原の華がくり

華葦の伏屋ぞつひの吾が棲家

棲めば吾が青葦原の女王にて

一句目、こげ茶色の葦の花は秋の季語。「吾がいほは」の打ち出しは、小倉百人一首の喜撰法師の「わが庵は都の辰巳しかぞすむ世をうぢ山と人はいふなり」への連想を誘う。豊葦原は、豊かに葦の茂った原のことで、日本国の美称。日本神話で、豊葦原中国は、神々の住む高天原と、死後の世界である黄泉との中間にある日本の国土を指すと考えられている。我が家を詠んだ朗々たる作品。

二句目、伏屋（ふせや）は低く小さな家の意。しづの女は『万葉集』にも見られる伏屋の語を用いて、我が家の秋のたたずまいを描いている。蘆の花を「華葦」と表記したことで、句に華やかさが加わった。一茶の〈是がまあつひの栖か雪五尺〉を想起させる。

この句は「ホトトギス」雑詠句評会（昭和九年三月）で取り上げられた。赤星水竹居はお能の何とか小町を観るようだ、と語る。彗星のように俳壇にデビューしたしづの女の失意の現状を、「卒塔婆小町」に描かれる才色兼備で知られた小野小町のなれの果ての落魄の姿と重ねているのであろう。

中村草田男は、夫の死後、「蘆の花だけの淋しく咲き乱れて居る辺りのささやかな住居に移る可く余儀無くされた場合の述懐が、即ちこの句である。失意の中にも尚ほ一種の驕慢さが潜み、驕慢さが潜んで居る故に却って哀れさが深まって居る」という見解を述べた。

今日から見ると、水竹居と草田男の鑑賞は、女性に対する硬直した価値観に立つもののようにも思われるが、これが夫を喪い子どもを抱えて奮闘する女性に対する、当時の社会の一般的なイメージであったのであろう。

これに対して虚子は「草田男君の驕慢といったのは敢て此作者を誹謗したのでない。其驕慢は女の皆持つ驕慢である」という理解を示しており、その懐の深さはさすがだと思う。

三句目、青々と生い茂る夏の葦原の情景。そのなかに暮らせば、葦原を統べる者のような気分になると詠んだもの。女王とは大仰な物言いのようでもあるが、しづの女は記紀の神話のなかに身を投じて、自身を女王と称している。

いずれの句も、日本の古典を踏まえ、調べも高く、流麗な詠みぶりである。初学時代のごつごつした調子とは大きく異なって、俳句という詩型になじんでいる。しづの女の目には、名木を配した、手入れのよい庭園よりも、自然のままの葦原の風景が好もしかったのであろう。

三　図書館の出納手として働く

一家の大黒柱を喪ったしづの女は、昭和九年から十四年まで福岡県立図書館の児童室係りの出納手として働くことになる。司書として働いたとする評伝があるが、司書と出納手は別の職種である。司書は特別な資格を要する専門職である。いっぽう、出納手は、書庫の中から利用者のところへ本を運ぶ仕事を主に担当する。現在、多くの図書館は開架式となり、なじみがなくなったが、戦前は蔵書はほとんど書庫に収蔵されていて、出納手が書庫とカウンターの間を行き来して運んでいた。小学校を卒業した少年などが出納手の職に就いた。児童閲覧室の開館時間は平日は午後二時から午後五時まで、日曜祭日は午前九時から午後五時までとなっていた。

本に囲まれている職場といえば、読書好きのしづの女にとって恰好の仕事にも思われるが、じっさいは本の運搬、片付け、入館者数のチェックなどの業務があり、のんびりした職ではなかった。腎臓病、ヘルニアの持病を抱えて体調が整わない中年女性にとって楽な仕事ではなかったに違いない。当時の女性として、最高の教育を受け、結婚前は公立学校で教鞭を執った職歴をもつしづの女であったが、夫の死という突然の事態に仕事を選り好みする余裕はなかった。男性中心の当時の社会で、中年女性の仕事探しは容易ではなかった。図書館就職には福岡の名士であった久保より江夫妻の口利きがあったのかもしれない。

しづの女が児童室への入場券の裏にメモを書き残したものが何枚も残っている。そこには、「アリストテレスの模倣説」「シラーの遊戯説」、あるいは「瑣末的写生主義」「主観の概念的露出」、などの学術用語の走り書きもある。休み時間などに読書を楽しむこともあったのであろう。ゆっくり読書する暇はなかったものの、向学心にあふれたしづの女にとって、図書館は広範囲の新しい文化に触れる機会を与えてくれる場となった。

四　図書館勤務の句——昭和九年—十二年

図書館で働くなかで詠んだ昭和九年の作品として、

書庫の窓つぎ〳〵にあくさくらかな
日々(にちく)の足袋の穢(ゑ)しるし書庫を守る
紋のなき夏羽織被て書庫を守る

一句目、図書館の書庫の窓が開く朝のようすを、心弾む明るい調子で詠んでいる。結婚前のように、再び外で働くようになったが、このころは仕事を始めたばかりで、春を迎えて張り切った気分であったのであろう。しづの女には珍しく平仮名が多い表記も、穏やかな春の雰囲気を伝えている。

二、三句目、残っている公立図書館勤務のころの集合写真を見ると、白足袋を履き、正装である。紋付きではないにしろ、きちんと夏の羽織を着て勤務していたのであろう。しづの女は図書館の現状を分析し、福岡県立図書館月報に「児童図書館の諸問題」という論考を発表するなど知的な活動をしていたが、職場では男性職員の下で働かなくてはならなかった。健次郎の話では能力の劣った男性職員に指図されることに、彼女はストレスを感じていたという。勤務をつづけるうちに、心身ともに徐々に疲れがたまっていったと思われる。

昭和十年の作品としては、

書庫瞑く春盡日の書魔あそぶ
既に陳(ふ)る昭和の書あり曝すなり

汝儕（きゃつら）の句淵源する書あり曝す

一句目、「書魔」は、薄暗い書庫のなかになにかが潜んでいるように感じたしづの女の造語。彼女は初学時代に滝を「水魔」と捉えたが、それと同様の独特の感性を示すものである。「あそぶ」としたところでゆったりとした句になっている。

二句目と三句目は、本に風を入れる曝書（ばくしょ）の景である。「陳る（ふる）」は、久しく置き去りになって古びるの意。誰も読まずに古びてしまった書物への感慨が詠まれている。昭和と改元されてわずか十年で、「既に陳る（ふる）昭和の書あり」と断定する鋭さに驚く。

三句目、それまで女性で「汝儕（きゃつら）」という俗語を句に用いた者があっただろうか。草田男の〈金魚手向けん肉屋の鉤に彼奴を吊り〉（『火の島』所収）はこの句より後の、昭和十四年の吟である。

これら三句はいずれも難しい漢字が多く、佶屈ではあるが、句の調子は整っており、凡庸を嫌うしづの女の新しい表現への挑戦が見て取れる。職場風景を描いていて社会的な視点をそなえ、独創性がある。

母子家庭となった竹下家の日常を詠んだ作品として、

月見草に食卓就りて母未だし

月見草が咲き出す夕暮れになっても、母は仕事から戻って来ない。この句は、月見草という淋しげな花を季語に据えたことで、ささやかな夕食を囲もうと母を待っている子どもたちの、けなげな姿が見えてくる。昭和九年の吟。

蓼咲いて葦咲いて日とっとっと

これということをしないうちに、花がつぎつぎに咲き変わり、ただ歳月ばかりが過ぎてゆく。蓼の花も葦の花も秋に咲く地味な花だが、これらの花を重ねて並べ、下五「日とっとっと」という口語的な表現で歳月の流れの速さを詠んだ。「とっとっと」という表記は、リズミカルな流れを表すための工夫であろう。情緒過多にならずに、くり返しを用いながら軽快に表現した詠法がみごとである。「俳句研究」（昭九・十二）に掲載。

颱風に髪膚曝して母退勤来（ひけく）

強い風雨に全身を打たれながらの通勤を描いた昭和十一年の句。「髪膚（はっぷ）曝（さら）して」の措辞は、簡潔で力強い。「退勤来（ひけく）」とふりがなをふって勤めから帰ることを意味するのは、やや強引であるが、しづの女の独自の文体である。母とはもちろん自身のことであるが、母親の役目の人物として客観化し、感情的な表現をはさまずに詠んでいるところが眼目で、骨太の作品となった。

悪妻の悪母の吾の年いそぐ

自身を省みたときの句である。家事と仕事をこなすことは困難であったのであろう、しづの女が働きに出た竹下家の家事をしていたのは、次女の淳子である。「俳句研究」（昭十三・一）に

「降霜期」として発表された。『颱』には十二年に分類されている。

汗臭き鈍の男の群に伍す

そくばくの銭を獲て得しあせぼはも

老醜やボーナスを獲てリリと笑ふ

これら三句は「寡婦受難」という題で「俳句研究」（昭十二・一）に掲載された。題には、夫を喪って一家の大黒柱として働く苦難の意味が込められている。

「鈍の男の群」とは、通勤途中の雑踏のなかの男というよりは、同じ仕事場で肩を並べて働く男たちと捉えたほうが具体的で句意が明確になる。適切なポストがないために作者はやむなく出納手として働いていた。周囲の男たちを汗臭い、愚鈍な者の集団と断じたところに、冴えた批評精神が光る。女の作者は彼らに伍して働いているのだが、自身の境遇に対する感傷も自己憐憫の調子もなく、あるのは明快な現状認識と分析である。「群に伍す」ときっぱりと言い切る座五が力強くみごとである。独自の強い語調には、知性と意思と行動力を備えた作者の、強い意志がみなぎっている。

二句目も勤労の句であるが、自身を少し離れて眺めて詠んだもの。空調のない図書館で働くうちに、あせもができたのであろう。下五は「あせぼはも」と古典的な詠嘆の調子で、からりと軽妙に詠まれている。「ホトトギス」（昭十一・五）で五席に入選。

じっさいにしづの女は肉付きがよく、汗かきだった。小津安二郎の「東京物語」に母役で出演した女優東山千栄子に似た風貌であったという。

三句目は自身を自虐的に描いたものではなく、この句もまた、一句目と同じく職場の人間を詠んだものであろう。「リリと笑ふ」は「俳句研究」掲載時には、「ククと笑む」となっていたが、その後、推敲したのであろう。「ククと笑む」は一般的な表現で、くぐもった笑みに卑俗な感がある。それに対して、「リリと笑ふ」は独自性があり、音の響きもよく、読み手の想像力を刺激する。句には大胆な筆致でパリの市民を描いた風刺画家、オノレ・ドーミエを彷彿とさせる卓抜な人間観察がある。

岩田潔はしづの女の俳句の特性を、

素直で平凡な句風の多い女流俳人の中に在つて、この作者は確に異彩を放つてゐる。（中略）花鳥を詠つて、つゝましやかに自己の世界を守つてゐるそこらの男子俳人を瞠若（どうじやく）［おどろいて目をみはらせるの意］たらしめるものを有つてゐる。「汗臭き鈍のをとこ」といふところなど寧ろ痛快なまでの驕気ではないか。

（「異色ある女流俳人」、「俳句研究」昭十三・四）

と記している。

『颬』では一句目、二句目は、十一年に分類されている。三句目〈老醜やボーナスを獲てリリと笑ふ〉は割愛されている。「老醜や」という突き放した視点に込めた批判が非情であると思ったのかもしれない。一句目の「汗臭き鈍の男」という把握も批判的であるが、この句の場合は「群に伍す」という自身の矜持が作品の中心にある。

やがて戦時色が濃くなり、文化統制の一環として図書館の検閲と統制が行われるようになる。憲兵隊が図書館に来て危険思想の資料を探して蔵書を検閲した。

かじかみて禁閲の書を吾が守れり

憲兵を案内す書庫の冱てし扉に

昭和十二年の吟。思想取締りが強化され、蔵書の審査で閲覧禁止本となったものはリストにも禁閲の印が押されて、閲覧ができなくなった。息がつまるような閉塞感が社会を覆っていった。

これらの句は、図書館に勤務する日常を詠んだものである。大正デモクラシーの流れのなかで、大正末から昭和初めに思想性や政治性を強く打ち出したプロレタリア文学と呼ばれる新しい文学が生まれた。文学を通して、プロレタリアートの権利を主張し、社会体制の矛盾を明確にしようとする潮流であるが、理論や政治性が強調されるあまり、芸術性に乏しく、とても文学とは呼べない作品もあった。しづの女は「雑言〈若きインテリへの婆言〉」（「天の川」昭六・四）で「プロレタリヤー俳句は、俳句と称し得る為には、先ず俳句でなくてはならぬ」、さらに「作品が秀れてさえ居れば、階級意識とか、プロレタリヤーとか、イデオロギー等を感じない。それ以上の大なるもの、そのものを感じるのだ」と述べて、当時の文学性の欠けたプロレタリア文学、工場俳句、生活俳句を批判している。

そのように批判するだけのことはあって、しづの女が詠んだこれらの句は、勤労する生活を詠んでいて知的な抑制が利いており、しづの女の言の通りイデオロギーや階級意識などを越えながら社会性をそなえた視点に立ち、旺盛な批判精神を見せて文芸としてもりっぱな作品となっている。当時の女性の俳人にこのような句を詠んだ者はいなかった。

五　二度目の「ホトトギス」巻頭

昭和十年九月号でしづの女は二度目の「ホトトギス」巻頭となった。

緑蔭や矢を獲ては鳴る白き的

調子が張った堂々たる代表句である。「獲て」という表現は、的を主体にして、あたかも的が矢を待ち受けているかのように詠んだもの。「得て」ではなく、「獲て」と表記したことで、獲物を待っているような印象を与え、句は力強さを増した。漢字に造詣の深いしづの女ならではの用字が効果を挙げている。矢が当たるたびに、標的が快音をたてる情景を描写して、さわやかな緊張感がある。

色彩的にも木々の緑と的の白さの美しい対比が描かれる。視覚、聴覚から景を切り取って律動感のある写生句に仕上っている。調べも緩みなく、完成度が高い。

健次郎によれば、この句はしづの女が図書館勤務のころに、職場の人と弓を習いながら詠んだものという（「『成層圏』を偲んで」、「俳句研究」昭三十八・五）。健次郎も弓道の上級者でインターハイの選手であったので、竹下家では弓は馴染み深いものであったのだろう。

「ホトトギス」（昭十・十）の雑詠句評会で取り上げられている。〈緑蔭や〉の句について松尾いはほが、「矢を獲ては鳴る」という巧みな中七によって、矢を射る人の描写を省略していることを評価している。同時に入選した、

明けて葬り昏れて婚りや濃紫陽花

について野村泊月が、葬と婚を一日の内の出来事のように詠んだため、句が引き締まり、読者に強い感じを与えるところが優れている、人生に対する深い心持ちを詠むことに成功したと評した。

人生でもっと重要な出来事である夫の葬儀と娘の結婚を、わずか十七字に凝縮して詠んで端正な句となっている。作者の感情を直接伝えることばはないが、七変化するとされる紫陽花の濃い紫が、読み手の胸にひびく。

そのほかに『颱』で昭和十年に分類されている句としては、

痩せて男肥えて女や走馬燈

故里を発つ汽車にあり盆の月

前句はしづの女が得意な対句の手法を用いている。特定のカップルにせよ、広く男性一般と女性一般にせよ、同じように歳月を重ねながら、男は痩せてゆき、女は太るという直感的な把握には現実感があり、納得させられる。季語の斡旋が巧みで、揺れる影を映しながら回る走馬燈は、人の世の象徴として働き、句に描かれた男にも女にも人生の年輪を感じさせる。「ホトトギス」雑詠（昭十一・十二）で五席に入選した。

後句、「盆の月」の働きもよく、抑制された表現のなかに、故郷を去る車中のしみじみとした情感があふれている。句集ではすぐ前に〈小風呂敷いくつも提げて墓詣〉〈村人に轡をとらせ墓詣〉などの句があり、故郷行橋に墓参に行った折の吟と思われる。「轡（くつわ）をとらせ」に示されるように、地主であるしづの女に村人が敬意を表していたのであろう。

竹下家はかつては多くの小作を抱えた大農家であったが、しづの女の代になって子どもたちの教育のために次第に土地を手放していった。行橋はしづの女が住む福岡と距離的にそれほど離れてはいないが、土地を失うにつれて、次第に遠い場所に感じられるようになったと思われる。

桃 美(くは)しかたいしもゝと疎まれて

ひらがなの表記であるため意味が取りにくい句である。『颱』で「美(くわ)し」とふりがなが誤植になっているが、「美(くは)し」はこまやかで美しい、みごとだの意。「美(くは)し」という古典的な表現は、『万葉集』に造詣が深いしづの女の好みの表現であったのであろう、昭和八年に〈吾児美(くは)しラガーと肩を組みてゆく〉と、息子の青春像を讃えている。

この句の石桃(いしもも)は、桃の園芸種の一種、菊桃の俗称と思われる。濃いピンクの細い花弁が菊のように重なった観賞用の桃で、果実用の桃ではないので、実は固くて食用には適さない。目の前の桃について、硬い石桃とおろそかにされてはいるが、きれいな実だという句意ととっておく。

大野林火は、『かたいしもゝ』は情よりも知に勝った女へのそしりであろう。(中略)この句は社会が男本位に出来ていることへの憤懣である」と評している(『日本の詩歌・俳句集』)。林火は、この句にしづの女の憤懣を読み取っている。

香西照雄は、しづの女の俳句の先駆性を述べて、最後にこの句を挙げている。

女の学問や理屈を、また男勝りを異端とした彼女を囲む社会の古さへの抵抗が、彼女に女らしい繊細な感性や、やわらかさを踏みにじってまで、知性や男勝りを追求させたのである。そうであれば、その創作方法の誤謬も、強顔も、衒気も、皆彼女の先駆者としての歴史的位置が、不可避的に彼女を追いこんだ「偏向」であり「ひずみ」ではなかったろうか。その上に後半生において、未亡人としてのいわゆる「後家の頑張り」までがプラスされたことを思えば、私は彼女の生涯に、また彼女の俳句に、後進国の先駆的女性としての宿命的悲劇をまざと見る思いがする。

屈従的な女らしさをのみ女性に求めて、一個の人間としての正しい意味の「女らしさ」を考えても見なかった社会の古さは、卑屈な女らしさに反逆したしづの女の「男らしさ」を、かたいしももと疎んじた。しかしそのしづの女が、名美(なぐわ)しき先駆者としてその意味を再評価される日は近いと信ずる。またそうでなければ、未来の女性俳句は、「女らしさ」の魅力を十分に発揮した汀女の線から、何時までも出られないと信ずる。

（「竹下しづの女」、『定本　竹下しづの女句文集』）

と鑑賞し、しづの女の境涯の悲運に同情を示した。

大野林火と香西照雄はともに疎まれている「かたいしもも」に、男本位の社会で女として孤軍奮闘するしづの女の生き方、また「女らしい」情緒を排した彼女の剛直な作句姿勢を重ね合わせて評している。しかし、しづの女は〈汗臭き鈍（のろ）の男の群に伍す〉と詠むだけの批判精神と気骨がある女性である。社会への憤懣を「かたいしもも」を通して間接的に詠まなくても、もっと堂々と意志表明できるのである。実際に彼女が怒りを詠んだ句はたくさんある。しづの女俳句に理解を示し、擁護している二人ではあっても、今日から見るとその評言には、はからずも男性中心の社会の価値観が滲み出ている。

この句は、そこまで深読みせずに、きれいな桃の実に即して詠んだものと取りたい。目の前の桃の思いがけない美しさへの、驚嘆と共感と鑑賞したほうが句の魅力が増す。上五の「桃美（くは）し」という打ち出しの勢いのある断定が印象的で、食べられない石桃だけれど、きれいではないか、と作者は讃えている。しづの女は、食べられない桃に世間が下す実利性という一面的な価値判断に対して、別の審美的な視点から価値を発見しているのである。

山火炎（も）ゆ乾坤の闇ゆるぎなく

風鈴や古典ほろぶる劫（とき）ぞなき

どちらも「俳句研究」（昭十一・十二）に発表したもの。

前句、山焼きの火の色とその背景の漆黒の闇を描いて句柄が大きく、雄渾の響きがある。

後句の古典は、時代を超えて価値をもつ規範とするべきものを指している。さまざまな芸術分野に古典はあるが、しづの女であるから文学であろう。しづの女は『万葉集』が好きであったのだが、風鈴の涼しげな音と古典への思いの取り合わせが成功している。

この時期には、漢語調の否定形を用いた表現がしばしば見られる。

かたくなに櫟は黄葉肯ぜず

月まろし恚らざる可らずして怒り

生硬な響きをもったしづの女俳句の特徴的な詠み方であるが、「肯(がえん)ぜず」「恚(いか)らざる可(べか)らずして」など漢文調の特異な文体に依存していて、肩肘張った感じがある。

「かたくなに」という語は、「ホトトギス」初巻頭の〈短夜を乳足らぬ児のかたくなに〉以来、しづの女の俳句に時折見られるものである。この語は通常は悪いイメージとして受け取られるが、〈かたくなに日記を買はぬ女なり〉（昭十三）などの句に見られるように、しづの女にとっては、必ずしも悪いものではなかった。頑迷さはまた意志の強固さでもあって、しづの女にとって価値をもっていたと思われる。

六　師虚子としづの女

この間しづの女は「ホトトギス」の会員として、師虚子の指導を仰いでいた。虚子からしづの女へ宛てた四十通あまりの書簡が残っている。しづの女は俳句のみならず小説も虚子に送って助言を請うていた。虚子はしづの女の個性を認めながら、選句を通して指導をした。虚子はさまざまな助言をするとともに、しづの女の家族のことまで心に掛けている。

書簡のなかで目を惹くものは、秋桜子が「ホトトギス」を離脱した二か月後に、虚子が発表した文章「厭な顔」について述べている手紙である。「厭な顔」は、織田信長が謀反人の栗田左近を生け捕りにさせて、斬ってしまえと命じたことを描いている。謀反人左近と秋桜子を重

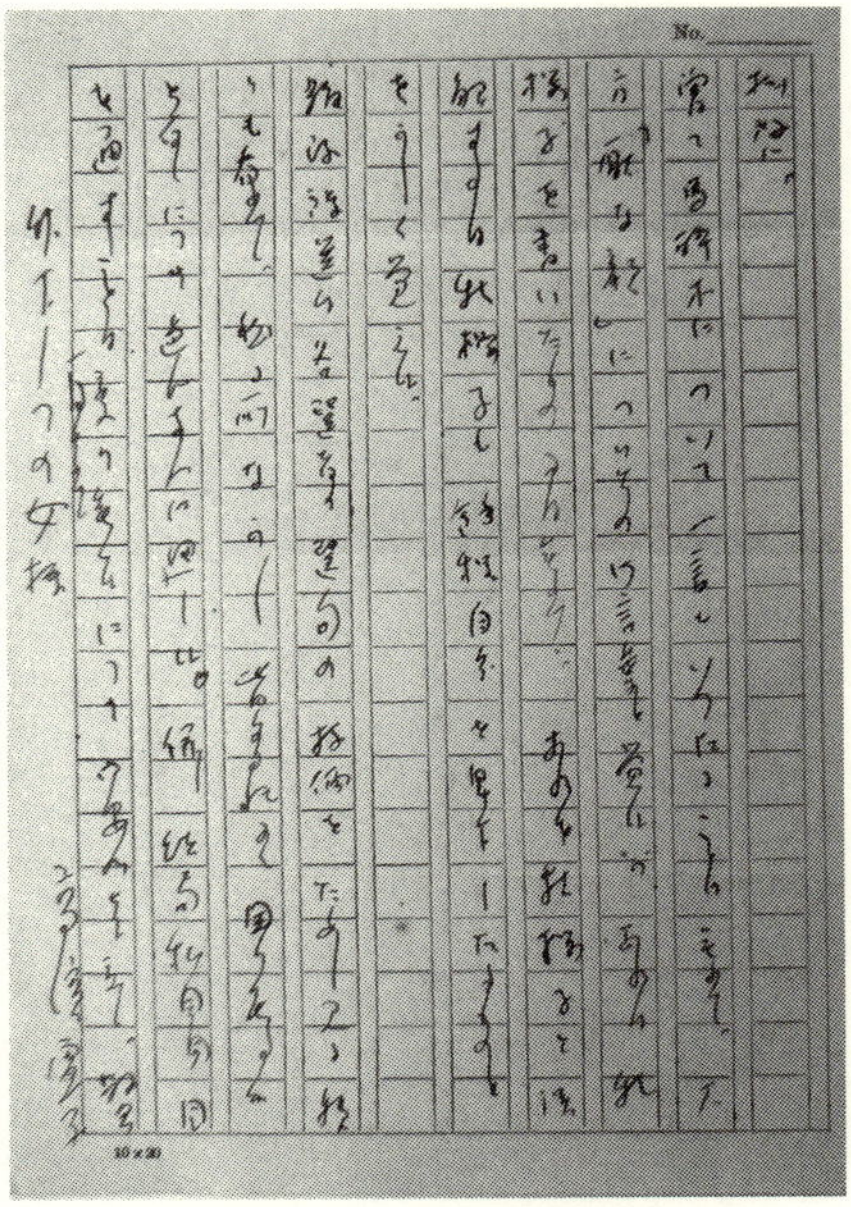

「厭な顔」について語る虚子の手紙

ね合わせる解釈がなされ、俳壇で物議を醸した。手紙で虚子は、あの文は秋桜子について書いたものではないのに、「あれを秋桜子と誤解するのは秋桜子も余程自分を卑下したるものとをかしく覚えた」（昭和七年一月十五日付、虚子書簡）と記している。虚子は自身の立場を弁明し、しづの女に心境を打ち明けているのである。彼女を離れた場所にいる信頼できる弟子と思っていたことが窺われる。

しづの女は、虚子に句稿を送っては選句を仰いでいた。「久保より江御夫妻終（つひ）に東京へ転任せらる」の前書きのある五句を虚子が選句した句稿が残っている。

虚子は〈門閉して薔薇いたづらに咲き驕り〉の一句にだけ赤鉛筆で○をつけて、「もっと言葉を穏ヤカニシテハイカガデス」と注意書きをしている。新居を建てた折に詠んだ句を評した折と同様に、虚子のことばは、強くたしなめるのではなく、「さて、困りましたね」とため息をついているようである。行間から長年の師弟の親愛の情が感じられる。地方に住んでいるしづの女はじっさいに句会で指導を受ける機会は少なかったが、折に触れて虚子からこのような助言をもらっていた。

虚子がしづの女宛てに海外から出した貴重な絵葉書も、親しい師弟の関係を物語っている。昭和十一年、虚子は日本郵船の箱根丸でヨーロッパ旅行へ出発した折に、寄港した門司で北九州の俳人たちの見送りを受けた。

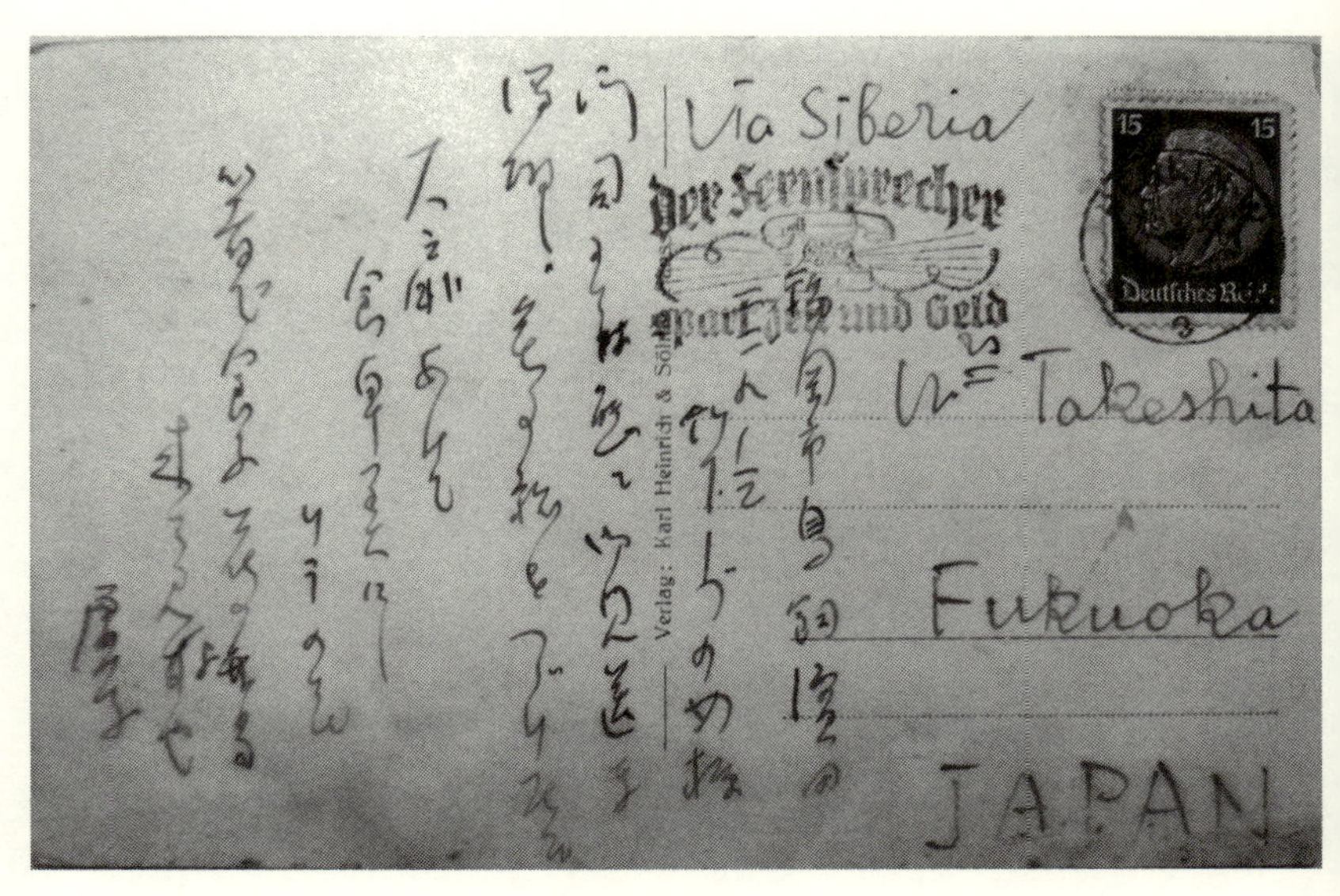

虚子からしづの女に宛てられた、
箱根丸からのはがき

久女は弟子を連れて、お祝いの鯛をもって見送りに行ったものの、虚子には会えずに落胆した。このことを後日、尾鰭をつけて書きたてられ、箱根丸事件と呼ばれる久女を誹謗するゴシップまで生まれた。

この時、しづの女も見送りに駆けつけた。久女とは対照的に、しづの女は無事虚子を見送り、西欧の庭園の珍しい写真が付いた絵葉書を礼状として送られているのである。その文面は、

門司にては態々(わざわざ)御見送に深謝。無事旅をつゞけて居り。

大扉あけて食卓美はしリラの花

箸で食ふ花の弁当来て見よや　　虚子

と読める。ベルリンで投函したもので、異国旅行中に虚子が丁寧にローマ字で記したしづの女の宛名や、シベリア経由という文字を見ると、いかに彼女が虚子に愛された弟子であったかが伝わってくる。

第II部　俳句指導者として

昭和十二年〜二十六年

たゞならぬ世に待たれ居て卒業す

第7章 「成層圏」の時代

一　長男吉�九州帝大進学

伴蔵が亡くなってから、しづの女は一家の大黒柱として働いてきたが、昭和十二（一九三七）年三月に長男吉仭（よしのぶ）が旧制福岡高等学校を無事に卒業することになった。

たゞならぬ世に待たれ居て卒業す

吉仭帝大に入る

新しき角帽の子に母富まず

前句、戦争へ向かいつつある時局にあって、いずれは兵役につく若者の母としての感慨である。

後句は九州帝大への進学時に詠んだもの。健次郎の談によれば、吉仭はきかん気が強く、活発に相撲や取っ組み合いなどをしてはいたが、体が弱かった。病気のために小学校と中学校で休学している。吉仭は大学進学に際して東京帝大法学部への進学を希望したが、病弱な彼を心配したしづの女は東京に行かせたがらず、進学をめぐって親子の間で激しい口論がしばらくの間つづいたという。東大法学部進学という吉仭の夢は雲を摑むようなものではなく、一緒に暮らした家族から見て、東大に合格してもおかしくないほど学力優秀な青年だったということである。
ただ、しづの女にしてみれば女手一つで育てた病弱な長男を、どうしても東京の学生生活へと送り出す気になれなかった。覆い被さるような母の情愛に圧倒されて根負けしたのであろう。母の猛反対にあった彼は、結局、九州帝国大学農学部林学科に入学する。それまで苦労して育ててくれた母や、老いた祖母や弟妹のことを考えると、跡取りとしては、家族を置いて一人だけ東京へ出ることはできなかったのではないだろうか。農学部を選んだことについても、亡夫のあとを継がせたいという母の意志が働いていたのかもしれない。

健次郎は昭和十一年に旧制福岡中学を卒業し、高等学校の入試に失敗して浪人生活を送っていたのだが、兄と母親の間で日夜くり広げられる論争を知っていた彼は後年、「子どもの進学に関しては、親はあまり極端に干渉すべきではないと、私は今でも思っている」(『解説 しづの女句文集』)と記している。母親と長男の間に期待、庇護、反発などがない交ぜになった激しい葛藤があったことを窺わせる文章である。

吉仁、福岡中学校5年生

二　学生俳句連盟の機関誌「成層圏」の発行

吉伯（俳号、透江龍骨、透江要子）は、福岡高等学校（福高）卒業を間近に控えた昭和十二年三月に、岡部寛之（俳号、伏龍〈竜〉）とともに、旧制福岡、姫路、山口の三高等学校の俳句会に呼びかけて、「高校学生俳句連盟」を結成した。

じつは吉伯は中学二年ごろから密かに俳句を作っていて、「ホトトギス」に投句して入選したこともあるという。勉学の妨げになるという理由でしづの女は高校入学までは彼に作句を禁じていたが、昭和九年に福岡高等学校文科乙類（独）に入学し、晴れて創作に励むことができるようになり、クラスの友だちと俳句会を作った。そこから発展して「高校学生俳句連盟」が生まれたのである。その機関誌「成層圏」が季刊で刊行されることになった。

すでに述べたように、福岡では横山白虹が九大、福岡女子専門学校、福岡高等学校、福岡師範学校などの学生を集めて、「学生俳句大会」を開催しており、学生たちによる俳句会の動きはすでにあった。第二回大会ではしづの女も講演を行っている。

福岡高校の先生に招かれてすでに俳句会に参加していたしづの女は、龍骨（以下、俳句に関しては吉伯を俳号で表記する）たちの新しい試みに賛同し、助力を惜しまなかった。東大志望を諦めさせた息子に、なんとか埋め合わせをしてやりたいという思いもあったであろうし、若者と接することが好きな彼女は新しい俳誌を楽しみにしていたと思われる。長男が大学に進学することになって、一息ついたのであろう、しづの女は「成層圏」の指導者（顧問）として、また自らも句や評論を発表した。彼女の作句活動の充実した時期である。

創刊時の会員十一名、ほかに賛助会員二名の計十三名であった。その後、会員の多くが大学に進学してからは、「学生俳句連盟」と改称された。旧制福岡、姫路、山口に加えて、水戸、第六、第七高等学校という六高校、また九州、東京、京都、東北帝国大学、同志社の五大学の学生とその卒業生が構成員となった。「成層圏」は着実に内容も充実していったが、戦争が拡大するなかで十五号をもって終刊となった。理想に燃えた誌面は特記に値する。

その発行年月は以下のようである。

第一巻　昭和十二年　創刊号（四月）　二号（六月）　三号（八月）　四号（十月）
第二巻　昭和十三年　一号（一月）　二号（四月）　三号（七月）　四号（十月）
第三巻　昭和十四年　一号（二月）　二号（六月）　三号（十月）　四号（十二月）
第四巻　昭和十五年　一号（四月）　二号（十月）
終刊号　昭和十六年　第十五冊（五月）
別冊　　昭和十八年　「成層圏たより」（七月）

なお創刊号から四号までは号数のみ、二巻以後は巻号が記されている。また最終号は第五巻一号となるはずであるが、「第十五冊」と表記されている。これは戦時中の出版統制で、「成層圏」はこのときすでに雑誌の資格を喪失していたので、定期刊行物の一冊ではなく、当局から許可された単行本という形での刊行であることを示すための表記と考えられる。そのため「第十五号」を避けて、「第十五冊」と表記したものであろう。

さらに昭和十八年に、龍骨の手で会員の動向を知らせるガリ版刷りの小冊子「成層圏たより」が一冊出された。

三　「成層圏」の創刊理念——新時代の『万葉集』を目指す

「成層圏」が目指したのは、新しい時代の『万葉集』のような俳誌である。龍骨は「成層圏の使命」として三巻一号に、「吾人の使命は万葉に劣らぬ俳句の創造」と「厳密なる科学的批判精神の獲得」にあると創刊理念を記している。龍骨が『万葉集』を理想としたのは、崇高で壮大な詩の集成であること、しかもさまざまな階層の作者たちが詠んだ歌であったからである。『万葉集』に表れたおおらかな詩の精神、加えて近代的な科学的批判精神という知と情をそなえた俳誌を理想に掲げた。『万葉集』に理想を置くことは、しづの女にとっても賛同できることであったに違いない。

明確な会則が載っているのは四巻一号で、そこに第一に掲げられているのは、「俳句の純粋なる発展を図り、且作品による相互研究を以て目的とす」である。創作と研究、批評に励むことを目標に掲げている。明確な目標設定であり、この目標に向かって学生たちは小さな俳誌に心血を注いだ。

創刊号の表紙は縦に二分割され、左側に成層圏と墨書、右側は淡い水色に臙脂色と黒の自由な水滴の模様が描かれている。「天の川」の表紙も手がけた画家、田中冬心の画で、この闊達な題字はおそらく、しづの女の手によるものであろう。粗末な紙に印刷された冊子を開けば、颯爽とした創刊のマニフェストが目に入る。

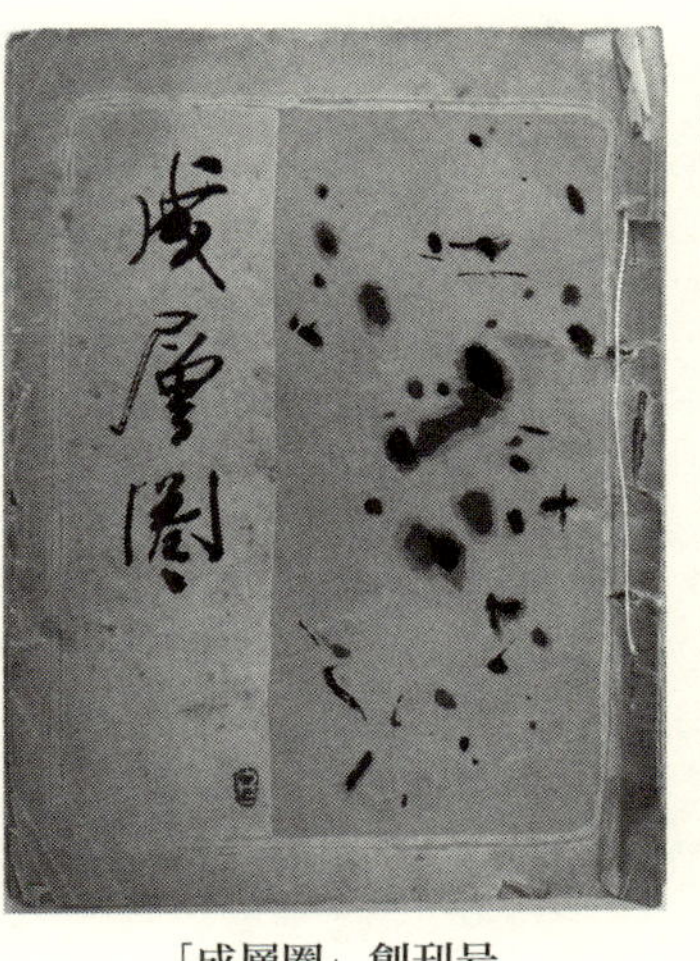

「成層圏」創刊号

詩は青年の特権！吾々は、斯(か)かる詩を思ふ存分既成老朽俳壇にホルモンとして注射したいのだ。吾々は学生の叡智と、純粋なる感激との坩(ルツボ)
として、成層圏を全高校生に捧げる。

吾々は、〝青年よ！明朗たれ、飽くまで理智的たれ〟。而して、〝成層圏の一員として、其の

完成、更に俳壇の掃海艇たるの任務に奮闘せよ〟と叫ぶ。（「刊行ノ辞」、「成層圏」創刊号）

署名がないが、書いたのは竹下龍骨であった、と会員の出沢珊太郎（でざわさんたろう）が証言している（「座談会『成層圏』を偲んで」、「俳句研究」昭三十八・五）。いっぽう、三女淑子は、「刊行の辞は主としてしづの女の起草である」とする。創刊当時、出沢はまだ会員ではなかったので、彼の情報を全面的に信頼することはできないが、おそらく母と子で想を練ったものを、最終的に龍骨が緒言としてまとめたのであろう。いずれにせよ、どちらが書いたとしてもおかしくないほど、創刊に際して母と息子の息がぴったり合っていたといえる。

「掃海艇」は、いかにも時代の雰囲気を感じさせることばだが、安全な航海のために海中の機雷などを除去する任務の艇のことで、俳壇の沈滞を一掃して新風を吹き込もうという意気込みが掲げられている。

巻頭に掲げられたのは、しづの女の「古き学都を讃ふ」の五句、

山上憶良ぞ棲みし蓬萌ゆ
蓬萌ゆ憶良・旅人に亦吾に
万葉の男摘みけむ蓬摘む

万葉好きのしづの女らしく、大宰府古址を詠んだ作品を新しい俳誌創刊のはなむけとして

贈った。彼女も心弾ませていたことが伝わる軽快な調子である。ことに二句目には、万葉の歌人から歌心を継ぐものであるという意気込みも読み取れ、龍骨たちの新しい船出に対する期待が溢れている。虚子が都府楼址で詠んだ〈天の川の下に天智天皇と臣虚子と〉にちなんで禅寺洞の「天の川」が命名されたことを、しづの女は意識していたのかもしれない。

二句目は「成層圏」、『颱』では「憶良・旅人・に亦吾に」と表記されているが、『ホトトギス同人句集』では「憶良・旅人に亦吾に」となっている。表記として『同人句集』のほうが普通であるので、こちらを採用する。

後記には、岡部伏龍（福高）が、こう記している。

かくて我々はあらゆる物を焼き尽さずばやまない強烈なる熱意と鬼神をも泣かしむる純情とを以て、多忙なる身にも係らず我々の為に尽力しくださる中村草田男、竹下しづの諸先生の御指導に倚つて現代俳句を真の俳句として生かすべく努力すべきではないか。

（「成層圏」創刊号）

わずか十七頁の冊子からは若者の熱い思いが伝わってくる。

顧問として「成層圏」に毎号句を発表するにあたり、身をもって範を示すべく、しづの女は

「成層圏」第三号

この間に代表作となる句をいくつも詠んだ。「成層圏」時代のしづの女の句については、「俳句研究」に発表した句と併せて、あとで扱うことにし、俳論もまとめて述べることにする。まずは十五冊の流れを把握し、その特質を述べることにしたい。

四　会員の自選作品を掲載

「成層圏」は学生たちが討議して、彼らが望むように編集した俳誌である。しづの女が果したのは主宰者ではなく、顧問の役割である。「成層圏」の特徴としてまず挙げられることは、作品が自選によるものであり、掲載順は、一般の俳誌のように選者による巻頭などの序列を施していない点である。

学生らしい高踏的な響きの誌名は龍骨が考えたもので、俳句作品以外に、「宇宙線」という俳論欄、「無風帯」という短評欄、「放射線」という随筆欄など、文章にも力点が置かれていた。学生たちはさまざまなアイディアを思いつき、それを誌面に反映させたので、「成層圏」は隅々まで雑多なエネルギーに満ちていた。

顧問としてのしづの女の役割は、作句技法を細かく指導するものではなく、作品が稚拙であり、生硬であっても若者が創作をつづけるように、進むべき方向を指し示して励ますことであった。彼女は一貫して、会員の純真さと研究的態度の真剣さを尊重している。会員以外の投句は「対流圏」の欄でしづの女が選句して掲載した。

会員たちの作品は、このような作品発表の場を待ちかねていたような熱がこもっている。創刊号を中心に初期の会員の句を挙げてみよう。

この園の薔薇籠(こ)にみたず啄木忌　山(口)高　大山としほ
埋火や欧露西亜の海を窓の外に　福(岡)高　久保一朗
書を抱き寒き孤燈と仮睡せり　福高　岡部伏龍
木枯に野風呂たて嫁(ゆ)きし姉を想ふ　福高　野上浩一
銀皿に小鳥の声を盛つて来る　福高　竹下(透江)龍骨
秋光と皿の白さとあらがへり　姫路高　香西照波(のちに照雄)
神棚に灯明細く寒きかな　姫路高　内野柑青
風荒し乳牛の乳房は重く垂る　福高　玉置野草

塵塚や雀は細き脚持てる　姫路高　貴田慶治
流れ行く鶴の形に春の雲　福高　吉村行生
さかしまに蜘蛛暮れて行く夏の空　福高　壹岐俊彦
石鹼に女体を彫つて梅雨霽レぬ　姫路高　里井彦七郎

若い息吹に満ちた句が並び、いずれも着想が新鮮である。無季の句も含め、定型のリズムは整い、青春風景が清新なタッチで詠まれている。

創刊号でしづの女は「成層圏作品短評」として、各会員の句の美点を褒めて、今後の進展を期している。会員を育てようというあたたかい視線が感じられる句評である。

五　水戸高校の参加――出沢珊太郎、金子兜太の登場

昭和十三年に入り「成層圏」は第二巻となり、二巻第一号から旧制水戸高校が参加することになった。福岡で創刊された「成層圏」は、福岡、姫路、山口という西日本が中心であったが、東へと広がったのである。

水戸高から新入会の出沢珊太郎（三太、暁水の俳号も用いた）は、高校の後輩の金子兜太によれ

ば情報収集力に長けており、おもしろそうな学生の俳誌創刊のニュースを知ると、すぐに参加したのだという。やがて戦争に征くという現実に向き合いながら、若者たちは新しい雑誌、新しい文芸の動きを敏感に察知した。当時の青年にとって文芸は浪漫の世界であった、と金子兜太は私に語ってくれた。

ガーベラ露けくて思索（おもひ）に倦みたり　出沢珊太郎

話絶えて夜寒の星の夥し　〃

出沢は抒情的な句を提げて颯爽と「成層圏」二巻一号に登場した。彼は作家星新一の異母兄で、麻布中学卒業の都会的なセンスのある才人であった。

「成層圏」第二巻第一号

出沢は水戸にはまだ俳句会がないので、同志を集めて会を作ると記しており、彼の誘いで二巻二号から金子兜太が新会員として登場する。

兜太は「自己紹介」として、作句は始めたばかりだが、「現壇では、秋桜子、誓子、林火の諸氏が好きです。その中でも林火氏の主観の強い緩みない句が好きです。自分もどうかして主観のにぢみ出た句を作りたいと苦心」していると記し、「無季認容論」について、「自分には此の問題はもつと徹底的に突込むべきもの丶様に思はれます。自分としては『馬酔木』の有季説に傾いてゐましたが、最近季感と詩との関係に対して有季論者のとる態度はあまりに狭く感ぜられ迷つてゐます、もつと詩そのものを考へる必要がある」と述べ、「定型十七字を認めて固守」（「成層圏」二巻二号）することを明言している。そして彼は、

日毎なる静寂に麦の萌え出づる　　金子兜太
新しき書は若芝に伏して読む　　〃
冬雲の湧くや枯野の果をみず　　〃
枯野きて松籟起る森を見き　　〃
たそがれて電線多き町寒し　　〃

などの新鮮な作品を発表した。

金子兜太の父、金子伊昔紅（いせきこう）は医師であり、また「馬酔木」に投句する俳人で、家では句会が開かれた。兜太の身近には俳誌があり、それらを耽読していた影響であろうか、俳句のリズムが自然に身体になじんでいる。郷土の秩父音頭のリズムも染み込んでいたのであろう。初心者と謙遜しながら、すでに馬酔木調ともいえる有季定型を守った詩情豊かな作風を示している。のちに前衛俳句で戦後の俳壇に新風を吹き込んだ兜太は、出発点で伝統的な俳句技法を身につ

けていることが見て取れる。

兜太が独自の俳句の声を見つけるのは、水戸高校卒業後に上京してからのことである。東京での一年間の浪人生活は俳人金子兜太のいわば揺籃期であり、彼は熱心に成層圏東京句会の仲間と交流し、自身の進むべき道を模索した。その後、「成層圏」に加えて、嶋田青峰（せいほう）主宰の「土上（どじょう）」、加藤楸邨（しゅうそん）主宰の「寒雷」に投句をして、大胆な試行錯誤をくり返しながら、独自の文体を獲得していった。

六　連作俳句の試み

「俳壇の掃海艇」を自負する「成層圏」では、会員の自由な実作の試みがなされていた。その一つが当時、新興俳句で多く試みられた連作の形式である。虚子は秋桜子が連作「筑波山縁起」五句を発表した際に、選句がしにくいと連作には否定的な見解を示していた。しかし連作は盛んになり、昭和八年五月号で「俳句月刊」が「連作俳句特集」を組んだ。昭和九年に日野草城も「ミヤコ・ホテル」を「俳句研究」に発表して議論を巻き起こし、「天の川」の篠原鳳作が代表作〈しんしんと肺碧きまで海の旅〉を含む「海の旅」を発表した。

龍骨は最短の詩である俳句の場合、どうしたら他の文学形式に対抗できる程の感動の持続を獲得できるかを考え、連作形式を試みた。「成層圏」は自選作品を載せることになっていたので、全作品を作者の思うように構成することができたのである。

連作の場合、すべての句に季語が必要かは問題となるところで、禅寺洞は、はじめに一つの季題があるか、前置きに季題を示すことでよいとしている（「無季の問題等」「天の川」昭九・五）。学生も季語の扱いについて試行を重ねた。

二巻二号で野上ひろし、龍骨の連作が掲載されている。

野上の「六大学拳闘」はボクシング観戦を詠んだもので、有季、無季を含めた十句で、ボクシングの試合の一部始終を描く。

春 燈 を 拳 闘 の ポ ス タ ー ひ た と 吸 ふ　　野上ひろし
紅 潮 の 顔 ゆ が め ず に 打 倒 な る　　〃
春 燈 を グ ロ ー ブ に の こ し 勝 者 出 る　　〃

試合というテーマを追って起承転結をもつドラマ的構成となっている。季語として意図的に「春燈」ばかりを用いており、全体として平板である。

龍骨の「阿蘇採鉱所」も苛烈な阿蘇の硫黄採掘現場を詠んだ有季、無季の混ざる連作である。

採 鉱 夫 火 口 下 れ ば 咳 く と み ゆ　　竹下龍骨
黄 な る 帽 戴 き て 硫 黄 噴 く を 採 る　　〃

採鉱夫背なる俵に硫黄詰む　〃

火口で硫黄を採取する人を観察した。珍しい句材を扱った意欲作であるが、動作の描写に終始している。

さらに二巻三号でも連作俳句が載った。湊七三九は「京都丸善にて」と題して、主に春の季語を配して書籍売り場を詠み、岡部伏龍は「株式取引所」で、極暑の取引所の息詰まるようすを描いている。

学生たちが選んだこれらの連作のテーマは、従来の俳句では扱われなかった新しい素材であり、その素材をさまざまな角度から詠んで作品に仕上げている。一句ずつにしたときに、とくに優れた作品がなく、連作としての完成度は高くないものの、会員たちが新しい俳句を目指して、挑戦していることがわかる。

「成層圏」第二巻第三号

また龍骨は「千田大佐文化講義」と題して、戦火想望俳句に挑戦し、空中戦、空襲、片翼帰還の三部で構成した無季の連作を試みた。

昭和十二年の日中戦争の開始とともに、西東三鬼（さんき）の「戦争」シリーズや仁智栄坊（にちえいぼう）の「戦ひ」

など戦争を詠んだ俳句が発表され、山口誓子は戦争俳句についての論を記していた。

燭返し機銃ぴたりと尾翼追ふ　竹下龍骨
撃墜すしかれども己れ翼くだく　〃
着陸す片翼バサと地に伏する　〃

もとより龍骨には戦場体験はなく、軍人の講演を聞いて、戦地を想像してこれらの十四句で、激しい空中での戦闘場面を克明に描き、ドラマ仕立てに構成してみせた。俳句という形式に親しんできた龍骨の達者な表現技術を示しているものの、動きを追った劇画のようである。

岡部伏龍は誌上で、龍骨の試みに厳しい批判を加えた。龍骨の句からニュース映画、戦争映画の場面を思い出すが、そこには「少しも真実性がない」、技巧を駆使して概念をもっともらしい作品にしているだけで、「事件の羅列」、「俳句性の希薄な作品」と手厳しく断じた。伏龍の冷静な分析は戦火想望俳句の本質を的確に捉えている。彼は龍骨本来の、豊かな詩的情趣を伸ばして欲しい、と結んで、進むべき方向を示唆した。

「新しき俳句を吾々の手に」というモットーを掲げて、「成層圏」の学生たちは新境地の開拓に乗り出し、相互の批評によって、その挑戦の成否を検討し、学びあう姿勢をとっていた。

七　中村草田男と「成層圏」

当初顧問として名前が挙がっていた中村草田男と「成層圏」の関係についてまとめておこう。創刊準備の段階で、しづの女以外の指導者として、横山白虹、日野草城、山口誓子、中村草田男などが候補にあがり、まず九州の横山白虹に声をかけたが、この年、主宰誌「自鳴鐘」を創刊するという理由で断られた。

つぎにしづの女が声を掛けたのは山口誓子である。このことについては、あまり知られていないが、誓子からしづの女に宛てた断りの手紙が福岡県立図書館に所蔵されている。文面から、多忙な誓子はまず電報で回答をしてから、改めて手紙を書いたものとわかる。

当時の誓子の慎重な姿勢が窺われる文面である。

> 実は、曩に小生が「馬酔木」に参じまして以来、「天の川」より受けました待遇（殊にいつぞや禅寺洞氏東征の帰途、大阪にて会合の席にて「馬酔木加入後の山口誓子に面会の意更に無し」と放言せられたる由聞き及びましたが）には純真な（敢て自ら純真と云ふのですが）小生もすつかり愔然としてしまつたことでした

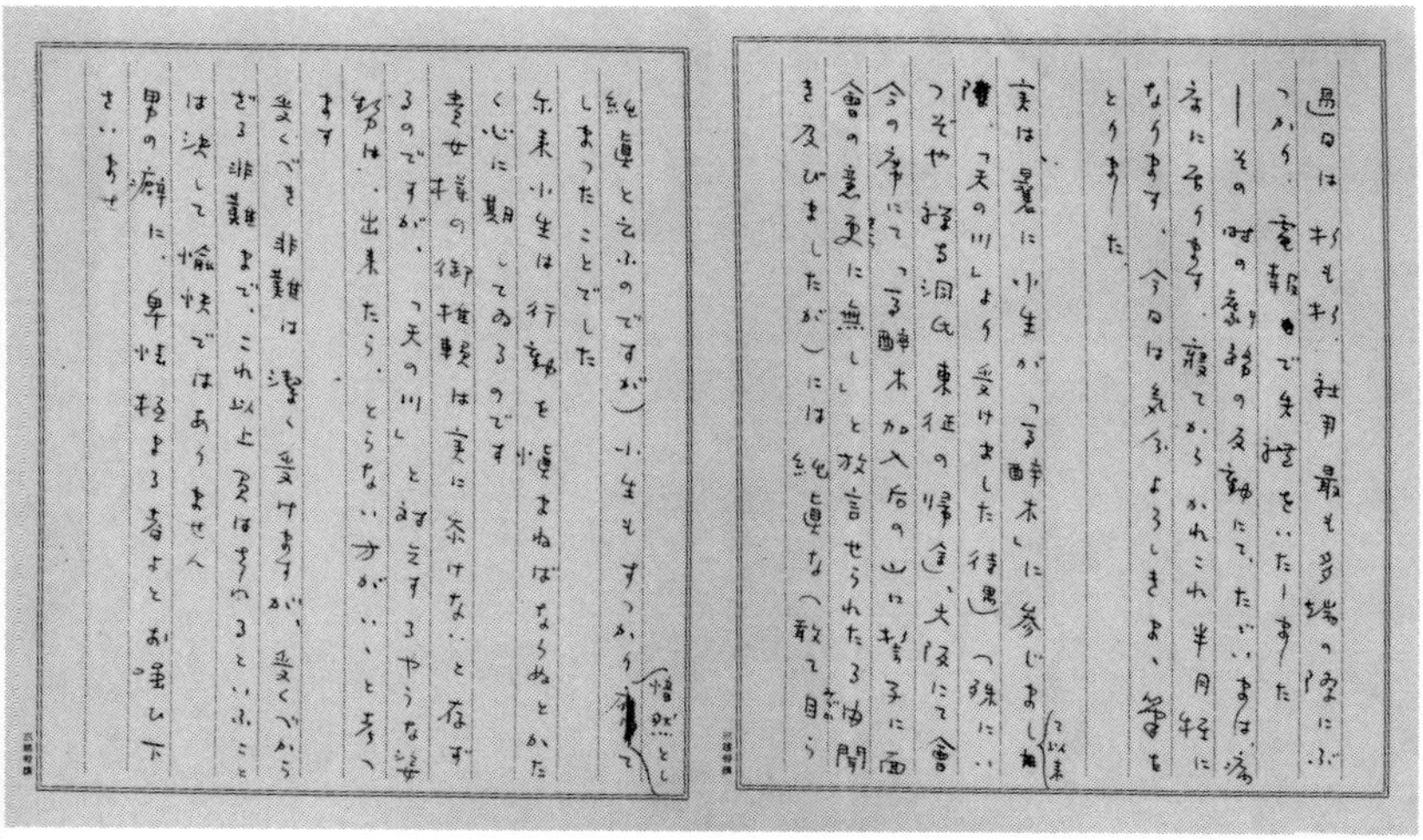

山口誓子からしづの女への手紙

爾来小生は行動を慎まねばならぬとかたく心
に期してゐるのです
貴女様の御推頼は実に忝(かたじ)けないと存ずるので
すが、「天の川」と対立するやうな姿勢は、出
来たら、とらない方がいゝと考へます
（昭和十二年三月十五日付、しづの女宛て山口誓子の封書）

誓子はすでに「天の川」から冷たい扱いを受けて
いるので、不要な非難まで受けることは避けたい、
とした断りの内容である。内容と日付から、これは
「成層圏」の顧問を依頼されたことへの回答と考え
てよいだろう。「成層圏」創刊号の後記に、「御病気
中の山口誓子先生よりも御懇篤なる御手紙」をいた
だいたと記されていることも裏付けになる。

誓子は昭和十年五月に「ホトトギス」を離脱して
「馬酔木」に移った。誓子の行動に対して禅寺洞は批判的であった。しかし当の禅寺洞も、翌十一年にはホトトギス同人から除名されることになった。この除名問題で大きな衝撃が俳壇を走ったことを知る誓子としては、ここは慎重にならざるを得なかったのであろう。

白虹、誓子に断られたしづの女は、面識のない東京在住の草田男に打診することになった。草田男に白羽の矢を立てたのは、しづの女が草田男作品の知的な青春性を評価して、青年たちの指導者にふさわしいと考えたからであろう。

草田男からのはがき（昭和十二年三月八日付）が、『回想のしづの女』に写真版で掲載されている。また福岡県立図書館に、ほぼ同じ内容の、同じ日付の封書もある。今まであまり取り上げられることがなかった封書を引用しよう。

福岡高等学校学生諸氏の真摯なるご計画の件、目下の俳壇の状勢に対して当然斯くなかるべからざることゝて　満腔の賛意を表し　微力ながら私で出来得る限りのことは致したいと存じます

たゞ　私は母校松山高等学校の機関誌にも既に関係して居りますし　懶惰（らんだ）［無精の意］の性、兎角（とかく）、事務的なることに携はれば不都合を生じ易いことを省み、且つ其御計画の内容詳細を未だ存じないこととをあはせて考へますとき（中略）御地の目下の同志のみで先

創刊の実現へまでつとめられてはいかゞでございませうか
責任の程度が解りませんので左様御返事致すよりほか致方がないのですが、同志の一人に加へていたゞいておたすけ致すことだけは、将来の固い御約束として喜んでこゝに申しあげることが出来ます

（昭和十二年三月八日付、しづの女宛て草田男の封書）

草田男は計画に賛同したうえで、松山高校の機関誌に関係していて時間がなく、具体的な計画や責任の程度が不明なので、まずは福岡の同志で創刊するように、将来必ず同志の一人として助力すると約束している。

草田男は青年たちを助けるつもりだったのであろう、丁寧で誠意あふれる文面である。「成層圏」創刊号の後記に伏龍が記しているように、学生たちはこの回答を受諾と受け取った。草田男の指導を受けることを心待ちにしていたのである。ところが草田男は慎重で腰が重く、しづの女ひとりが指導に当たっていた。

参加しないまま一年が過ぎて、二巻二号（昭十三・四）で草田男は「成層圏」に一文も寄せることなく「都合により」顧問を辞めた、と消息欄にある。

ほどなく「俳句研究」（昭十三・八）で座談会「戦争俳句その他」があり、渡辺白泉（はくせん）、加藤楸邨、石橋辰之助などが出席した。その席で西東三鬼が高等学校の学生と俳句について問いかけると、

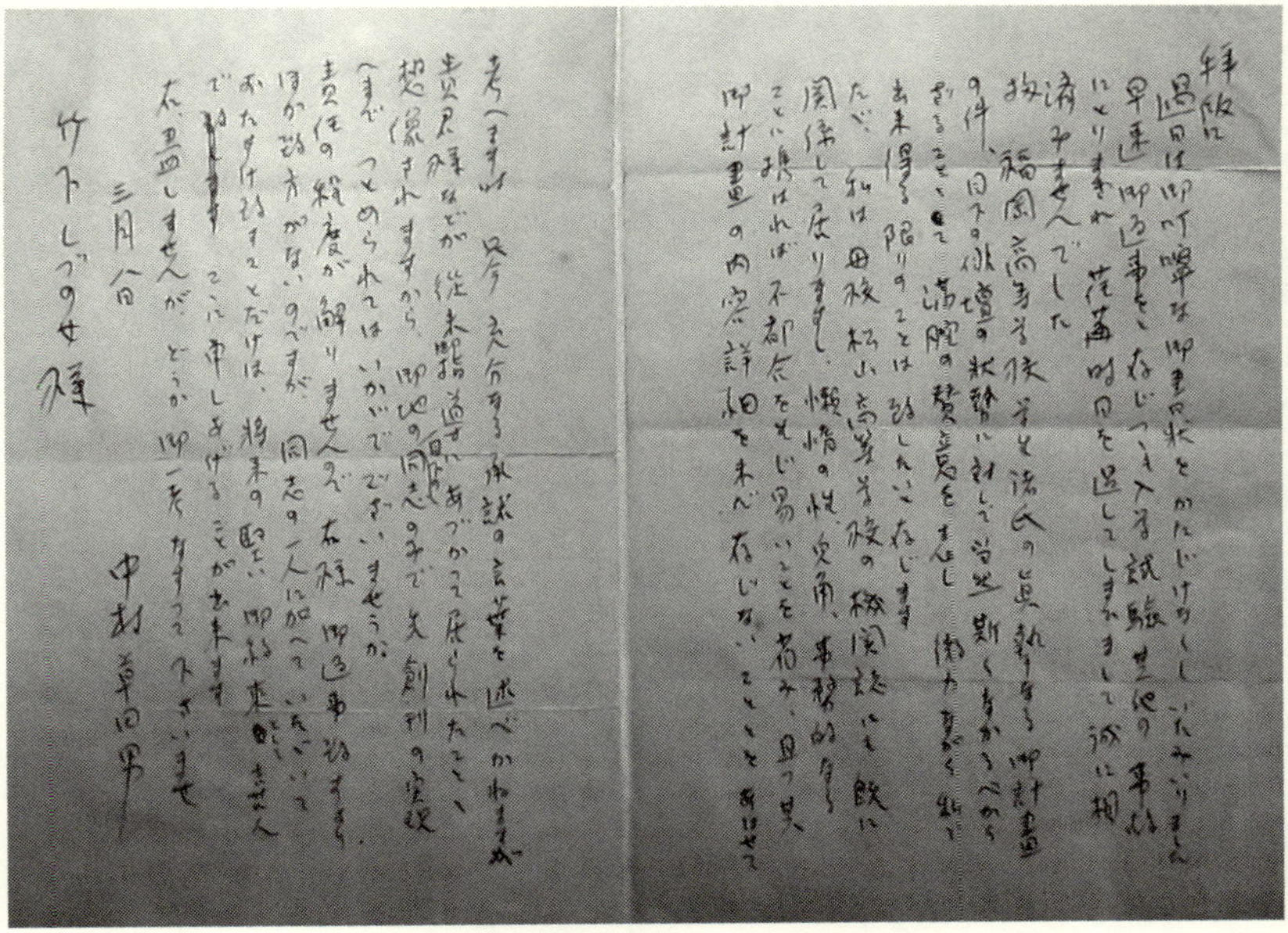
拝啓
過日は御丁寧な御書状をかたじけなくしいたみいりません
早速御返事をと存じつゝ入学試験其他の事情
にとりまぎれ延々時日を過してしまひまして誠に相
済みませんでした
扨、福岡高等学校学生諸氏の真執なる御計画
の件、目下の俳壇の状勢に対して当然斯くあるべからざることゝて満腔の賛意を表し微力ながら勤めて
出来得る限りのことは致したいと存じます
ただ、私は母校松山高等学校の機関誌にも既に
関係して居りますし、懶惰の性、尖角、事務的なること
ことに擯はれば不都合をもじ易いことを悩み、且つ其
御計画の内容詳細をよく存じないこととを併せて
考へますと、只今充分なる承諾の言葉を述べかねますが
貴兄様などが従来御指導にあづかつて居られたこと
想像されますから、御地の同志の方で大創刊の実現
へまでつとめられてはいかがでございませうか。
責任の程度が解りませんので、本様御返事致すさ
ほか致し方がないのですが、同志の一人に加へていただいて
おたすけ致すことだけは、将来の願ひ、御約束致します
で御座います。ここに申しあげることが出来ます
不一書しませんが、どうか御一考なすつて下さいませ
三月八日　中村草田男
竹下しづの女様

中村草田男からしづの女への手紙

草田男は「学生俳句連盟」のことは本当は知らない、何も労力を払わず迷惑をかけたが、今では直接に結びつきはない、と答えた。草田男はすでに顧問を辞していたのでこのように答えたのであろう。

この発言に憤慨したしづの女は、「学生俳句連盟は存在してゐる」という文章を「成層圏」に発表した。

「学生俳句のよさは其純粋さにある」「其研究的態度の真剣さにある」と述べ、「俳壇人は自己の後継者であるべき若き学生に対してどこ迄も純情であつてほしい。自己の偏見や自己の術策のために彼等学生の純粋性を冒瀆しては大変である。（中略）此の事は、学生俳句連盟誌成層圏に対して故意に黙殺された中村草田男氏

に、特に傾聴を煩はしていただきたい」（二巻四号、昭十三・十）と草田男の煮え切らない態度を批判した。純情な学生たちを守ろうという気概に満ちた文章である。

のちに香西照雄は、草田男が成層圏の参加をためらっていた理由をつぎのように推測している。

当時のわれわれの句風は、伝統と隔絶した放埒な新興俳句調で、俳句性の何たるかも知らず、しづの女の指導は、若さや純粋が最大の可能性で、個性を伸ばせばいいという、結果としては若さを甘やかす方針だ。伝統から俳句性を継承し、そのため、デッサンで俳句的把握を鍛える指導をよしとする草田男の方針とはあわない。むしろしづの女が主導的である連盟へ軽々とは指導に乗り出せないという気持が草田男にあつたろう。また当時の彼は自分を育てることに没頭したかつたので、俳誌主宰はおろか、後進を指導するという心の余裕は持てなかつたのだろう。（「成層圏と竹下しづの女」、「俳句研究」昭三十六・一）

たしかに、草田男にしてみれば、「成層圏」の会員とは一面識もなく、若くて元気がいい彼らが目指している方向性もわからない状態では、簡単に参加することはできなかったのだろう。

八　成層圏東京句会

　姫路高校の香西照波（以下、照雄と表記する）は「成層圏」創刊時からの同人であるが、昭和十三年に東大文学部に入学した。彼は当時ドイツ留学中の山口青邨の代わりに草田男が指導していた東大ホトトギス会に出席してみた。これがきっかけとなり、東大生の成層圏会員を中心に、草田男を指導者とする成層圏東京句会が昭和十四年三月ごろに発足した。香西によれば、発足時に、幹事役を香西が務め、吉田汀白、橋本風車（ふうしゃ）、岡田海市（かいし）、玉置野草、保坂春苺（しゅんまい）、余寧金之助（よねいきんのすけ）（瀬田貞二）、永井皐太郎（川門清明）、出沢珊太郎、堀徹、曽山蘇花、大山としほなどが参加しており、月一度のペースで句会が開かれた（「『万緑』の創刊」、「俳句研究」昭四十三・十）。

　このようにして、発行人となっている龍骨としづの女を中心とする西の福岡周辺に加えて、新たな活動の拠点として東の東京句会が生まれた。香西らの要請もあり、またしづの女からの批判で草田男も思うところがあったのか、次号（三巻一号）の消息欄に、「中村草田男氏本誌顧問復活」とある。

　草田男の句評が載るのはさらに四か月後の三巻二号からである。「遠信」として会員の句について的確な批評を寄せている。草田男は「成層圏」の作品全体を見渡して、「皆一応成功し

成層圏東京句会会員　『火の島』出版祝賀会・卒業生送別会

山王の山の茶屋にて
前列：左から岡田海市、曽山蘇花、福田蓼汀、中村草田男、橋本風車、吉田汀白
中列：左から川門清明、伊藤亜秀、保坂春苺、出沢珊太郎、香西照雄、瀬田貞二
後列：中央に大山としほ

てゐて、さして甚しい破綻がない」と総括している。「成功」ではなく、「一応成功」している、また「破綻がない」ではなく「さして甚しい破綻がない」という表現からは、婉曲に作品が草田男の求める水準には達していないと思っていることが読み取れる。彼は、しづの女が志向する「青年独自の生活希求を強力に豊穣に生かしつゞけて行かうとする逞しさと質実さ——それがいさゝか稀薄」と率直に指摘して、そのうえで五頁にわたり福岡周辺の八名の会員の句を採りあげる。

最初に、〈青林檎四顆抱き税の重き言はず　龍骨〉について、暗示をするならば、「姿其物（すがたそのもの）がもつと的確に描かれてゐなければ、暗示が生活のにほひを読者に伝へてこない（中略）輪郭を説明されたといふ範囲にとゞまつてゐる」「対象把握と表現鍛錬とを、もつと〳〵層々と押しすゝめなければいけないであらう」と評した。草田男は句が、重税にあえぎながらもねばり強く堪える農民の姿を描いたものであろうと推測し、青林檎に注目して、四つという数の限定には、必然性がないと指摘した。

竹下家が行橋に農地を所有していることを知っていると、この句は若い当主である龍骨自身の嘆きを描いているとも解釈できる。青林檎の清新な心象と現実の重さの対置から、若い作者が伝わってくるが、草田男の指摘通り、四つという限定には意味が見出しにくい。草田男の評は作品を綿密に読み込んで、字句に沿って具体的な指摘をしていて、説得力がある。

東京句会の場では、草田男が各会員の個性を把握しながら、彼らが旧来の作品から一歩踏み出して自己革新するように、論理的な指導をしていったことが「遠信」から伝わってくる。学生たちにとって句を作るうえで参考になる句評であり、彼らは学生相互の議論とは別の大きな刺激を受けたと思われる。

九　会員相互の批評

創刊以来二年間、編集は福岡の龍骨と岡部伏龍が中心となっていたが、三巻一号は姫路高校の里井彦七郎が編集した。それ以後は各地の会員の輪番制となり、各支部の横のつながりが強固になった。京大、三高の俳誌「京鹿子」の創刊メンバーの一人、岩田紫雲郎(しうんろう)が客員として作品を発表するようになる。また新会員が増えて、内容も充実している。
「成層圏」の重要な特徴は、すでに見たように、作品を会員相互で綿密に検討し、率直な意見を述べあうという方針である。「成層圏」は自選作品を載せることになっており、しづの女は作句技術について細かい指導はしなかったので、学生は相互の批評を通し、自身の目指す方向を模索していた。香西は東大の学生を多数句会に誘っており、国文科卒業を控えた堀徹もその一人であった。

去る三月十五日未知の香西照波君からはじめての葉書を頂き、十八日の土曜日、大学の図書館でお目にかゝり、早速同夜の「成層圏座談会」に引張り出され。遂に徹宵十六時間の論戦を交へふらくに成りました。岡田君、永井君、大山君、出沢君等とも全然初対面であつたにかゝはらず、翌日別れる頃にはまこと旧知のやうに親しく成つて了ひました。測らざりしこの偶会を神に感謝して居ります。
(「自己紹介」、「成層圏」三巻二号)

堀徹は子どものころの怪我がもとで、強度の近視になり体が弱かったが、東大国文科に入学してから同人誌を出すなど意欲的に表現活動を展開していた。彼が記しているように、東京句会の若い論客たちが時の過ぎるのも忘れて、互いの句を俎上に載せて分析した合評会のようすがこの号に掲載されている。

四巻一号では成層圏東京句会、東大句会、水戸高校俳句会、京大句会の句会報が載っていて、刺激を与え合っている様子が伝わる。議論を通して学生たちはそれぞれ鑑賞力、作句力を鍛えていった。短い俳句という表現形式は、明日の命もわからない逼迫した時代を生きる若者の心をとらえた。句友たちとの胸襟を開いた交流は学生たちにとって何ものにも代え難い貴重な時間だったと思われる。

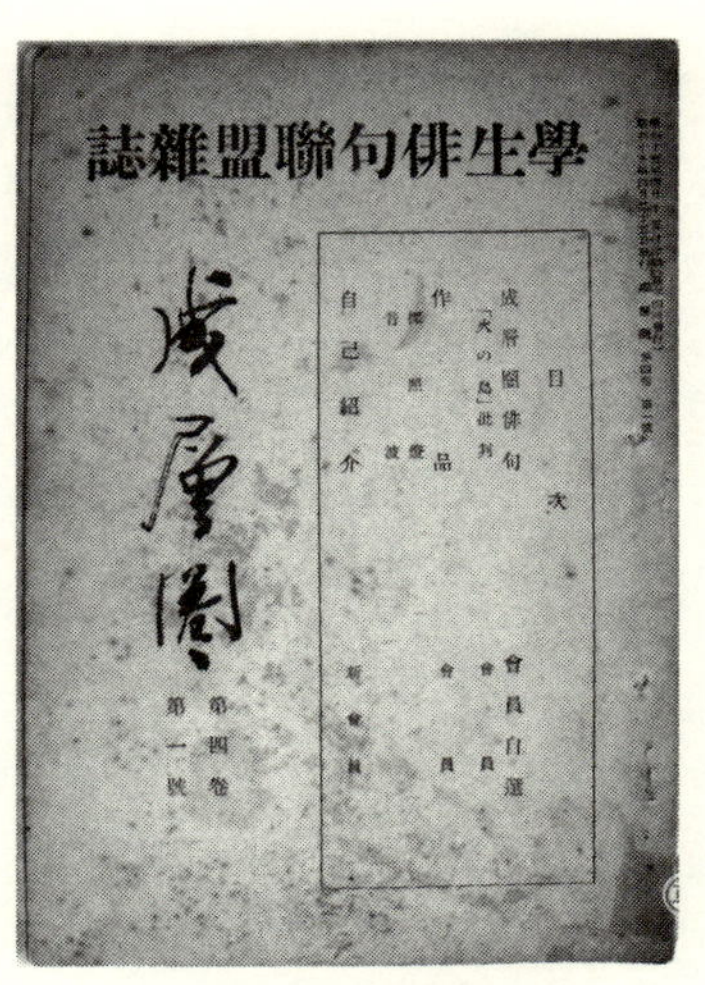

「成層圏」第四巻第一号

四巻一号で草田男の第二句集『火の島』の特集が組まれ、会員の率直な句集評が寄せられており、すぐれた評論を書く人材が揃っていることが見て取れる。とりわけ瀬田貞二、堀徹の句集評は力がこもっている。

東大国文科で学んだ瀬田貞二は、のちに戦後の児童文学の分野で大きな足跡を残した。彼の俳号である余寧金之助は、母ヨネと父金之助の名前から付けたものという。瀬田は、C・S・ルイスの『ナルニア国ものがたり』、J・R・R・トールキン『ホビットの冒険』、『指輪物語』や絵本の翻訳で知られる。絵本の翻訳には、限られた単純な子どもの語彙だけで、正確に意味を伝えるという作業が必要である。瀬田の『三びきのやぎのがらがらどん』のようなみごとな翻訳には、俳句のことばの修練が役に立ったに違いない。

東大生を中心とした東京句会の会員は、句会の外でも活発な活動を展開し、学士会館で開かれていた草樹会に参加して富安風生などと交流する者、加藤楸邨の自宅を訪ねて助言を貰う者もいた。新入会員の自己紹介が多数載せられ、学生の俳句活動は広がりを見せている。四巻二号の巻末の「編輯室」欄には、平松小いとど、橋本風車、吉田汀白、香西照雄などが「ホトトギス」に投句し好成績を収め、山口青邨の「夏草」で活躍する者、「馬酔木」、「鶴」に投句する者もいるとある。彼らの活躍の母港として、「成層圏」は注目される俳誌になりつつあった。最盛期には五十人ほどの会員がいたという。

次第に草田男が指導する東京句会の会員の層が厚くなった。首都東京は、なんといっても俳句活動の機会が豊富であり、各自が活発な活動を展開するようになって、やがて「成層圏」の重心が福岡から東京へと移っていった。

四巻二号には会員の俳句研鑽のために、草田男としづの女が選者となる投句欄が新設されるという案内が出ていて、会員たちの作句への意欲と自信が増していることが感じられる。草田男は四巻二号で、〈毒消し飲むや我が詩多産の夏来る〉〈老婆昼寝奪はるべきものなにもなし〉などを発表し、順調な創作活動をつづけていた。人間探求派として草田男の声価が高まっていた。

いっぽう福岡では、龍骨が十五年二月に手術を受けた。しづの女は自身も中耳炎の治療をしながら、看病に明け暮れていた。

十　句集『颱』の出版

「成層圏」が軌道に乗り、充実した創作をつづけるなかで、しづの女は三省堂の「俳苑叢刊シリーズ」の一巻として昭和十五年十月に句集『颱（はやて）』を刊行した。子どもたちが成長して肩の荷が下りたのであろう。俳句に手を染めた大正九年から昭和十四年までの作品を収録している。三省堂の検印受領書が残っていて、発行部数は、無印税分百部と印税分二千九百部、計三千部であったことがわかる。現在から見ると句集としてはかなり初版の部数が多いが、当時、句集出版ができたのは限られた俳人だけであり、また一冊五十銭という求めやすい定価であったので、俳句に関心のある人びとは熱心に句集を買って読んでいたと思われる。このシリーズは全二十八冊で、松本たかし、加藤楸邨、中村汀女、星野立子などの保守派の俳人と、新興俳句の西東三鬼、片山桃史など当時の有力俳人を選んだものであった。そのなかにしづの女も選ばれて参加したのであった。

編年体をとっているが、「ホトトギス」「天の川」などの掲載時期と異なって分類されている句がある。単純に制作年と発表年が異なっているという場合もあり、また後で述べるように検閲を考慮した場合もある。

女手のをゝしき名なり矢筈草　　虚子

さすがに挨拶句の名手、虚子の鮮やかな序句である。

この句を序句として掲げた経緯を、しづの女はつぎのように記している。

私は、先般の私の句集「颿」の序句を虚子先生から頂いたが、先生は最初に

弁天にして毘沙門や今日の月

といふ玉句を恵投して下さつた。

女手のをゝしき名なり矢筈草

といふのは十数年前先生より賜はりし玉句であつたが、私の好悪は終にこの後句の方を選んでしまつた。怖しき自分の妄執に自分乍ら少し呆れてゐる。

（「妄執」、「冬野」昭十六・六）

三女の淑子によると、虚子は書くべき序文が溜まっていてしづの女の序文を書く暇がないと伝えてきて、その後、「〈弁天にして毘沙門や今日の月　虚子〉という句が出来ました。若し斯んな句でよければ序の代りに用いてもよいが、一笑の上反古にしてもよろしい――」と、はがきを送ってきた。それを見たしづの女は、「虚子も人を喰っている」と不満顔であったという（『回想のしづの女』）。

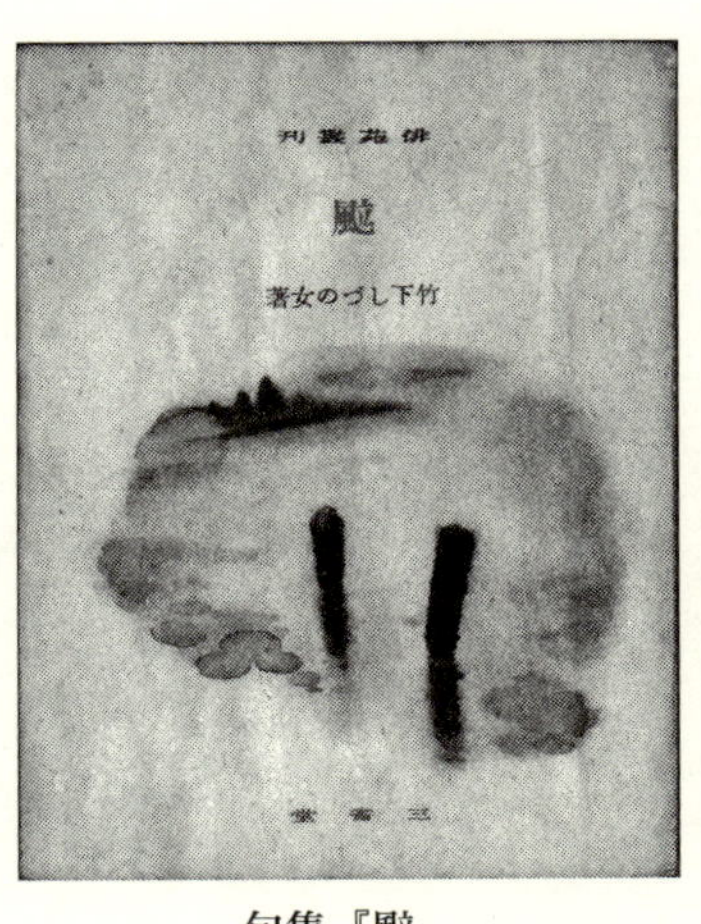

句集『颷』

虚子は〈弁天にして毘沙門や今日の月〉に、軽妙にしづの女の境遇を詠み込んだ。七福神のなかの唯一の女神である弁天は知恵と芸術の神であり、毘沙門は勇猛な武神である。虚子の句は今宵の満月の光のなかで、寡婦として家を切り盛りし、また俳句に励むしづの女の姿を、男女二神の役割を果たしていると詠んだ機知の句である。が、『万葉集』を口ずさみ、ヴァレリーの詩を耽読するしづの女としては、この句は軽く、句集の序文にしたいと思わなかったのであろう。

しづの女は前述のように昭和三年にも、浜田町の新居と句集を祝う〈白梅の影壁にある新居かな　虚子〉という句をもらっている（本書一二四頁）。虚子の序句が得られずに、ついに句集出版を断念した久女のことを考えるまでもなく、多忙な虚子の序句をもらうだけでも大変な名誉と思われるが、しづの女は、〈白梅の影壁にある新居かな〉、〈弁天にして毘沙門や今日の月〉、〈女手のをゝしき名なり矢筈草〉という三句をもらった。そして彼女は虚子が送ってきた最新の句を有難く掲げるのではなく、自身の感性に従って序句を選ぶという大胆な行動をとったのである。たしかにしづの女の句集の序句には、三句中で「矢筈草」の句がもっともふさわしい。自身が信じることを貫いた姿勢は、しづの女の聡明さと作家としての主体性を示している。

後記でしづの女は、つぎのように記している。

◎私の句の有つ二つの相反する性格の中、此集中の句の性格は客観的平明な句を主として選出し、恩師高浜虚子先生の嘗て御評言にありしが如き佶屈聱牙（きっくつごうが）な句は殆ど省いてある。
◎芸術に進歩はない。あるのは変遷ばかりである。といふのが私の主張である。初期句作時代の大正九年の作品を比較的多く、敢へて収録した所以である。

◎私は近き中に、この集に割愛した他の多くの句を更に新しく集めて見たいと欲してゐる。
（「後記」、『颱』）

「佶屈聱牙」は文章が堅苦しくわかりにくいさま。ここでは贅牙と表記されているが聱牙の誤植と思われる。

自句には、相反する「客観的平明」と「佶屈聱牙」の特徴があり、「佶屈聱牙」の句を省いたとしているが、収録された作品には、佶屈の句も多く、しづの女らしい個性を充分に発揮している。句集が刊行されたのが昭和十五年秋であったことから、時局を鑑みて戦争に関する句はかなり割愛されている。「佶屈聱牙」の句を省いた、割愛された句を集めた新しい句集を出したいと述べているのは、それらの句を削除したことについての断り書きなのかもしれない。結果的に新たな句集が出版されることはなく、『颱』はしづの女が生前に上梓した唯一の句集となった。

十一　「成層圏」終刊——昭和十六年

最終号の表紙には「第十五冊」と記されている。前年十月に刊行されたしづの女の『颱』の鑑賞を特集する予定であったが中止となり、香西照雄が「風立ちぬ」と題してしづの女の『颱』の率直な句集評を載せた。

香西は、〈汗臭き鈍(のろ)の男の群に伍す〉〈短夜や乳ぜり泣く児を須可捨焉乎(すてっちまをか)〉は「先生の『意志の抒情』が露骨に出過ぎてゐるので二流品」と手厳しい評価を下し、〈日を追はぬ大向日葵となりにけり〉〈緑蔭や矢を獲ては鳴る白き的〉は「激しい意志は内奥に潜められ対象に生命を与へ（中略）対象と作者は一枚になつてゐる」として、この面が一番好きだと述べている。〈夜の闇さ椎降る音の降る音に〉などについて、「強調しなければをさまらない所が先生らしいとは思ふが、僕には過度と思はれる」として、しづの女の主観の強調には批判的である。

堂々と自身の見解を率直に述べており、彼の評には青年らしい誠実さ、また性急さがあふれていて、そこに師と弟子の深い信頼関係が窺われる。ただ、彼の評価の基準には、句の表現の形式という視点が欠けている。主観を伝えたいしづの女が工夫した、俳句の内容を支える、表現形式の独自性の価値を見落としている点が残念である。

この号には中島斌雄(たけお)が「遭難者」三句を寄せている。

東大医学部の高橋沐石は香西の手引きで、最終号となったこの号から「成層圏」に参加した。

栗を焼く子のまへ煙たちのぼる　　高橋沐石

校門のある日明るし菊売女　　〃

など冴えた感覚の作品を寄せている。

前号で募集があった投句欄の入選句が掲載されている。草田男選としづの女選に重なる句があるので、同じ作品から選んだものと思われる。いくつか挙げてみると、

中村草田男選として、

背のびせば雪原遠く山もみあふ　山口国雄
蛾のまなこ赤光なれば海を恋ふ　金子兜太
綿の実茶の実小さき磧を尋めて来し　出沢珊太郎
門に媼朝顔の種落ちつくし　吉田汀白
日向ぼこならず男の針仕事　館野喜久男
人の家辞し市電の隅にこの冬日　香西照雄
髪刈つて来てゐる夜の氷店　橋本風車
秋の夜やその瓶鋭くウヰスキイ　松本陽吉郎
泥と血の事変記鳶の曲北窓に　竹下龍骨

竹下しづの女選として、

冬日燦と太古の舟を城におく　小川公彦
夕焼は越え来し尾根のあなたなる　橋本風車
執着の蛇ともならず冬籠　竹下龍骨
港湾に夏山せまり襁褓ほす　大山としほ
外套や外国人を越え得るか　永井睡草
旗雲や日に酔ふて少しゐねむりし　出沢珊太郎
嘘云ふ朝ダリヤ豪華に枯れ了んぬ　野上ひろし
郭公鳴く女さらさらと帯を巻く　金子兜太
路地の霧光を負ひて人出で来　香西照雄

創刊号の作品と比べると、会員たちの作品が目覚ましい進歩をとげ、切磋琢磨して俳句作家として個性を磨いていったことが見て取れる。草田男としづの女の選句傾向の違いも興味深い。草田男は、会員に向けてこう記している。

いつの時代に於いても理想へのより一歩の近づきは、決して多数者の手による条件的整備のみでは達成せられず、寧ろ却つて、根本的には、理想への自覚を裡に包蔵する少数者の、それへの実現にひたむきな永き時間的努力にのみかゝつてゐることを、私は近頃ますく痛感さゝれてゐる。

実作のみが物を言はなければならないし、実作のみが物を言ふ世界にまで推進しなければならない。若い人々に、実作に於いていやが上にもしつかりとやつて貰はなければならない所以である。

（「遠心」、「成層圏」第十五冊）

若者のまじめな努力がすぐに反映される俳壇ではないが、実作に励むことこそ重要であると草田男は説いている。

この号が「成層圏」の最終号となるのだが、次号の草田男としづの女選の俳句募集も載っている。まだまだ続けていくつもりでいたのであろう。活力にあふれたこの調子で刊行を続けられたら、どんな展開をしたかと惜しまずにはいられない。

十二　「僕等には青空と紙が欲しい」

最終号の巻末には、高橋金剛が戦場から送った便りが掲載されている。高橋秀夫、改め、金剛は、成層圏会員として最初の応召軍人となった。彼は、十四年五月二日に山形連隊に応召入隊した。居留隊に編入されていたのを、それでは申し訳ないと、自ら志願したのだという。金剛の便りが「兵隊通信」として随時掲載された。そこには新聞雑誌に目を通すこともできず、ポケット型の歩兵操典、軍隊内務書だけしか読むことができないという兵隊の日常が記されていて、兵役や戦争が差し迫った具体的な状況として感じられるようになる。「人生二十五年」と心に決めていた戦時の青年たちは、国のために命がけで戦うことを使命とし、そこに人生の意義を見出していた。

ある文学雑誌の巻頭言に「僕等には麻雀もいらない、撞球場もバーもカフエーも碁も将棋もいらない、僕等には年とつた偉い人達にとつては必要らしく見える芸者も待合もいらない、唯僕等には青空と紙が欲しい、僕等は決してそれらを無駄に使いはしないのだ。」いかゞですか、――『颱』に幸あれ

（「成層圏」第十五冊）

金剛は戦地からしづの女の句集にエールを送っている。一兵士として金剛は、「青空と紙が欲しい、僕等は決してそれらを無駄に使いはしないのだ」ということばに共鳴している。彼らが希求する「青空」はものを考えるための平穏な時間、そして「紙」はその思いを自由に表現する手段を表しているだろう。平和の時代にはなんでもない、青空と紙が戦場にあっては得難

いものとして大きな価値をもつ。多くを考え、多くを伝えたいはずの青春を戦地で過ごす若者たちの、切実な思いが伝わってくる。

十三　新興俳句への弾圧と「成層圏」休刊

昭和十二年の盧溝橋事件をきっかけに日本と中国の全面戦争に突入する前後から、新興俳句は戦時下の不穏な社会や人間の状況を詠んで、反戦色を強めていった。このような新興俳句やプロレタリア俳句を推進する俳人たちの戦争俳句や銃後俳句に対する弾圧が始まり、特高警察が句会や俳人宅に姿を見せるようになった。金子兜太は、昭和十四年ごろに新宿の喫茶店で開かれた成層圏東京句会に「私服の特高がやってきて、終わるまで椅子に腰かけてメモをとっていた」(『わが戦後俳句史』)と証言している。翌昭和十五年二月には、新興俳句の中枢拠点とされた京大俳句の関西同人の平畑静塔(ひらはたせいとう)、井上白文地(はくぶんじ)、波止影夫(はしかげお)らが治安維持法違反容疑で検挙され、五月には東京の同人、三谷昭、渡辺白泉(はくせん)ら、八月には西東三鬼(さんき)が逮捕される弾圧が行われ、俳句界に激震が走った。新興俳句の弾圧はつづき、以後、「土上(どじょう)」、「広場」などに所属する俳人が検挙された。

「天の川」は昭和十五年十月に、ついに新興俳句からの転向を宣言し、新体制のもとに「国民詩」を提唱することになる。その結果として「天の川」からは逮捕者は出なかった。

福岡では昭和十五年八月に「成層圏」について龍骨に市警察から出頭命令が出て、始末書提出を求められた。出版物の検閲が厳しくなり、国策の実践に協力的であるかが細かくチェックされた。十月には、内務省の命令で福岡警察より「成層圏」の廃刊を命じられた、と龍骨が香西に知らせてきたという。

編集は持ち回りで担当したが、発行人は龍骨が続けており、この間、出版統制や財政難、また用紙の確保に駆け回った。東京から発行する案も出たが、許可が下りず、結局、龍骨が当局に日参して、ガリ版刷り、単行本の形で年に一回なら刊行を許されることになった。

最終の第十五冊は昭和十六年五月十五日発行。それまでは年に四回刊行されていたが、すでに述べたような状況で、昭和十六年には一冊だけで、それも五巻一号ではなく「第十五冊」と銘打っている。それ以前は龍骨が「成層圏」の編集責任者となっていたが、この号では竹下静廼とある。淑子の話によれば、取り締まりが厳しくなったため、病身の龍骨を気遣って、万一に備えて母の名義に変えたのだという。評論は草田男の「遠信」と龍骨の「芭蕉」論だけで、俳句作品が中心となっているのも、検閲を意識したものであろう。

さらに時局を反映して、「日本俳句作家協会綱領」が掲げられている。そこには、
一、日本文学としての伝統を尊重する健全なる俳句の普及

一、国民詩としての俳句本来の使命の達成
一、俳句を通じての時局下国民の教養

という三項目が記されていることがわかる。創作に大きな制約が課せられている。

巻末に龍骨は、

成層圏は雑誌としての資格を喪失致しましたが同人誌として、会自身は決して否認された訳ではありません。中村草田男及竹下しづの両氏を頂き優れたる日本独自の詩「俳句」を擁立する決心です。（中略）

成層圏は単行本の形式で出版致します。

（「会記」、「成層圏」第十五冊）

と静かな決意を記している。「岡田海市兄は北支方面に出征されました」とあり、また龍骨自身も手術を受けたと記している。彼は綱領に沿って「日本独自の詩『俳句』を擁立」と述べ、なんとしても「成層圏」を刊行しつづけるつもりであった。

しかし、十六年秋にはしづの女の自宅に特高が調べに来た。言論統制が行われ、用紙が配給制となり、そして会員の応召がつづき、機関誌を発行するには極めて困難な時代となった。「成層圏」はやむなく昭和十六年をもって休刊することになった。

ほどなく、この年の十二月八日に太平洋戦争に突入した。

「成層圏」終刊後も成層圏東京句会はつづき、昭和十六年に安東次男、十七年から沢木欣一、原子公平などが参加した。大学卒業後、会員の多くは入営した。幹事は、香西、出沢、館野喜久男、金子兜太と交代した。最後の幹事となった兜太は昭和十八年夏に東大経済学部を繰り上げで卒業し、日銀に三日務めて、海軍経理学校に入学した。成層圏東京句会も十八年冬には自然休会となった。

女人高邁芝青きゆゑ蟹は紅く

第8章　「成層圏」時代のしづの女の活動

一　俳句の伝統と個性

しづの女は「成層圏」の会員たちを我が子のように慈しみ、励ました。誌上では、「成層圏作家のテムペラメント」として懇切な作品評をしている。「成層圏」の若い会員が抱く疑問に答えようと、「新蝶古（故）雁」など多くの俳句論を書いた。それらをまとめると、俳句の伝統と俳人の個性というテーマが見えてくる。

伝統的な季の問題については、つぎのように述べている。

俳句の内容として真に問題になるのは「季」である。「季」は俳句の骨格、自然そのものであり、人生の象徴でもあるから、俳句は季語感を重視し、季語のもつ「象徴と暗示との豊かなる語感の醍醐味を吟味せねばならぬ」としている（「新蝶古雁」、「成層圏」二巻二号）。この問題は、しづの女自身も初学時代に〈乱れたる我れの心や杜若〉を得て以来、悩んできたが、長い作句経験を経て、到達した説得力ある季語論である。

定型については、俳句は、「日日新たなる、且つ複雑化する吾々の人生を十七音韻に克服せんとする苦難である」（「新蝶古雁」、「成層圏」二巻二号）、「たとひ吾々の詩性がこの十七音韻の俳句に盛るべく溢れやうとする事が屢々（しばしば）生じようとも、吾々は楽しんでこの束縛に屈従するの喜びを失ってはならぬ」（「新蝶故雁」、「成層圏」一巻二号）と、進んで定型を守るべきことを説く。「定型」や「季」を捨てようとする新興俳句の方向は、かつての自由律俳句と同じように行き詰まるであろうと、警鐘を鳴らしている。明快な論理で、若者たちに伝統を守り、すぐれた先人の作品から学んで、自己の創造の糧とするようにと説得する。

伝統のなかで、しづの女が高く評価したのは室町後期の山崎宗鑑である。宗鑑の発句精神の根本にある「荒魂（あらみたま）」を、日本文学の伝統とされてきた「和魂」と対比し、その重要性を強調した（「新蝶古雁」、「成層圏」三巻一号）。

以上の季語と定型についてのしづの女の見解は、昭和六年に「天の川」に発表した有季定型を擁護する俳句評論（本書一四二頁）から変化していないが、新しく加わった点は、俳人の個性を磨くということである。今日までにすでに何万と俳句が詠まれているのに、さらに句を詠むには、自己の「個性」が頼りであると述べ、個性を磨くことを勧めている（「成層圏作家のテムペラメント」、「成層圏」二巻三号）。

個性の尊重はしづの女の持論であったようで、同じころ発表した「女性と俳句」にもわかりやすく述べている。

徒（いたずら）に、男性従属より放たれて、自己の個性を確立し、独自の作品及指導権確立に向つて苦難邁進して欲しい。
それには、いつまでも誓子的作品、虚子的作品、秋桜子的作品といふが如く、常に其作品に権威者の幻影を伴うて居ては駄目である。
自己の確立！　自己を後代に遺す修練！　それが目下の女性の俳句道に於ける一大緊要事であらう。

（「女性と俳句」、「俳句研究」昭十二・八）

しづの女は女性に向けて、俳人としての自立を促しているが、この発言は女性俳人に限らず、若い俳人たちに向けたものと考えてよい。「常に其作品に権威者の幻影を伴うて居ては駄目」という方針は、指導者の作品を模倣して、その亜流となることへの戒めである。各自が独創性を獲得するようにという激励のメッセージである。

このようにしづの女は、俳句の初心者に向けて、有季定型の俳句の伝統に立ち、独自の個性を磨くという正統的な方向を主張した。

彼女は俳句の手ほどきとして有季定型を推賞したが、そのいっぽうで会員たちの自由な詩精神を愛し、無理に型に嵌めようとせずに各自の思うままの創作を奨めた。彼女は、「いかに秀れた大俳人と雖（いえども）後進者を指導するといふ事は厳密なる意味に於て不可能」であり、初心者に対して方法的なことの助言をすることぐらいしか許されていないというストイックな主張をしている（「成層圏作家のテムペラメント」、「成層圏」二巻一号）。

文芸の議論を戦わす親しい親子関係であっても龍骨は、しづの女の教えに盲従することなく独自の活動をした。批評精神に富んだ彼は論理的で自由な俳句論を展開している。「成層圏の使命」では、「万葉に劣らぬ俳句の創造」を目指して、「伝統的花鳥諷詠式俳句に反逆する」、「必ずしも五七五調に糊着されるべきではない」（「成層圏」三巻一号）としづの女の指導方針に対抗する意見を述べている。すでに見たように、彼は無季俳句を詠み、連作を試みている。日中戦争の最中の暗雲が垂れこめる時代を生きる知的な学生に、花鳥諷詠は説得力をもたなかったのであろう。

また会員の出沢珊太郎は、正岡子規に立ち返り、有季定型について、絶対的なものではなく、各人の随意という見方を示している（「断想（一）」、「成層圏」二巻二号）。しづの女自身は「ホトトギス」の有季定型を守ったが、会員たちの自由闊達な活動を静観していた。

香西照雄はこのようなしづの女の自由な指導方針をふり返り、旧制高校生が若さのもつ可能性を過信して、知的特権意識や自負心を増長させるところもあったと批判している。しかし、「成層圏」が刊行された昭和十二年から十六年という時代に、この俳誌に拠る若者たちは、いずれは戦地に行くことになっており、彼らは伝えておきたい思いであふれていた。しづの女は彼らの作品が俳句として未成熟であることを承知したうえで、個性を育て、独創的な創作をするように発破をかけた。彼らが充分な知性をもつ学生であることを信じて、自選作品に責任をもつようにと説いた。

じっさい彼らは自ら学ぶ術を身につけており、期待通りに切磋琢磨して、各自の句風を開拓していった。彼らに存分に生き、存分に書き残すように励ましたしづの女の指導方針は、その時代にあって最適であったと思う。小さな俳句は戦場において兵士たちの生きる力となった。しづの女の包容力と文芸への意気込みが、青年の心をとらえたことは、「万緑」などに発表された会員たちの心のこもったしづの女追悼文が物語っている。

自由なおおらかさを志向するしづの女と、綿密な作句の理論に立つ草田男という異質の指導方針の二人を顧問にしたことで、「成層圏」の会員たちは大きく育ったのである。

しづの女は草田男の作品を高く評価していた。その一端は、草田男の第二句集『火の島』に対する力を込めた句集評にも明らかである。

全巻を掩(おお)ふ草田男の抒情は其卓抜な知性と俊敏な孤独との両翼に騎乗して勇猛に壮快に飛翔してゐるといつていい（中略）若しこの疎隔性を以て草田男作品を難解呼ばりする者があるとしたらそれはする者の恥辱でしかありはしない（中略）この句集の有つ一つの重要なる意義が彼の難解作品のレッテルに対する抗議の答案であつたことは愉快である（中

略）俳句が有つ一つのモラルを其極限まで推進した人に古人の芭蕉がある（中略）草田男の俳句にはこの芭蕉精神をいかに近代的に体あたりしているかといふことを『火の島』が吾々に語つてゐる。

（「俳句研究」昭十五・四）

当初は「成層圏」とのかかわりに慎重であった草田男も、「成層圏」最終号で、しづの女と「成層圏」の会員に対する思いを以下のように述べている。

こゝ三年間ほど、私は在京の成層圏会員の諸君があるがために随分たのしい時間を持つことが出来た。月一回くらゐにある例会の会合の際はもとよりであるが、それよりも諸君各自の生活ぶりや、個人性の発揮ぶりや、つまり総じての若さのたゝずまひが只管（ひたすら）にたのしかつたのである。

私の作品に就ても、又句作態度に就ても、よろこんで貰ひ得る価値があるときに真からよろこんで貰つたのも、少々それが怪しかつたり危くなりかけた時に、真から忌憚のない言葉を以て警告して貰つたのも矢張りこの人々からであつたやうに思ふ。これもしづの女史の御蔭である。

（「遠信」、「成層圏」第十五冊）

あるいは草田男がしづの女に宛てた書簡（昭和十四年四月二十三日付）でも、「成層圏」の東京の会員との交流が「芸に対するセンスも豊かで、お蔭で私は楽しい日を多くもつ」と綴っている（『中村草田男全集』別巻）。

草田男と成層圏東京句会の会員たちとの交流は大きな成果をあげた。学生たちは、草田男から学ぶと同時に、彼にとっても創作の刺激となり、またよき読者、批評家という機能を果たした。

若者たちの手による「成層圏」は全部で十五冊、厚いときでも四十頁ほどの小冊子である。活動期間はわずか五年ほどであった。学生たちは人生や社会に対する関心を句に詠み込み、西欧の思想を盛り込んだ評論を書いた。若い彼らが勉学の合間に工夫を凝らしながら編集した誌面は、隅々まで活気に満ちていた。

二　「成層圏」時代のしづの女の句

紅塵を吸うて肉(しし)とす五月鯉

昭和十二年、創刊間もない「成層圏」一巻二号の「街塵」と題した六句中の句。颯爽とした詠み方で、しづの女の代表句の一つとなった。見慣れない「五月鯉」という語について草田男が、「普通『五月鯉幟』とはいうが、『五月鯉』とはいわない。けれども、作者は鯉幟を生ける鯉そのもののように扱いたかったので、かかる無理を敢えてしたのである」と解説している(「しづの女鑑賞」)。

紅塵とは、繁華な町の道路にたつ塵埃、また、この世の煩わしい事柄。俳句に用いられるのはめずらしい硬い響きの語であるが、状況を簡潔に表現している。句に紅の字が用いられているところから、五月鯉のなかでも緋鯉を想起させる。そこから世塵のなかを颯爽とたくましく生きる女性の姿、さらにはその豊満な肢体の象徴とも読める。

風をいっぱいに孕んで五月の空に舞う鯉のぼりの景は、鮮明な色彩的効果をあげ、響きも潔い。表現の独創性と大胆な発想がみごとに調和して、句には力強さがみなぎっている。

日中戦争が始まると、人びとは出征兵士を見送ることになる。昭和十二年、この場面をしづの女はつぎのように詠んだ。

十月　支那事変応召の友を歓送して　三句

秋の雨征馬をそぼち人をそぼち
焦けし頰を冷雨に搏たせ黙し征く

秋雨来ぬ重き征衣を重からしめ

二句目は「成層圏」（一巻四号）では「焦げし頬を」となっていて、そのほうが意味がとりやすい。「歓送」とあるが、冷たい雨に打たれながら黙して出征してゆく姿を克明に描写している。雨で馬も兵士も、また見送る人もびしょ濡れになっている。直接感情を示すことばはないが、秋雨という季語が、その場の人びとの沈鬱な気分を過不足なく語っている。

三　連作俳句――「軍国」、「苺ジャム」

重苦しい日がつづき、しづの女は昭和十二年十月に「軍国」と題した十句を発表した。これら十句は一句ずつ独立した俳句作品であるが、また「軍国」という一つの主題を多角的に詠んだもので、十句によって作品世界を示すように意図的に構成された作品群である。連作として鑑賞したときに作品に込められたメッセージがもっともよく伝わってくる。

十句は設計図に沿って、内容的に三つの連に分けられ、三つのブロックであることが視覚的にはっきりするように、上下二段に組んで印刷されている。十句揃った効果を考えた構成である。

軍国

心灼け指灼け千人針を把る
炎帝にささげ千人針を抽く
千人針に夏往き秋来かくてなほ

国の秋その時宗の吾子の齢
国の秋学徒夜学の灯を絶たず
剣を秉る時こそ断ため夜学の灯
夜学の灯断つて機と征き艦と征き
夜学の灯断ち爆撃機たり征きぬ

在征の父に門田の穂が垂り来
留守の子に青いばつたは碧く蜚ぶ

（「成層圏」一巻四号）

第一連は街頭での千人針の光景である。千人針は女たちが赤い糸を通した針で、手ぬぐいほどの木綿の布を二つ折りにして布に一人が一針ずつ結び目を縫うもの。赤は魔除け、厄除けの色であった。千人の女が結んだ千の赤い玉止めを付けた布は、銃弾除けのお守りとされ、これを身につけて戦士たちは戦場へ出た。千人針は、出征する兵士たちの武運を願って捧げる、女たちの寡黙な祈りであった。

一句目は暑い夏の街頭で、千人針の結び目を縫うときの感覚を詠んだものである。炎熱の街頭で針は熱く、指が灼けたように感じた。そして「心灼け」の上五には、これから兵士が向かう殺伐とした戦地を思いやったときの心情が表れている。三句目、戦争はつづいており、季節が変わっても来る日も来る日も、街頭には千人針の人が立っている。

第二連は篤学の夜学生がペンを剣に持ち替えて、戦場へと出征する様を、勇ましい調子で詠んでいる。飛行機に乗り、軍艦に乗り、学生は戦場に赴く。最初の句の「時宗」は、北条時宗のことであろう。十八歳の若さで鎌倉幕府の八代執権に就いた時宗は、二度にわたり元寇を退けたことで知られ、日本の国難を救った勇猛果敢な英雄とされていた。文永の役の時に時宗は二十四歳、「成層圏」に集う学生たちとほぼ同年代であった。北九州と関連のある戦の英雄として、しづの女はここで言及しているのであろう。

最後の連は雰囲気ががらりと変わり、出征兵士の留守宅の家族を描く。最後の句からは、家に残された幼い子どもの淋しさが伝わってくる。「翥ぶ(と)」は、飛ぶの意。この句は、一般的な取り残された子どもの目に映った景を詠んだ句としても普遍性がある。

これらの句群は、兵士の出征をテーマに、第一連は銃後の女たち、第二連は若き兵士、第三連は家族という三つの視点から構成され、立体的に戦時の時代相を描いている。一句ずつ完成度の高い句がそろっており、渾身の力を込めた連作となっている。

第二連の最終句は〈夜学の灯断ち爆撃機たり征きし〉と下五を推敲して、「俳句研究」（昭十二・十二）に掲載された。

この句群は昭和十五年に刊行された『颱』では割愛されている。おそらくは時局柄、出征という主題を扱うことに慎重にならざるを得なかったのであろう。『定本 竹下しづの女句文集』にも収録されていない。

『解説 しづの女句文集』には、昭和十二年に、十句のうち千人針の二句および「在征の父に」の句が下五を「垂れ来」と改訂され、「軍国と題して」の前書きで収録されている。〈留守の子に青いばつたは碧く蜚ぶ〉は、一句だけ離れて昭和十五年に収録される。言うまでもなく、十句を揃えて並べたほうが視点に変化があり、社会性をそなえ、はるかに迫力がある。

宇多喜代子は『ひとたばの手紙から』で太平洋戦争と俳句を語っている。そのなかで千人針について、〈たらちねの母よ千人針赤し　片山桃史〉の句を紹介し、幼いころに千人針に協力を求めて駅頭に立つ女性を見かけたと記している。

これを作った女たちも、贈られた兵士も、この一枚の布に千人の加護があると本気で信じていたわけではなかったろうが、敵と相対する戦地へ征く者を見送る者たちにしてみれば、こうした念呪を信じなくてはやりきれなかったのだと思う。私の手元に残っている父の千人針には、当時の五銭銅貨が縫い付けてある。四銭つまり死線を越える五銭という、これも切ないマジナイである。

（『ひとたばの手紙から』）

宇多喜代子はさらに、戦場体験のある鈴木六林男から、軍隊の兵士でじっさいに千人針を巻いている者はいなかった、暑くてシラミの巣になるのが関の山であったと聞き、愕然としたが、「しかしこれが殺すか殺されるかの弾の飛び交う戦場の現実」であることを知り、納得したと記している。

しづの女の作品は、兵士たちを戦場へ送る女たちの思いをみごとに映しだしている。

しづの女は苺（いちご）ジャムをモチーフに、もう一つのすぐれた連作を昭和十三年七月に発表している。戦場の男だけでなく、銃後を守る女性たちにも戦争は色濃く影を落としていたが、「成層圏」に発表したつぎの句群は、女性の視点から戦争を詠んだものとして貴重である。苺ジャムを作りながら、戦場の兵士を思うという主題をもち、これも連作として構成されている。

福岡女子専門学校の父兄会で着想を得て詠まれたものである。ここは吉岡禅寺洞が俳句の指導に行っていた学校であるが、しづの女は三女淑子が通っていたので、父兄会に出席したのであろう。「成層圏」に発表された全句を見渡すと、背景がはっきりして作者の創作意図が明確になる。

まず、対句となっている二行の詞書き「男は戦はざる可からず／女は泣かずある可からず」が置かれる。「戦はざる可からず」は、二重否定の形で強い義務、しないわけにはいかない、の意を表現している。戦争が始まれば、男たちは戦うほかはなく、また銃後の守りの女たちは、男を思って泣くほかはないのである。しづの女は前書きで戦争が人びとに及ぼす影響を述べたうえで、つづけて八句を並べる。

(1)緑樹炎え日は金粉を吐きやまず
(2)緑樹炎え割烹室の菓子焼くる
(3)菓子焼かる蝌蚪変態を窓にして
(4)紅苺つぶす過程に在りつぶす
(5)苺ジャムあやに製菓の課程了ふ

(6) 苺ジャム男子は之を食ふ可からず
(7) 苺ジャム甘し征夷の兄をぞ想ふ
(8) 爆音をそだてつゝ駆りつゝ南風
(「成層圏」二巻三号)

専門学校の実習用の割烹室であろうか、保護者たちが集まって苺のジャムの菓子を作っている場面を順次詠んでいるが、しづの女の意図は、ジャムを作る工程を描写することではない。ジャムを煮ながら、彼女は戦場にある兵士に思いを馳せているのである。しづの女が愛唱する山上憶良に以下の歌がある。

瓜食めば子ども思ほゆ栗食めばましてしぬはゆいづくより来りしものそまなかひにもとなかかりて安眠し寝さぬ
(『万葉集』5―八〇二)
(瓜を食べると子供のことが思い出される。栗を食べるといっそう思い出される。子供へのこの愛情はいったいどこから来たものだろう。愛しい子の姿が目に浮かんできては気にかかって安眠できないことだ)

苺ジャムの句群は、憶良の歌と同じく、子を思う深い親の情愛から詠まれたものである。日中戦争が始まり、飛行機の爆音が空を圧していた。外はまばゆいばかりの初夏の光に満ちている。(3)「蝌蚪(かと)変態を窓にして」は、窓の外の校庭であろうか、おたまじゃくしが蛙になる、生命感にあふれた季節の到来を示している。砂糖が貴重品になっていたころであり、出来上がった苺ジャムの甘い、甘い匂いが、菓子など口にすることができない、兵役につく息子たちへの思いを募らせる。

掉尾には飛行機の爆音を配することで、こうしてジャムを煮ている間も戦闘機が飛び立っていることを伝えている。映画の一場面を見るように、状況が目に浮かぶ、すぐれた構成の連作となっている。

「ホトトギス」雑詠欄(昭十三・八)では、冒頭の(1)、(2)と(7)、および健次郎の進学を祝う〈寮の子に樗よ花をこぼすなよ〉の四句で二席に入選した。

『颬』にはこれら八句は連作の形では収録されていない。八句中、(3)、(5)、(8)の三句が省かれ、残りは推敲後二つに分けて収録される。昭和十一年の項に「緑樹炎え」の二句(1)(2)が載る。十三年に「女子専門学校父兄会に出席して 三句」の前書きで、(4)(7)(6)〈苺ジャムつぶす過程にありつぶす〉〈苺ジャム甘し征夷の兄(え)を想ふ/苺ジャム男子はこれを食ふ可らず〉の順に収められている。(7)(6)と入れ替えたのは、連作の核ともいうべき(7)〈苺ジャム甘し征夷の兄(え)を想ふ〉にこめられた兵士への思いを、軍国の時代にふさわしくない女々しい印象を与えることを怖れて、目立たなくするための措置ではないだろうか。

このなかの〈苺ジャム男子はこれを食ふ可らず〉を採りあげて、男子たるもの甘ったるいジャムなど食べるものではない、という禁止と解釈して、しづの女の威勢のよい一面を表していると評されることがある。『颱』の配列から、そのような解釈もなされるのであろう。また時局柄、そう解釈ができるように、敢えてこの配列にしたとも考えられる。一句だけ採りあげられるということは、この句が独立しても立派に成立する作品であることを示しているが、作者の制作意図は「成層圏」にある八句の連作に見ることができる。

八句揃った連作中の一句として、前書きに込められた時代背景とあわせて鑑賞すれば、この句は別の解釈ができる。「食ふ可らず」の「べからず」は、たとえば「立ち入るべからず」のような禁止ではなく、この場合は不可能を表している。「羽なければ、空をも飛ぶべからず」(『方丈記』)(羽がないので、空を飛ぶこともできない)に見られるように、できない、という意味を表す。

できたばかりの苺ジャムを目の前にして作者は、男たちはこんなみごとなジャムを食べることができないことを思う、そして苛酷な戦地にある男たちへの気持ちを募らせると解釈できる。すると前書き「男は戦はざる可からず／女は泣かずある可からず」が示す通りの状況が浮かび上がる。

「成層圏」に発表された八句連作の構成と、二つに分けた『颱』の句の配列では、作品が与える印象が大きく異なる。連作には兵士となった男たちへの作者の情愛が濃く表れている。言うまでもなく、連作のほうが高い価値がある。

それにもかかわらず句集では敢えて連作を崩して、作品をばらばらに収録したのは、昭和十五年の『颱』刊行時の社会情勢を踏まえた判断であろう。しづの女は兵役につくべき若い二人の息子をもつ身として、反戦的、厭戦的と取られないように、非国民の誹りを受けないように、調子を穏やかにする配慮をしていたと考えられる。「成層圏」は発行部数が少なく、親しい会員間の俳誌であったために、昭和十三年にしづの女は思いのままを記した。しかし三千部発行した句集は、社会的な注目度も高い。またこの間に軍国化が進み、「成層圏」のことで長男は十五年八月に警察から出頭命令を受けているのである。そのような状況から判断してやむを得ずとった措置であろう。

昭和十三年七月に、銃後の女の思いを率直に吐露したこのような独創的な作品群が発表されていたことは感銘深い。改めて「成層圏」はしづの女にとって、貴重な創作発表の場であったことを知る。『定本 竹下しづの女句文集』、『解説 しづの女句文集』のいずれも、八句揃った形では収録されていない。しづの女は「成層圏」で発表後に手直ししているので、自身による改訂を加えて、ここで再度、決定版の全八句を掲載しておく。

男は戦はざる可からず
　女は泣かずある可からず

緑樹炎え日は金粉を吐き止まず
緑樹炎え割烹室に菓子焼かる
菓子焼かる蝌蚪変態を窓にして
苺ジヤムつぶす過程にありつぶす
苺ジヤムあやに製菓の課程了ふ
苺ジヤム男子はこれを食ふ可らず
苺ジヤム甘し征夷の兄(え)を想ふ
爆音をそだてつゝ駆りつゝ南風

兵士を送り出す側から戦争を切り取り、構成したしづの女のこれらの連作俳句は、意欲作であり、斬新な詩情がある。本来の形で読まれ、もっと評価されるべきである。

四　長女一家の台湾赴任と次男の進学

六月十七日　台湾赴任の澄子夫妻を送りて

汝がゆくて片蔭ありやなほも行くや

十二年の吟。『解説 しづの女句文集』によれば、長女の夫、山藤一雄は台南糖業試験場技師となって台湾に赴任することになった。若い夫婦は栄転と喜んでいたが、しづの女は娘夫婦が幼い子どもを連れて、慣れない亜熱帯の風土で生活することを案じていた。門司まで一家を見送った彼女の心配は募るばかりであった。たたみ込むような調子に母としての不安が表れている。この折の別れは〈夏潮は白し母と子相距て〉〈吏を父に有ちをさな等も夏を征く〉という作品にも詠まれ、しづの女の母親として情を示している。

娘夫婦の台湾生活を心配したしづの女は、やむにやまれぬ思いで上京して虚子を頼り、政府要人への紹介状をもらった。その家を訪ねて長女の夫を内地に戻して欲しいと頼み込んだ。「成層圏」三巻一号にその上京のようすを詠んだ「軍需輸送列車」と題した作品を発表している。何事にも不自由な戦時中であったから彼女は、兵士を乗せた軍需輸送の列車に乗って、長い旅をしたのであった。

軍需輸送の重き車輌ぞ雪を被来(きく)
吹雪く車輌征人窓に扉に溢れ
此の旅の此の汽車の此の雪と兵隊

兵士たちが吹雪の列車に溢れるように乗っているようすが描かれ、臨場感をもって迫ってくる。さらに、〈煖房車に髪膚饐えつゝ旅果てず〉から戦時中の混雑した蒸し暑い車輌での苦しい長旅が彷彿とする。

九州と本州を結ぶ関門トンネルは、世界初の海底トンネルとして工事が始まり、昭和十七年十一月に下り線が開通し、昭和十九年九月に上り線が完成した。それまでは門司から船で下関に渡り、山陽本線、東海道線を乗り継いだ。東京は、時間的にも、経済的にも遠いところであった。

昭和十四年には政府要人を訪問したことを詠んだ。

瘴癘の地に棲める娘のために労す

壁炉眩し子故に推してかくは訪ふ
壁炉美(は)し吾れ令色を敢へてなす
壁炉あかしあろじのひとみひやゝかに

（「成層圏」三巻二号）

前書きにある瘴癘(しょうれい)とは、湿熱の気候風土によって起こるマラリア、皮膚病などで、ここでは「瘴癘の地」は娘夫婦の赴任先、台湾を指す。物怖じしないしづの女であっても、緊張を強いられる要人への訪問であった。娘一家のために勇気をふりしぼったものの、相手の対応に彼女は冷淡さを感じた。帰宅後、〈やすまざるべからざる風邪なり勤む〉とあるように、体調の悪いなかで無理に勤めに出た結果、健康を損なった。消息欄に病気静養中とある。

嘆願が功を奏したのか、あるいは時期が来ていたのか、娘婿は三年後に九州帝国大学農学部助教授として内地に転勤となった。

書庫の窓開かずたんぽぽなほ醒めず

たんぽぽと女の智恵と金色なり

（「成層圏」三巻二号）

「書庫の窓」とあり、図書館の句であろう。後句はどのようにも解釈できる作品であるが、金色とあるからには、「女の浅知恵」というような女性への批判ではなく、男にはない、女の賢さを詠んだものであろう。巧く事が運んだ折の自身の姿を詠んだものかもしれない。お茶目な明るさの句である。

健次郎は、福岡高校受験に失敗して浪人生活を送ったが、昭和十三年に、鹿児島の第七高等学校造士館に入学した。

健次郎を七高に入れて二句

寮の子に樗よ花をこぼすなよ
汝に告ぐ母が居は藤真盛りと

と母としての安堵を詠んでいる。「寮の子に」の句は「ホトトギス」（昭十三・八）で前述の苺ジャムの句とともに二席となった。後句の下五は「俳句研究」では、「真盛りぞ」である。

健次郎は、しづの女から造士館の友人を創刊したばかりの「成層圏」に勧誘するように頼まれた。そこで友人を誘い、彼自身も俳句を作り、〈学年試験や去年のまゝなる枯芭蕉　健次郎〉などを「成層圏」に投句した。投句を見たしづの女の反応を、健次郎が記している。

「白い雪とはなんですか。雪は白いに決まっているよ」と言ったきり、私は破門されてしまった。兄（俳号・龍骨）には熱心に教えていたが、ある日、「この子は伸びるよ」と、選句をしながら兄を指導していた母のペン先を覗き込むと、「兜」という字の奇妙な名前にびっくりしたが、その人こそ今をときめく俳壇の雄、金子兜太氏である。

（『パロディスト教授のつぶやき』）

龍骨と兄弟であっても、資質はそれぞれ違っていたのであろう。その後、健次郎は弓道に励んだ。しづの女がもつ人の才能を見抜く力を示す愉快なエピソードである。

五　「女人高邁」——昭和十三年—十五年

女人高邁芝青きゆゑ蟹は紅く

昭和十三年の吟。「成層圏」では「芝青く蟹紅きさへ」と発表され、「俳句研究」では「蟹は赤き」となっていた。『颱』では「蟹は紅く」と推敲された。「芝青きゆゑ」との対比として、「蟹は紅く」のほうが安定するからであろう。

高邁はしづの女の好んだことばである。男性優位の社会のなかで、高らかに「女人高邁」と打ち出すところに、理想に邁進するしづの女の意気を感じさせる。青芝上に彩りを添える蟹は、その存在を周囲に誇示して颯爽と生きる女性の象徴ととってよいだろう。

この句が詠まれた日のことを、横山白虹が記している。

昭和十三年に、橋本多佳子さんが小倉の櫓山荘を手放す決意をして、真夏に惜別の雅会を催すことになり、しづの女、龍骨の二人にも参会して貰った。対岸の山陽ホテルから汽艇で伊勢海老の料理が運ばれ、芝生での豪華なパーティだったが、その折にしづの女さんは〈女人高邁芝青きゆゑ蟹は紅く〉という句を残している。彼女は「女人高邁」という言葉が好きだった。

（「読売新聞」昭五十四・八・一、夕刊）

そのような背景を考えれば、句は寡婦として運命を切り開いてゆく多佳子としづの女自身への賛歌とも読める。

金子兜太は、この句について、

それまでの女流俳句の通年をみごとに打ち破った勁利な美質に、私はおどろき、たちところにしづの女俳句のファンになったものだ。（中略）久女としづの女の個性は対蹠的であったが、二人とも、女性の立場を男性に従属させる意味での女らしさを拒絶し、男性との人間としての平等関係を自覚していたことでは共通している。（中略）この句も、その「高邁」な気概をうたいあげたもの。昭和十三年といえば、わが国十五年戦争の半ばごろに当り、男女同権を強調することは危険視された時代でもある。よくもここまで強引にいいきったものだと感心するのだが、あざやかな芝青に蟹の紅をおいた、その鮮新な色彩感にも並並ならぬものがあるとおもう。

（『愛句百句』）

と称賛している。この折に櫓山荘でしづの女は、〈山の蝶コックが堰きし扉に挑む〉の句も詠んだ。
しづの女は、知的で行動力があり、人と親しみ、明るく世の中を渡って行く聡明さを備えていた。その率直さ、温かい包容力、世話好きの性格は周囲の人びとに愛された。

翡翠の飛ばぬゆゑ吾もあゆまざる

通勤途中で見かけた翡翠（かわせみ）を詠んだ句。きれいな鳥に見とれた作者が、無理につけた因果関係が愉快である。「俳句研究」（昭十三・四）に発表。『颱』では昭和十一年に収録。

我を怒らしめこの月をまろからしめ

「空に月あり地に人あり」と題して「俳句研究」（昭十三・十二）に載った十句中の一句。そのころの社会情勢、日々の暮らしは、しづの女にとって理不尽と感じることが多かったのであろう。怒りを詠んだ句はいくつもあり、感情が露骨に出過ぎるものが多いが、この句では作者は怒りながらも、丸さを増す月を賛嘆している。言い放した詠法から、この世を支配する目に見えない宇宙の摂理のような力まで感じさせる。『颱』では昭和十一年に収録。

十三年の暮には、都府楼址を訪れた。

極月三十日　友の一家と太宰府に詣づ

旅人も礎石も雪も降り昏るゝ

大宰府政庁のあった都府楼址は、しづの女にとって『万葉集』の昔へとつながる、思い入れの深い場所であった。日帰りにほどよい距離にある吟行地として、折に触れて訪れている。このときも一年の終わりに、友人を案内した。列柱を支えていた礎石が草原に並んでいる。降る雪のなかであたりは暮れかかっているが、その暗さは、一年をふり返ったときの実感でもある。図書館に勤めて五年ほど過ぎた。〈月見草勤労の歩のかく重く〉とあるようにしづの女はヘルニアに苦しんでおり、高血圧と糖尿病を患っていた。昭和十四年春に図書館の仕事を辞め、手術を受けることになった。

金 色 の 尾 を 見 ら れ つ ゝ 穴 惑 ふ

昭和十四年に九州で開かれた高浜年尾歓迎会での吟。都府楼址近くの戒壇院の塀の外で、穴に入ろうとする蛇の尻尾だけが見えた景を詠んだもの。この光景を一緒に見ていた高浜年尾はつぎのように述懐している。

蛇がみぞの石がきのすき間に姿をかくした時、その尾はなお石の間に残って見えていた。尾は決して金色ではなかった。作者は蛇の輝く尾を見た訳ではない。ただ作者の心の躍動がふと金色の尾と見たのである。

（『俳句ひとすじに』）

金子兜太はこの句の「分り難さ」に戸惑った揚げ句、以下のように鑑賞している。

「女人高邁」の矜持の「金色」。「見られつゝ」となったときに恥らいのような気持の翳。その翳が「穴惑ふ」と重なったときの、自嘲とも受けとれるほどの感応。それをどこかで労わろうとしているかに見える内面の綾。――複雑な印象が重複してきたのだ。

苦労の日常を丈高く生き通そうとする女人の有り態が、この重複した印象のなかに見えてきた、といいかえてもよい。有り態を暗示的に書いた句、と読みながら、私はますますしづの女俳句への親近をふかめていたわけである。

（「遠い句近い句」）

兜太は句に、苦難を生き抜くしづの女自身の投影を見出している。

まず、蛇の尾を金色と形容することで、あたりの秋の日の輝きまで目に浮かんでくる。とくに魅力的なのは、「見られつゝ穴惑ふ」という表現である。通常、穴惑と名詞形で使われて、彼岸過ぎまで冬眠に入らない蛇を指すが、ここでは「穴惑ふ」と動詞に用いている。「見られつゝ」と受け身にすることで、見ているはずの作者の意識が、見られている穴惑と一体化する。「つゝ」という動作の進行中を示す時制を用いたことから、蛇が穴に入ろうとしながら、なおも逡巡するようすが感じられる。蛇の穴は暗い異界への戸口のようであり、蛇はこの世に心を残してためらい、また見ている人を別の世へと誘うようでもある。金色に耀く蛇は神話のなかの存在のような非日常性を帯び、一句は写生を超えた神秘的な景を描き出す。

この頃しづの女は「俳句研究」に意欲的な作品を発表している。

悲憤あり吐きし西瓜の種子黒く　（「俳句研究」昭十四・九）

吾が視線水平に伸びそこに鵙　（「俳句研究」昭十四・十二）

前句は「一つの論理」と題して発表したもの。しづの女の憤慨の原因は不明であるが、中七で勢いよく吐き出した西瓜の小さく黒い種へと転換しているところに、余裕がある。怒りがみごとに俳句作品に昇華した。

後句は「闖入者」と題して掲載された。視線の動きを追うように詠んで、下五で鵙（もず）にスポットライトが当たるという新鮮な叙法である。

子といくは亡き夫（つま）といく月真澄

塩鰯咬つて象牙の塔を去らず　（「俳句研究」昭十五・二）

昭和十四年の吟。このときしづの女は五十三歳。「年けはし」と題して発表された六句中の二句である。

前句は女手ひとつで育て上げた長男への思いを詠んだもの。「俳句研究」に発表時には、「夫を戦ひに捧げ遺児を教養する母に贈る」と前書きがあった。彼女個人の感慨だけではなく、夫が戦死して独りで子を養育する多くの母親たちへの共感が込められた句である。しづの女の視点には、自身と他者への気配りがある。

長男龍骨は母の期待を一身に背負って成長した。父の専門を継いだ学徒であり、母の文芸への関心を継ぐ詩情豊かな俳人であり、また青年らしい覇気のある論客であった。「成層圏」創刊に際して、彼が鮮やかな事務処理能力を発揮したと会員は綴っている。しづの女は成人した龍骨と、文学についての議論を楽しんでいた。

月の澄んで明らかな夜、立派に成長した息子に夫の姿を重ね合わせながら並んで歩く夜の景に、万感迫るものがある。日常、憤慨することが多かった作者であるが、このときは頼もしく育った息子の存在を、静かに確かめている。「月真澄」という下五には、一点曇りない澄み切っ

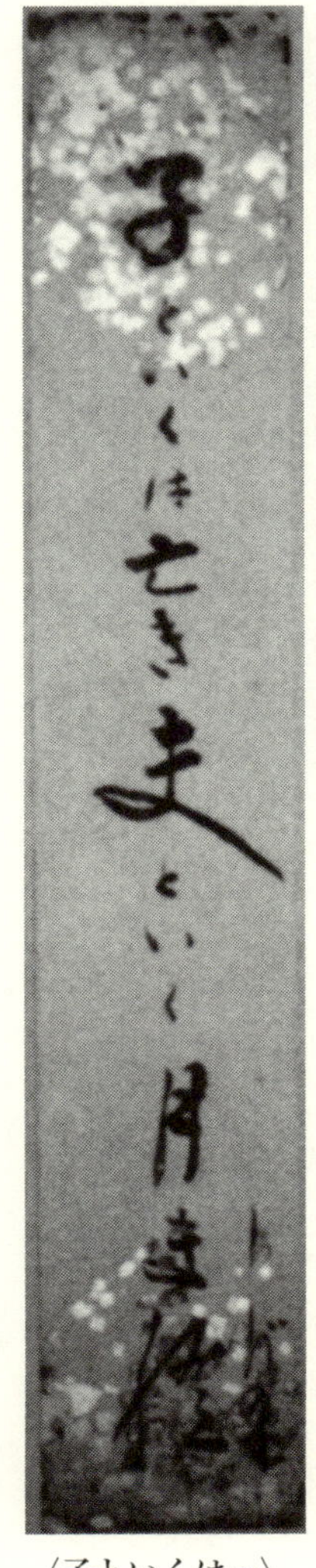

〈子といくは…〉

九州帝国大学農学部一年生の龍骨

た心情が表現され、母親として一つの使命を達成したしみじみとした安堵が感じられる。

後句は清貧の学究生活をつづける龍骨を詠んだもの。彼は将来を嘱望される学生であったという。

降るは落葉樹つは胸像来るは学徒　（「〝颱〟拾遺」、「俳句研究」昭十六・四）

昭和十五年の吟。「俳句研究」では「来は」となっているが、『定本』、『解説』では「来るは」となっている。

九大付属病院の庭園であろうかと健次郎は推測している。木の葉が舞うなかに胸像が立つ風景で、学徒が来るからには、大学の構内と思われる。同じ形のくり返しによって調子がよい。

おそらくは並木道であろう、モダンな光景を映像のように浮かび上がらせる。
昭和十四年、戦争の色は濃くなり、「成層圏」三巻二号では、傷兵を詠んだ。

傷兵に今日のはじまる東風が吹く

そして昭和十四年十月には、ふるさとに英霊を迎える三句が発表された。

英霊の家路今宵は月をとめず
英霊若し虫の真闇（まやみ）をなほ白く
虫しげし英霊還りましゝより　（「成層圏」三巻三号）

若くして戦地に散った者の帰還を迎えて詠まれたもの。虫が英霊を迎えて鳴いているのか、あるいは英霊となった人の故郷への思いが虫の音となって聞こえているのか、しづの女の心のなかでは、この夜、虫の音までも募ってくるように感じた。しづの女の寡黙な表現に、若者の死を悼む思いの深さを知る。三句とも『颱』には未収録。

梅白しかつしかつしと誰か咳く

第9章　戦中の竹下龍骨

一　龍骨の闘病と看護

昭和十三（一九三八）年七月には龍骨が九州帝大農学部の林学の実習で樺太旅行をしたことが消息欄にある。このころの龍骨は長い旅に出る体力があったようで、樺太から北海道に遊び、句会に出席した。

分け行けば樹々に秘む墓の静けさ　　龍骨
醒むるなき樹々に苔肌は親し　　（「成層圏」三巻一号）

樺太、あるいは北海道の風景である。九州育ちの彼には珍しかったのであろう。鋭い感性が捉えた北の原生林を描いている。この他に大学での生活を詠んだつぎのような作品がある。

実験の病鶏と冬日に暖たまる　　龍骨
兵還らず銀杏に倚れば銀杏散る
冬の灯を点し人語のごと汽笛　　（「成層圏」三巻一号）

静かな学究生活を詠んで、青春の孤独が伝わってくる。
十四年九月には龍骨は、朝鮮山林見学旅行に参加した。また「大学演習林火事」と題して、貴重な演習林が猛烈な勢いで燃え広がるようすを連作風に詠んでいる。

九州帝国大学農学部 1 年生の龍骨

左から 2 人目（昭和 13 年 3 月 27 日、熊本県御船町伊豆野旅館）

学問と文芸に打ち込んだ龍骨であったが、昭和十五年に風邪をこじらせ、卒業を控えて病に倒れ、入院することになった。

「成層圏」四巻一号の消息欄には、会員たちの卒業後の進路が記されている。会員の多くは東大をはじめとする帝国大学の学生であり、戦時ではあったが彼らは社会のエリートとして新しい世界へ旅立っていった。九州では、「竹下しづの女氏中耳炎にて御加療全快」、「竹下龍骨氏　御病気入院のところ最近退院せられ自宅にて療養」と記されている。龍骨の入院について、会記には「痔と盲腸」のためと記されているが、その長期にわたる入院経過からしてじっさいはもっと深刻な病気であったと思われる。医薬品をはじめ物資が乏しくなった戦時下では、戦場と同じように国内でも、死は身近にあった。

しづの女は「俳句研究」に「梅おそし」の題でつぎのような句を発表した。

梅おそし

我が子病む梅おくるゝの所以なり　しづの女
梅おそし先考・亡夫・病む嗣子に
梅遅し子を病ましむる責(せめ)ふかく
梅を挿し〝二等の室〟ぞ子の臥処(ふしど)
床板にみとりの布団敢へて布く
人死なせ来(こ)し医師さぶし吾子を診(み)る
窓に呼ぶ子雀に子の慰まず

半治退院

二月尽夕(ゆふ)自動車に子を移し　（「俳句研究」昭十五・四）

病院での看取りのようすが描かれる。東大進学を希望した龍骨を、しづの女は説得して東京に行かせなかった。病弱な息子を心配して手許に置いたものの、自分が傍にいながら病気にしてしまった。

二句目、「先考」は亡くなった父の意。竹下家の家系という視点から、龍骨を家督を継ぐべき跡取りと捉えている。三句目、その長男を病気にさせた責任を、改めて噛みしめている。我が子の命をなんとかして救いたい母親は、祈る思いで医師を待っているが、しかし、医師が現れるとその熱い期待感は冷める。六句目の「人死なせ来し医師」はじっさいに病院で臨終の患者を看取ってからやって来たのかもしれないし、医師とは死と隣り合わせの職業であることを感じたのかもしれない。病む子を抱えたしづの女の不安は、医師を「寒い」と形容したことに集約されている。八句目の前書きに「半治」とあり、退院とはいっても、完全に治癒したわけではなかった。

そして龍骨の病状は、「成層圏」に彼が「仰臥日記」と題して発表した入院中の作品から推察できる。

母と息子の作品は、合わせ鏡のように入院の経過を描き出している。

林 檎 剝 く 注 射 に 腕 の し び れ ゐ し　　龍骨
附 替 の 激 痛 冬 木 の 枝 ひ ろ が る
夜 警 の 鍵 冴 え か へ る を き ゝ 寝 入 る
カ ー ネ ー シ ョ ン 赤 し 髪 解 く 看 護 の 母
回 診 あ り 二 月 青 空 窓 の 上 部　　（「成層圏」四巻一号）

仲間の句友たちが卒業して、それぞれの道を進んでいこうとしている早春に、病苦に耐えて一人じっと仰臥する龍骨の姿が彷彿とする。これらの作品には、若い龍骨の感覚の鋭さ、自在な表現力があり、しづの女の期待通りのすぐれた俳人であることがわかる。

二句目、下五「枝ひろがる」は、詩情がある詠法である。冬空に裸木の枝が広がると叙しながら、同時に身体に激痛が広がるようにも感じられ、鋭敏な知覚を詠んでいる。

三句目、夜の病棟を巡回する夜警の鍵の音を詠んで、逆に病院内の不穏ともいえるほどの静かさを感じさせる。

四句目、病人を慰めようと部屋に飾られたカーネーションは、母の日の花でもある。泊まり込みで看護するしづの女は仮眠をとるために、病院の床に布団を敷いて髪を解いたのであろう。その姿に龍骨は一人の哀しい生身の人間としての母を見た。母への感謝と労りは、「カーネーション赤し」の措辞に込められている。

健次郎は、しづの女の〈吾が性(さが)に肖(に)し子を疎(うと)み冬籠〉の句を挙げ、病床の龍骨の振舞いについて、「看病する母に随分と無理・難題や我が儘を持ちかけては困らせていたようだが、母は『それも自分の責任だ』と、観念していたようである」と述べている（『解説 しづの女句文集』）。重篤な病となった若者のやり場のない焦燥や不安、絶望を、八つ当たりのように母にぶつけていたのであろう。

五句目は仰臥の姿勢で見る外の景色である。視界の切り取り方が新鮮で、澄んだ二月の空が「窓の上部」に見えるという把握には、硬質の詩情がある。

さらに、「手術以後」と題して、

はかなけれ枯葉の如く仰臥せる　龍骨

男笑ひ女笑ひ男笑ひ病窓の冬木　（「成層圏」四巻一号）

前句は、力無く仰臥するわが身を「枯葉」に喩えた。

後句は、事実だけを羅列した表現が独特である。若い男女であろうか、男が何かを言い、女が答え、男が何かを言い、朗らかに笑う男女の声が病室の外に響く。ベッドの作者からは、葉を落とした寒々とした木しか見えず、遠い世界の声のように窓の外の健康な笑い声を聞いている。作者の深い寂寥が感じられる。

その頃しづの女は、「成層圏」に「臥床の月」と題して病中の夜の風景を詠んだ。

月光に病めば寝やらぬ夜ぞ深む　しづの女

月光をひたとそがひに寝沈めり

月光に銀（しろがね）凌（しぬ）ぐ臥し床かな　（「成層圏」四巻二号）

しづの女自身もこの時期に中耳炎を患っていたが、この句は自画像というよりは、病臥する龍骨の姿を詠んだものと思われる。

ことに二句目、病む人を背後から捉えた描写であり、これは自身ではなく、病院のベッドに病身を横たえる龍骨のことであろう。若い長男に、白いシーツに横たわり、いま月光に照らされて神々しいばかりである。痛みや苦悩で寝付かれない夜であったが、ようやく眠りにつくことができた。その姿を母親がことばもなくじっと見つめている情景ととりたい。病む若者を、息を詰めるようにして不眠不休で看病する母の姿が浮かびあがる。〈子といくは亡き夫といく月真澄〉と詠んだのはつい一年ほど前のことであった。抑えた叙述のなかに、最愛の息子を見守るしづの女の祈りが感じられ、胸が痛くなる。

昭和十五年三月に龍骨は卒業した。しづの女は「長男、病中に大学を卒ゆ」の前書きで、〈学士合格式短くもいみじけれ〉（「俳句研究」昭十五・七）と卒業式の風景を詠んだ。彼は副手となって大学に残ることになったが、病気がちであった。

龍骨は大分県の鉄輪温泉でしばらく湯治をして、「入湯記」として作品を発表している。

浴泉に溶けよとばかり裸なる　龍骨

由布青し浴泉に抱く膝頭　（「成層圏」四巻二号）

病弱な龍骨ではあったが、弟が鹿児島から帰省すると碁などを楽しんだ。

碁にせめぐ兄弟わかし火蛾の下　しづの女（「俳句研究」昭十五・十二）

暑い夏の夜に、真剣になって遊んでいる仲のよい兄弟のようすを、しづの女はおもしろがって眺めている。一家のなごやかなようすが浮かんでくる。『定本』と『解説』では上五は「磐に鬩ぐ」となっているが、盤の意であろう。

その年の夏には、高等文官試験の筆記試験に合格した玉置野草が帰省して、三年ぶりにしづの女宅を訪れた。嬉しいことがあれば真っ先に報告したくなる恩師だったのであろう。龍骨をはじめ、近隣の「成層圏」の仲間も集まり、歓談したことが「成層圏」に載っている。

きその友きそに変らずソーダ水　しづの女
飲まざればグラスに碧しソーダ水　龍骨
ソーダ水夜を集ひあれば「友」に触る　伏龍
ソーダ水手にされて師は健やかに　野草
久闊の畳のかげやソーダ水　としほ（「成層圏」四巻二号）

龍骨の句の抒情性が際立っている。ソーダ水で彼らは久闊を叙した。戦時下ではあったが、一同にとってそれは忘れ難い、楽しいひとときであったと思われる。

しづの女は忙しい生活のなかでも九州の俳壇との交流を持ち、昭和十六年二月に河野静雲が「冬野」を創刊すると、〈静かなる雲を湛えて冬野あり〉と詠んで祝した。句集未収録の句。

二　太平洋戦争開戦と次男の応召状

昭和十六年三月に健次郎が第七高等学校造士館を卒業した。しづの女はよほど嬉しかったらしく、体調が悪いなかを次女淳子に付き添われて卒業式に出席した。博多から鹿児島まで夜行列車で八時間の長旅だったという。このときのことを「薩南の旅」として八句を発表している。

枯蓮に学舎は古城さながらなり　しづの女

みどりなす濠水吾子等卒業す　（「成層圏」第十五冊）

鶴丸城址にある造士館の、由緒ある古めかしい校舎を詠んだもの。濠を枯蓮が埋めていた。

健次郎は四月から九州帝国大学工学部応用化学科に入学した。『解説 しづの女句文集』には〈枯蓮や学舎は古城さながらに〉として収録。

同じ号には〈退院ならず枯芝の日が恋ひし　龍骨〉などの句が載り、龍骨の入院が長引いたことがわかる。彼は病院で、芭蕉の研究を進めて「成層圏」に論考を発表している。

「俳句研究」にしづの女は「神曲」と題して、一人で見る蛍の夜の感慨を詠んだ。

吾も嘗てながきほたるの宵ありき　しづの女

イちつくすほたるの露を肩に浴び　（「俳句研究」昭十六・七）

前句、若い日を思い出しながら、しづの女は静かに蛍を眺めている。後句の「ほたるの露」は、したたるような蛍の光を感覚的にとらえて表現したもので、情感が豊かである。

翌十七年にも、しづの女は「紋章」と題して蛍と葦原を詠んだ。

夕焼くと葦青し橋白し行く　しづの女
ほたるほととぼりわがいきほととまる
（「俳句研究」昭十七・九）

次男・健次郎としづの女
七高造士館の庭で。昭和16年3月、卒業式

帰宅途中であろうか、静かな情景である。

後句は、日が暮れてきて蛍が光り出した一瞬を捉えた。飯田蛇笏（だこつ）は芥川龍之介の死を悼んで、〈たましひのたとへば秋のほたるかな〉と詠んだ。蛍の青白い光には、死後の世界と現世の境界を越えて行き来するような不思議な荘厳さがある。病身の息子を身近に抱えることで、しづの女の命への感覚は研ぎ澄まされ、魂の象徴のような蛍に

対して強く反応したのであろう。

この世のものとも思えない蛍の不思議な美しさに、彼女は息が止まるほど心打たれた。しづの女が得意とする対句の形式で詠まれている。漢籍好きの彼女の句としては珍しく、すべてひらがなの表記であるが、それもこの句の幻想的な雰囲気にふさわしい。

戦争は、昭和十六年十二月八日の真珠湾攻撃と開戦の詔勅を受けて太平洋戦争へと拡大した。「俳句研究」はすぐに昭和十七年一月号で「詔勅を拝して」と題した特集を組んだ。飯田蛇笏が「民族詩高揚の秋」、富安風生が「俳句も起つ」という文章を寄せ、前田普羅、瀧春一などの俳人が戦争への決意を詠んだ作品を発表した。しづの女も「土有情」と題して六句を発表した。

国を挙げてたたかへり吾れ麦を蒔く　しづの女
麦を播きて皇国(みくに)につくし奉る
大東亜戦争詔勅を拝す
十二月八日の歴史軀もて経し　（「俳句研究」昭十七・二）

歴史がさらに戦争へと動いていくことを、作者はひしひしと実感している。

一句目、戦争の勅令を受けて、国民がこぞって戦うことになった。「吾れ麦を蒔く」と淡々と詠んでいるが、戦争を傍観しているわけではない。火野葦平の日中戦争従軍記『麦と兵隊』

から中国の麦畑のイメージを用いたのであろうか。あるいはしづの女が愛読したアンドレ・ジッドの自伝的小説『一粒の麦もし死なずば』のタイトルに拠るものであろうか。新約聖書「ヨハネによる福音書」は、一粒の麦は地に落ちて死ななければ、一粒のままであるが、死ねば多くの実を結ぶことになる、と説いている。軍事色一色の時代のなかで、彼女は独りで寒風に、信じる未来のため一粒の麦になる覚悟を示していると読むことができよう。言論統制が厳しくなる時代にあって、しづの女は多くを語っていないが、句は銃後の守りにつく母である作者の姿を映している。

昭和十七年四月に、次女淳子が望田慶次郎と結婚した。望田慶次郎はのちに九州大学教授となる。

健次郎に昭和十七年九月に応召状が来た。その折の五句を「母の道」と題して発表している。

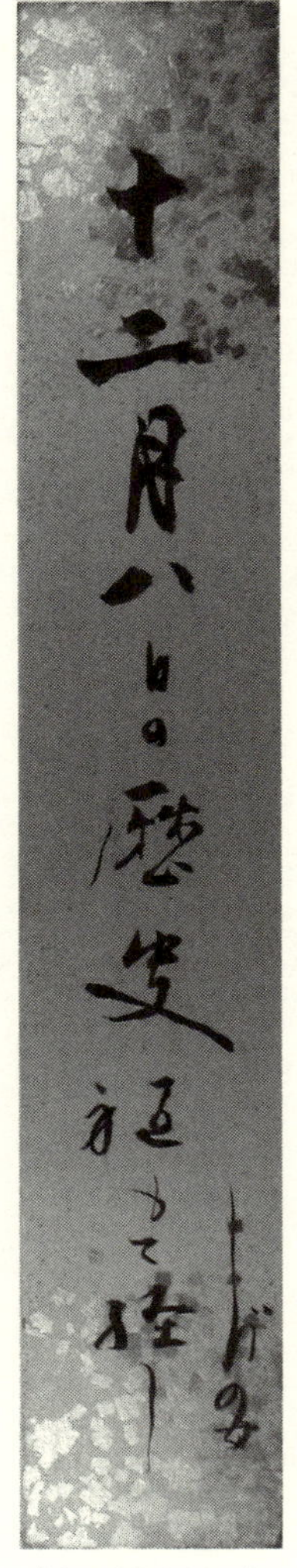
〈十二月八日…〉

昭和十七年九月二十四日仲秋明月の夜次男健次郎に応召状来る

吾子召さるあたかも望のくまなきに
征く吾子に月明の茄子捥ぎ炊ぐ
をのがじし母に子に澄む今日の月
母の道古今貫く月真澄
月光燦乎吾子応召の紙赤く
（「俳句研究」昭十八・二）

息子に赤紙が来た夜の母の思いが抑制された調子で詠まれている。大事に育てた息子を天皇の赤子として戦地に征かせる日が来た。贅沢な食材などないが、母は独りで月光に照らされた畑の茄子をもいで、心づくしの膳を整えたのである。

このうち「吾子召さる」「征く吾子に」「母の道」が、表記は多少違うが「ホトトギス」（昭十八・二）雑詠欄で、五席に入選した。「ホトトギス」雑詠句評会で、「母の道」の句について、高野素十は、

子の為めのあらゆる忍苦、また時あつては喜んでわが子を御国の為に捧げねばならぬ。さういふ母の道といふものは今も昔も変らぬ。母の道古今貫くと感得した時に心の中にあ

つたすべての曇りは消え去り、月も澄み渡つた光を以てこの母を照らしたといふ句。貫くと云ひ真澄と云ひ大きく強く、敬服する句。

（「ホトトギス」昭十八・三）

と称賛している。

虚子も、『古今貫く』といった次に『月真澄』と置いたことは、此作者の心の緊張の様が現はれる」と作者の内面に踏み込んだ鑑賞をしている。二人の鑑賞でこの句は言い尽くされていると思う。

健次郎は九大卒業後、龍骨と同じく大学院特別研究生になって大学に残り、兵役免除と、特別給与の特典を得た。健次郎によれば、その恩典を受けられたのは、全国の帝国大学卒業生のうちの五百名だけであったという。彼が優秀な学生であったことが窺われる。

三 「成層圏たより」発行

昭和十八年七月に龍骨は、会員からの手紙を収録したガリ版刷りの小冊子「成層圏たより」第一輯を出した。「成層圏」の廃刊が命じられたあと、体調の悪い龍骨が当局とねばり強く交渉して、一年に一冊だけ、ガリ版刷りの刊行が許可されることになった。ようやく手に入れた刊行許可の機会を活かすべく、彼は独力で会員たちとの交流をはかるためにガリ版を切って冊子を作った。

戦時下で資金の調達、用紙の確保など困難であったと思われ、粗末なものであったが、その時代を直接伝える貴重な記録である。当時、会員の大部分が戦地に赴いており、何部刷られたのかはわからないが、現在確認できるものは、竹下淑子が福岡市総合図書館に寄贈した一冊だけである。

表紙は水を飲む三羽のインコの素人らしい絵で飾られ、裏表紙には、リルケの詩が載せてある。

中央ボヘミヤの風景　　リルケ／片山敏彦訳

浪うつてつゞく　幾多の森の
翳さす緑が　遙るかに霞み
此処や彼処で　立木の姿が
　たけ高い穂の麦畑の
　淡黄色い拡がりを
いとも明るい光の中で

馬鈴薯が　芽吹いてゐる。（後略）

詩には初夏の麦畑、あたりの樅（もみ）の樹林、その上に見える寺院の塔という穏やかな風景が描かれている。ボヘミアの畑では麦が熟れつつあり、馬鈴薯が芽吹く豊かな季節を迎えているのである。戦時にあって龍骨の心は、はるかな地の異国風の田園風景を想像することで癒やされたのであろう。

リルケの詩に並んで、しづの女の二句が載せてある。

麦の月うす紫に片割れぬ　しづの女

「成層圏たより」第一輯

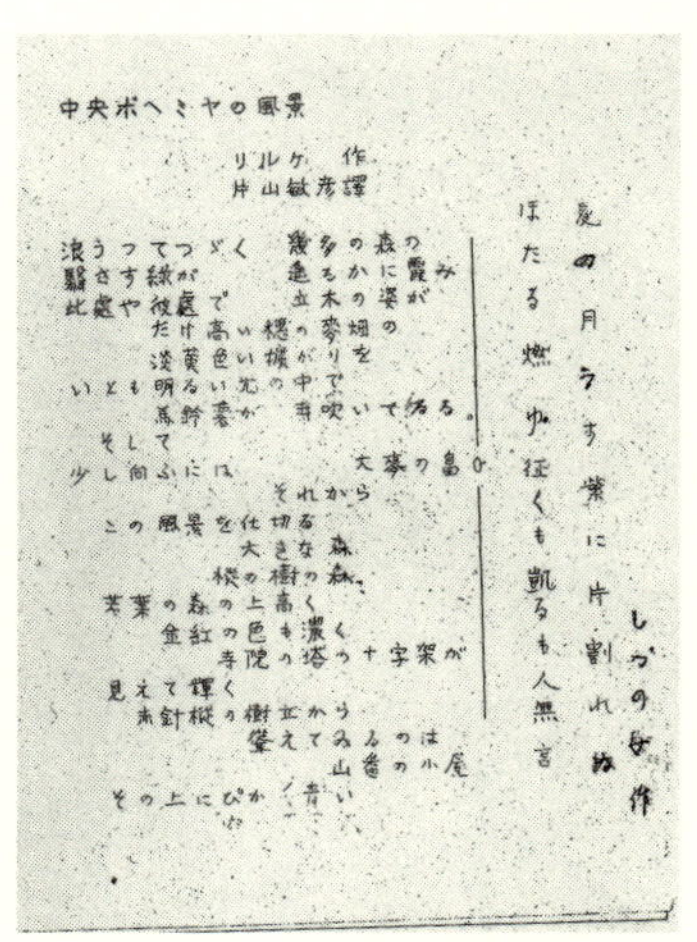

中央ボヘミヤの風景

リルケ 作
片山敏彦譯

波うってつゞく　幾多の森の
翳さす縁が　遙かに霞み
此處や彼處で　立木の姿が
だけ高い穂の麦畑の
淡黄色い擴がりを
いとも明るい光の中で
馬鈴薯が　芽吹いて居る。
そして
少し向ふには　大麦の畠
それから
この風景を仕切る
大きな森
樅の樹の森。
若葉の森の上高く
金紅の色も濃く
寺院の塔の十字架が
見えて輝く
赤針樅の樹立から
聳えてゐるのは
山番の小屋
その上にぴかぴか青い

麦の月うす紫に片割れぬ
ほたる燃ゆ征くも凱るも人黙言
しづの女作

「中央ボヘミヤの風景」

ほたる燃ゆ征くも凱るも人無言

「麦の月」は、リルケの詩に呼応して詠んだものであろう。

龍骨は最初に『成層圏たより』発刊のおたより」として、

支那事変と共に誕生した成層圏も同志の大部分を前線に送り、気持丈では身近かく感じ合つて居るものゝ、之をあらはすには手紙の外はなくなりました。茲に「成層圏たより」第一輯をお送りし、再び皆一緒に此の「たより」で親しく顔を会はしたいと思ひます。それで同志諸兄や顧問先輩の御たよりを集録して行きたいと思ひます。お元気で句や近況をお寄せ下さい。身はどんな大東亜の辺域にあらうと雁の脚に暖かな心の結ぼりを固めて行きませう。

雲低し北に南に雷轟く　龍骨

梅若葉学徒すなはち兵隊なる

さらに、大伴家持の歌を掲げる。

剣太刀いよよ研ぐべし古ゆ清く負ひて来にしその名ぞ　（『万葉集』20―四四六七）

（武人の魂というべき剣太刀をますます研がねばならない。はるかな昔から清らかに背負ってきた大伴氏というその名だ）

病弱のため兵役に就けず学究生活をつづけていた龍骨は、中国の故事にちなんだ雁の使、また雁の玉章に倣って、遠く離れた戦場の句友に便りしている。紹介されるのは、昭和十七年と十八年に受け取った岡田海市、永井皐太郎、玉置野草、御幡尚志、小川公彦、橋本風車、野上ひろしからの来信である。これらは龍骨と文通をすることができる状態にあった者で、演習場や戦場から出されている。検閲を意識して書かれたのであろうか、比較的平穏な日常が綴られているが、この時期に手紙を書く余裕もない、もっと過酷な戦場にあった句友も多くいたと思われる。

岡田海市（任雄）の北支からの年賀状は、俳句を作ろうと「ロシヤ人の経営するレストランで、ミルクのたつぷり入つたコーヒーを三杯ものんでねばりましたが、遂に句が出来ず癇癪を起して酒をのんで大トラになり、戦友をつかまへて俳句のお説教をしましたが、づい分迷惑さうでした」と綴り、〈マスクと眼将校が購ふロシヤ菓子　岡田海市〉というしゃれた句を書き添えた。この時期目だけが見えるように、顔を覆うほど大きなマスクをした将校であったのであろう。この時期まだ北支では食糧も豊富で、時局はそれほど逼迫したものではなかったようである。

永井皐太郎からの数通の手紙は、榛名山(はるなさん)の裾野にある相馬原演習場内の学校で訓練を受けているようすを綴っている。高原で感じた季節の変化を伝え、演習場には出沢珊太郎もいて、夜は部屋で俳句の話をしていると記す。彼はここでの演習期間を「充電の時代」と捉え、大学に戻ってどこへ配置されるのか楽しみだと述べている。国内の訓練ということもあり、彼の手紙もまた楽天的な調子である。

昭和十八年五月の橋本風車の北ボルネオからの手紙になると、より差し迫った状況が伝わってくる。風車は、送られてくる「ホトトギス」が薄くなり、雑詠欄の三段組となつたのを見て、「戦争の厳しさを身近に感じてゐます。(中略)静かな中にも戦の圧力を日々感じます」と戦場の緊迫感を綴っている。

昭和十七年二月の玉置野草の手紙には、海軍主計中尉に任官され、経理学校に入校したとある。まえに述べたように野草はしづの女の家を訪ねており、一家と親しかった。俳句への関心は高く、『猿蓑』を暇なときに読んでいると記し、訓練中にも作句している。将来の希望として、学校を終えたら、「出来れば南へ行きたいと思つてゐます。此頃は皆南方希望ですからうまく行けるかどうか分かりませんが、仏印あたりへ行けば農林省の方の勉強にもなります」と綴っている。戦地で会計や庶務の実務のとり方を学んで将来に役立てたいと夢を述べ、悲壮感はない。

青年たちが「皆南方希望」とあるが、この時点では、戦争末期の南方戦線の泥沼のような悲惨な状況は、誰も予想もしていなかったのであろう。

野草と同じく経理学校に入校した金子兜太は、もっとも華々しく、危険な南方第一線を志望した。後年、血気に逸った青年時代をつぎのように述懐している。


理論的にはこの戦争はよくないと思いながらも、いざ戦争が始まると、血湧き肉躍るものがたしかにあったと思う。

正直に白状するけれども、戦争というものをやってみたいという気持ちさえも、どこかにあったんだな。海軍経理学校で、卒業後の任地の希望を「南方第一線」と書いて出したときにもね。（中略）戦争がどういうものか、死がどういうものか、わかっちゃいなかったんだ。

（『昭和二十年夏、僕は兵士だった』）


長くつづく戦争の時代に成長し、戦争が常態となって、その勢いに呑み込まれていく青年の心理が伝わってくる。兜太は当時をふり返り、もっとも危険な戦場にわが身を置くことこそが、貧しい故郷の秩父の人びとの役に立つ勇敢なことだ、と思っていたと私に語ってくれた。

昭和十四年にしづの女の発案で、成層圏同人の作品を集めて外国語訳を付けた合同句集を出版する計画があった。永井皐太郎は「即決」でやってしまおうと思ったが、少々時間がかかるらしいと龍骨に書き送っている。

また、野上ひろしは、「われわれの句集のことですが、矢張り時節柄でせう、出版は困難の様で一条書店（京都　波郷句集風切を出す所）から草田男及堀氏宛に正式に断つて来ました」と記し、出せる時が来るまで謄写にでもしてとっておくことにすると龍骨に手紙で知らせている。

出版計画の推進役は堀徹である。「一条書店からの正式な断り状」とあるから、合同句集の出版は具体性をもったものであったと思われる。

香西照雄は昭和十六年に東大を卒業して東京を離れていたが、のちに彼が編集した『定本　竹下しづの女句文集』に付した「成層圏年譜」によれば、「昭和十八年　七月、堀徹・兜太が草田男の援助を受け、成層圏全員の合同句集『海角』の刊行をはかり、徹の跋文まで用意したが、未刊に終る」とある。戦地に向かう若者たちは、彼らの青春を凝縮した作品をなんとかして合同句集という形で残しておきたかったのであろう。俳句は彼らにとって、大きな支えになっていた。

十代から二十代の若者が集う「成層圏」十五冊と「成層圏たより」には、学生として勉学に励む日々、病苦、彼らの目が捉えた社会風景、家族や自然を詠んだ若々しい作品が掲載されている。彼らの暮らしを覆うのは、拡大してゆく戦争という厚い雲であった。若い会員たちの思いは、当時を思い返す香西照雄の文章がよく伝えている。

第一我々は卒業したら殆んど皆戦地へ征くことになっていた。我々は短いかもしれぬ人生の意義を俳句や文学を通じて探求していたのかもしれない。とにかくしづの女の力説した「純粋」は、暗い谷間の三年間を渋い色調を帯びながらも貫いていた。

(『成層圏』と竹下しづの女」、「俳句研究」昭三十六・一)

若者たちは不安な時代に生きる思いを懸命に俳句という小さな詩型に盛り込んだ。しづの女は若い作者に向かって語りかけた。

私は、俳句を俳句が有つ極限をかけて「複雑化」したいと希ふ。

この、俳句に複雑性を豊潤にする刻苦艱難こそ、新しい一つの俳句の滑走路である。(中略)

希くば奔放に勇敢に、大胆に俳句して欲しい。新鮮なる若人の特権は、いかなる乱暴をはたらいても、若きが故にゆるさるゝところにある。そして、進歩と転換は、概ね、かうした傍若無人の若人達の手が握つてゐる。

（「成層圏」一巻三号）

「奔放に勇敢に、大胆に俳句して欲しい」というしづの女の激励を胸に、「成層圏」の会員達は作句した。戦地にあって、俳句という表現手段は、戦士たちの心の支えとなった。金子兜太は食糧の補給が断たれた南方トラック島で、生きのびた兵士を集めて句会を開いた。

四　終戦直前の病没

戦争末期に、蒲柳（ほりゅう）の質であった龍骨が重い病を得て、しづの女は大きな心労を抱えることになった。

枯葦の辺に夜の路をうしなひぬ　（「〝颱〟拾遺」、「俳句研究」昭十六・四）

梅白しかつしかつしと誰か咳く　（同右）

梅に病ましめき紅葉になほも斯く　（「俳句研究」昭十六・三）

一句目、昭和十五年の吟。抑制が利いた静かな調子が、家路をたどる作者の憂愁を伝えている。このとき龍骨は入院中であった。戦争が激しくなるなかでしづの女は龍骨を看病し、老母の世話をする毎日がつづき、作句活動どころではなくなった。

二句目は、昭和十六年の吟。中七「かつしかつし」という咳の擬音は、不安な耳が捉えた不気味な響きをもつ。梅が咲き、ようやく暖かくなるという時期に、我が子の咳にしづの女は不安を募らせる。

三句目、早春の梅のころから紅葉の季節まで、長引く龍骨の病を詠んだもの。中七に「病ましめき」と表現されているように、しづの女には、大事な我が子を病気にしてしまった、という強い強い自責の念があった。「神の鈴」と題して発表された句。

淑子は、昭和十六年十二月に福岡女子専門学校を戦時下のため繰り上げ卒業して、十七年四月から教職に就いた。生徒の勤労奉仕に付き添って行き、雨でびしょ濡れになった。しづの女は娘を案じて〈麦秋奉仕の戻らざる娘に夜半の雨〉と詠んでいる。淑子は肋膜炎になり、さらに肺浸潤に進行して、療養生活を送ることになった。

「俳句研究」の作品月評を担当したしづの女は、病人を抱えた日々の窮状を述べている。

七月下旬、つぎ〳〵に事が生じて私は奔命に疲れ終(つい)に敢てこのまゝ擱筆してしまつた。此間長男応召、日本文学報国会より傷痍軍人慰問行嘱託、娘の急病、かくて入院と、寧日なき日の連続であつた。

（「俳句研究」昭十八・九）

文末には、「九州帝大付属病院病室にて」とあり、入院の付き添いをしながら記したものとわかる。戦時下でもあり、まさに身動きもできないような逼迫した暮らしであった。

昭和十五年に大政翼賛会文化部が設けられ、地方での推進力となる福岡俳句作家協会が組織された。その顧問に横山白虹と並んで、しづの女の名があがっている。

さらに、昭和十七年五月には国策の実践に協力することを目的に、日本文学報国会が発足した。会長は徳富蘇峰、俳句部会の部会長は虚子であった。戦争が激しくなるなかで、昭和十八年末に福岡県文化報国会が結成され、その会員名簿にしづの女も清原枴童、河野静雲らとともに名を連ねている。日本文学報国会の要請とあれば、病人を抱えていても傷痍軍人慰問行嘱託を受けないわけにはいかなかっただろう。いつも意気軒昂なしづの女であったが、心労が重なって打ちひしがれた様子が伝わる。

昭和十八年に龍骨に召集令状が来て入営した。当時、召集令状はどのような事情を抱えていても、誰も背くことができない、絶対の力をもつ命令書であった。健次郎によれば、しづの女は入院経験もある病身の龍骨を案じて、知り合いの軍医に虚弱体質だから帰らせてほしい、と頼みに行ったという。それが奏功したのか、「兄は一旦入営はしたものの、肺疾患の故をもって即日除隊となり、夜遅くなってひょっこりと帰宅した」(『解説　しづの女句文集』)とある。その後、龍骨は大学院特別研究生になり、兵役が免除された。
病気の家族の看護に追われていたしづの女は、俳句を詠む暇もなくなる。昭和十八年の「ホトトギス」では、一月に〈鋤鍬と農具の序あり注連打たる〉、二月に健次郎応召の〈母の道古今貫く月真澄〉など三句が載り、以後三月から八月まで句が見られない。つぎの二句が「ホトトギス」に最後に入選した句である。

ひとへものほころび家墻壊え壊ゆる
ふるさとのあざみの朱のあなあかし　（「ホトトギス」昭十八・九）

家の手入れや簡単な単衣ものの繕いさえする暇もなく、看病に明け暮れる日常が詠まれている。しづの女は、戦時下にあって「念ずることがあり」、しばらく作句を断つことにする。
戦況は悪化して、ついに「成層圏」会員のなかからも戦死者が出た。しづの女は「俳句研究」で「與る」という題で悼んでいる。

福田ひとし君〇月〇日、南方〇〇群島に散華との公報来る。実に、吾が成層圏誌友初の忠霊なり。我、心願の筋ありてこゝ三年間句作を絶ちて神に祈念の事ありしもこの戦死の報に接して終に止むこと能はずこの句をものす。希くば神恕給はらむことを。

忠霊に與(あづか)るありて夏なほさぶく
五月鯉騰し甍に與(あづか)りて
（「俳句研究」昭十九・七）

しづの女の句が掲載されていた「俳句研究」は、初の総合俳句雑誌として広い視点から各派の作品を扱っていた。しかし、版元であった改造社が、中央公論社とともに昭和十九年に内閣情報局から自主的廃業を申し渡され、「俳句研究」は休刊となった。その後、目黒書店が代わって版元となり、昭和十九年十一月号より刊行されるようになった。

淑子の病気がようやく快復するとすぐに、昭和十九年秋から、龍骨の結核が重篤になり、九大付属病院に入院することになった。しづの女はまた看病の日々を過ごす。二十年六月十九日に福岡は空襲を受け、市内は焼夷弾で焼き払われた。病院にいても危険なため、龍骨は自宅療養をするように病院から言い渡される。

しづの女の家は幸運にも焼けなかった。淑子の話では、当時母屋を貸していた人が出て行き、一家は小さい別棟から母屋に移っていた。空いた別棟に退院した龍骨が寝起きすることになった。しづの女は感染を恐れて家族を寄せ付けず、一人で看病したという。看病といっても薬も、充分な食べものもない状況で、彼女は日に日に衰えていく長男を為す術もなくひたすら看病した。

母の祈りにもかかわらず、龍骨は終戦の直前、昭和二十年八月五日に亡くなった。夫についで長男まで喪うという悲運に見舞われたのである。香西照雄はしづの女の私信を紹介している。

「私は龍骨を失つて一生の大部分が徒労であつたやうな気持がして、欲も得も捨て去つて五年間を精神的虚脱状態にて生きてきました」「五年間のあいだ、何度か何度か遍路しづの女を夢に描いたか知れません」――こういつた私宛の戦後の手紙の一節は、先生には珍しい弱音である。

（「『成層圏』と竹下しづの女」、「俳句研究」昭三十六・一）

学業に、文芸に母の期待に応えた優秀な長男の死が、どれほどの衝撃を与えたか、察してあまりある。

天に牽牛地に女居て糧を負ふ

第10章　戦後の生活

一　東京句会を母胎に「万緑」創刊

戦後、復員してきた成層圏東京句会の会員たちを母胎として、昭和二十一（一九四六）年十月に中村草田男の主宰誌「万緑」が創刊された。創刊号には、岡田海市、香西照雄、川門清明、出沢珊太郎、瀬田貞二、堀徹、吉田汀白などの句が載っている。また戦死した館野喜久男の遺作も収められている。

「万緑」創刊号の新しい時代への勇んだ船出を見ると、「成層圏」を創刊し、その継続に力を尽くした竹下龍骨が、終戦を待たずに若くして亡くなったことは改めて残念なことであったと思う。どのように貧しくとも、生きていれば希望に満ちた未来が開けていた。石田波郷は龍骨より一歳年長であった。波郷は中国戦線で結核を発病し内地に送還されたが、戦後は入退院をくり返しながらも、境涯を詠んだ作品で俳句史に大きな足跡を残した。

保坂春苺、橋本風車、またしづの女が戦後九州大学の句会で指導した藤野房彦、田中志津夫も「万緑」に加わった。山口青邨の「夏草」に拠るものもあった。

トラック島で終戦を迎えた金子兜太は、捕虜生活ののち、〈水脈（みお）の果（はて）炎天の墓碑を置きて去る　兜太〉と詠んで昭和二十一年に最後の引揚げ船に乗った。いくつかのアメリカの石鹼の中をくりぬき、トラック島で詠んだ俳句を薄い紙に書いて入れて日本に持ち帰った。アメリカの石鹸は当時の日本の石鹸にはなかったような、よい匂いがしたと兜太は語った。国力の違いを示すものであろう。

彼は「万緑」には参加せず、楸邨の「寒雷」に投句をつづけた。金沢では沢木欣一が昭和二十一年に「風」を創刊し、原子公平らが編集に加わり、金子兜太も参加した。

また昭和二十三年に堀徹、出沢珊太郎、兜太など成層圏東京句会の仲間たちが「青銅」という文芸同人誌を出した。安東次男が詩を、兜太が俳句を担当したが、二号で終わった。

堀徹は同年に喉頭結核で没した。彼は復員してきた金子兜太の郷里・秩父を訪ねて、〈猟犬も子も軒下に前を見て　堀徹〉〈手毬唄月夜のごとく障子白し〉など繊細な詩情のある句を詠んだ。

高橋沐石が東大ホトトギス系の人を中心に結社を越えた同人誌「子午線」を刊行した。

香西照雄は成層圏時代をふり返って、

> 後年の私は「母性愛的教育愛」と称したが、しづの女のわれわれ『成層圏』同人に対する指導は懇切を極めた。殆どが遠隔地に住む同人たちが文学や俳句についての疑問を手紙で出すと、それに一つ一つ丁寧に手紙で答えてくれた。（中略）私のように自信を失いやすい

反省過剰の者にはしづの女の激励や賞賛はずいぶん慰めになった。葉書の文面や勁い太いペン字の筆跡からも感じられる「姉御(あねご)の荒魂(あらみたま)」が青年には一魅力だったのだ。

（「師との邂逅」、「俳句」昭四十六・八）

と述べている。しづの女は学生が各自の目的を設定するように励まして導いた、包容力がある、優れた指導者であった。

しづの女が力強く唱えた俳句の近代化を目指す「成層圏」の純真な俳句精神は、会員一人ひとりの心に刻まれ、新しい時代へと受け継がれていった。

三女の淑子によると、戦後の昭和二十三年に西日本新聞社の催しで福岡に行った草田男が、長年の筆無精を詫びるつもりでしづの女の浜田町の家を訪ねようとしたが、それを知ったしづの女は彼に会うことをせずに、そのころ住んでいた行橋に戻ってしまったという。戦争末期の暮らしは誰にとっても厳しいものであったが、しづの女の苦難は筆舌に尽くしがたかった。長男の龍骨を失うという悲惨な体験の打撃から立ち直れずにいた彼女は、草田男と会って、龍骨が心血を注いで守り育てた「成層圏」の話をする気力などなかったのかもしれない。

その二年後に草田男がしづの女に宛てた手紙が残っている。昭和二十五年に書かれたもので、田中志津夫に託したものかと推測されている。

帰京後、早速つゞいて御便りすると約束しながら、ふたゝび御無沙汰してゐて相済みません。手紙といふもの、どうも重荷で、手がつかないのです。(中略)

竜骨さんの御霊前に供へる句も、実は作つてゐるのですが、短冊に書いて送るのが、つひ延びのびになつてゐます。そのうち御送りします。

花 葦 辺 朝 日 の ご と き 母 と 居 て

という句です。

(昭和二十五年、発信月日不明、しづの女宛ての中村草田男書簡、『中村草田男全集』別巻)

草田男は筆無精を気にして、この手紙で龍骨へ悼句を捧げている。このとき、しづの女と草田男は、時間の流れ方に対する感覚が大きくずれていたのであろう。龍骨を喪って五年が過ぎて、しづの女自身も体調がすでに悪く、この一年後の昭和二十六年の夏に亡くなるというぎりぎりの状態になっていたのである。しづの女と草田男は共に成層圏の指導をしたが、結局、一度も顔を合わせることがなかった。

二　終戦直後のしづの女の作句　「現代俳句」「万緑」発表句

『定本 竹下しづの女句文集』では、昭和十九年から二十二年までは空白となっている。句作をやめていたという定説になっているが、じっさいには作句活動をしていた。終戦後ほどなく、昭和二十一年九月に石田波郷が俳誌「現代俳句」を創刊したが、その一巻三号に、しづの女のつぎの五句が掲載されているのを見つけた。

国を裁つは誰が手ぞ吾が手単衣裁つ
雹雷火白雨の下に単衣裁つ
単衣裁つ静心雷火ないがしろ
芳草や汗に眼開かず車曳く
つくゞゝし夕べの風を手折り来る

（「現代俳句」昭二十一・十一）

戦時中しづの女は、〈ひとへものほころび家墻（いえがき）壊（く）え壊（く）ゆる〉と詠んだが、戦争が終わり、ようやく単衣ものを仕立てるという状況になった。彼女は敗戦国の戦後処理の重要な決断を、単衣ものを裁断するときの緊張感と重ねながら詠んでいる。雹、雷火、白雨という三つの荒々しい気象現象を並べているが、これらはこの国が迎える激しい混乱や、未来への不安を象徴するようである。社会に目を向けながら、自身の主観を詠う、しづの女らしい雰囲気が感じられる作品となった。

あとの二句は、自身の農作業を詠んだものであろう。最愛の息子を喪った虚脱感を埋めるかのように、慣れない労働に明け暮れる日常が詠まれている。

これらの句のうち〈雹雷火白雨の下に単衣裁つ〉が、一句だけ『解説 しづの女句文集』に戦前の昭和十八年に収録されている。

『現代俳句』第一巻第三号

「現代俳句」のこの号では、「現代俳句合評」として、西東三鬼、石田波郷、内藤吐天がその当時発表された注目句を合評している。取りあげられたのは、〈山国の蝶を荒しと思はずや　高浜虚子〉〈飢餓といふさへ忌々し牡丹活けぬ　渡辺水巴〉〈みちのくの蚯蚓短し山坂勝ち　中村草田男〉などである。

また月評欄では、〈石炭を掬ふ音冬遠からず　山口誓子〉〈古里の花一日の日焼かな　中村汀女〉〈木いちごの咲けども山路いそがれつ　水原秋桜子〉〈焼跡に遺る三和土や手毬つく　中村草田男〉などが評されている。これらの句を見ると、長い戦争が終わって、生きのびられた俳人たちは日常を取り戻し、それぞれが作句活動を静かに再開して、名吟を得ていることがわかる。

創刊して一年たった「万緑」に、しづの女も「農婦と罌粟（けし）」と題した七句を発表している。

藁を葺き深紅の罌粟を驕り棲む
罌粟ひらく朝の光陰佞らず
紅芥子の紅に一と日の歴史あり
紅罌粟の紅をさいなみ日墜つるも
罌粟炎ゆる農婦は飢餓の臍を秘め
春窮の故に囚はる子の母も
農婦曳かれ春窮の村色をなす　（「万緑」昭二十二・十二）

行橋に戻っての生活を詠んだものであろう。ここに詠まれた農婦とは自身のことではなく、おそらく村で目にした事件から、戦後の窮乏を主題として連作で描こうとしたものと思われる。これらの句は『定本』に未収録である。『解説』にはどういうわけか昭和十三年に二句目から五句目までの四句が載っている。

翌年の「俳句研究」（昭二十二・五）には、しづの女は「傍若無人」と題して、〈汽車離合峡の霞を頒ちつゝ〉〈吾が庵の枯葦の鳴誰そ撃てる〉など五句を発表した。
長男を喪った哀しみが癒えないなかで、このようにしづの女は作句活動をつづけていた。

三　行橋の田小屋に住む

昭和二十一年六月に次男の健次郎が西理子（みちこ）と結婚し、浜田町の家でしづの女たちと同居することになる。理子はのちに佐賀大学初代学長となる西久光の娘で、桂信子の姻戚である。女学校を出て、専門学校の数学科に入学したばかりの、すらりと背の高い、若い嫁であった。結婚に際してしづの女は、自分の家で習い事もさせ、わが子同様に慈しむと約束したという。

前に述べたように、敷地内には、母屋と小さな別棟があった。長女一家は福岡に住んでいたが二十年六月の空襲に遭い、住宅難であったため、空いていた別棟に越してきていた。そのようにして一つの敷地内の、母屋にしづの女、しづの女の母、三女淑子、健次郎夫婦、別棟に長女一家が暮らすことになった。

淑子によると、別棟に住む長女は、昼間は母屋で過ごしていた。母屋でしづの女たちと同居していた健次郎夫婦、とりわけ若い嫁にとって、ストレスの多い生活であったらしく、次第に不満が積もっていった。若い嫁、姑、小姑、大姑が揃った家庭内で軋轢が生じた。

伴蔵が亡くなってから、行橋にあった父祖伝来の農地の多くを子どもたちの教育費のために手放してきたが、まだ残っていた田畑があった。戦後の農地改革が施行され、不在地主の農地は取り上げられることになり、しづの女は農地確保のために独りで故郷に居を移した。しかし、帰郷したものの、家屋敷はすでに人手に渡っていたので、住むところがなかった。そこで田の片隅に、電気も引かず、井戸もない粗末な小屋を建てて、農業をしながら、福岡の家と行き来するという日々を送った。

〈帰省して村に与(くみ)せず小屋棲ひ〉とあるように、時代も大きく変わり、村人から歓迎されたわけではなかった。農家の出とはいえ、地主の跡取り娘であった彼女は、若いころには勉学に励み、ピアノやバイオリンを弾いて楽しむという生活を送り、畑仕事にはまったく慣れていなかった。しかし戦後の食糧難の時代に、なんとか老いた母に米を食べさせたいと、にわか百姓をして五反歩を耕したのである。

しづの女の田小屋の隣の家に生まれた光畑浩治はのちに、長峡川の岸のしづの女の句碑建立の事務を取り仕切った。光畑によれば、同じ名字の多い地方のこと、しづの女は「さきのおばさん」と呼ばれていたが、「しづの女にとって村は温かいところではなかった。(中略)食糧難の戦後、一粒でもいい、おいしいお米を母や子らに食べさせてやりたい、と思い、僅かばかり残った農地のために帰ってきた村では、そそくさと田んぼの畦道をモンペ姿で歩く〝さきのおばさん〟の印象だけが強く残っていたようだった」という。また、田んぼの畦にたたずみ、メモ帳にしきりに何かを書いている姿を見て、村の人は「さきのおばさんは、なにを書きよるやろうかね」（『ふるさと私記』）と不思議がっていたという。

野良着姿の彼女が、「ホトトギス」巻頭を飾ったことのある俳人だとは、誰も知らなかったのであろう。農地は中川にあったが、そこから行橋駅まで四キロの道を、しづの女は意志と気力で家族のために米を運んだのである。

しづの女は粗末な田小屋に住んで、農業に励んだ。そのような生活からつぎのような心にしみる句が生まれた。

稲妻のぬばたまの闇独り棲む

あめつちに在るは吾のみ稲妻のみ

夜半の吾が胸を吾が抱く青葉木菟

青葉木菟ひるよりあをき夜の地上

作者を包む深い孤独感が詠まれている。橋本多佳子の〈夫(つま)恋へば吾に死ねよと青葉木菟〉を想起させる喪失感と寂寥が胸に迫ってくる絶唱である。

一句目について、轡田(くつわだ)進が「稲妻がひらめく夜の寂寞(せきばく)とした詩情だが、あたら稲妻の光が明るく駈けめぐるために、その合間の夜の闇はいっそう濃く暗く作者を押しつつむのである。光彩のある稲妻の闇をとらえ、『ぬばたまの闇』と枕ことばを用いた点に、この作者らしい主観的で華やかな句風が出ている」（『現代俳句鑑賞辞典』）と鑑賞している。

天に牽牛地に女居て糧を負ふ
米提げてもどる独りの天の川
米にのみかかはり女です織姫よ

いずれも昭和二十四年の吟。一句目、生活のために重い米を提げた作者の頭上には、牽牛星が光っている。折しも牽牛と織女が一年に一度の逢瀬を楽しむ星合いの夜である。夫を喪い女の身で大黒柱として家族を支えてきた作者の感慨が、大きな時空のなかに美しく結晶した。

二句目、平明で穏やかな詠みぶりである。作者は天の川の下を重い米を提げて家路をたどっている。この米は夏の炎天下の農作業を終えて、ようやく手にした貴重なものである。あたりを夜の闇が包んでおり、作者は天と地の間にたった独りで存在していると感じた。生活のなかから生まれた詩であり、生活感がありながら、生活臭にまみれてはいない。

三句目、しづの女は、粗末な小屋で肉体労働に明け暮れる日々を送った。若くはなく、体調も悪かったが、女であることも忘れて働いた。淑子が伝えているように、彼女は誰にもこぼすことはなかったが、織女星にだけ、苦難の生活を訴えている。下五は『定本』では「織女よ」になっている。

いずれの句も生き抜くことの切実さに裏打ちされて、清冽な光を放っている。

吾 が 米 を 警 吏 が 量 る 警 吏 へ 雪

これも二十四年の吟。食糧難の時代だったので、しづの女は家族が食べるための米を行橋の田で作り、それを福岡の自宅に運んでいた。当時、米などの主要な食糧は、需給と価格を安定させる目的で、政府が管理していた。食糧管理法に違反して取引きされた米は闇米と呼ばれ、見つかれば没収された。この句は、しづの女が運ぶ自家米を、警察が取り締まろうとして、悶着があったことを詠んだものであろう。彼女はやり場のない怒りを、下五「警吏へ雪」と爆発させて、きっぱりと詠んでいる。

西村弥生は、父が行橋の出身という縁で竹下家と交流があったと述べている。彼女の弟は福岡高校在学中に一時期しづの女の家に下宿をしていて、彼女も弟と一緒にしづの女の家で開かれた句会に出席したことがあり、その折の龍骨の印象を「物静かな人だなと思った」と記している。西村家は駅前にあったことから、終戦後はしづの女から、収穫した米を福岡に運ぶ際の中継地に使わせて欲しいと頼まれて、米を預かったことがあったという。しづの女はひとことも愚痴をこぼしたことがなく、「米作りの苦労も語らず、米の重さも警吏の無情も訴えなかった。(中略)そしていつも紋付きの黒い羽織を着ていた。(中略)地主が自作の自分の米を運んでいるという自負がしづの女を支えていたに違いない」(「竹下しづの女」、「泉」昭五十二・十)と述懐している。

しづの女は闇米ではないことを示すために、第一礼装である黒紋付き姿で運搬したのであろう。還暦のしづの女にとって、慣れない農作業や重い米の運搬は体にこたえる重労働であったが、黙々と励んだ。結果的に、無理な作業で健康が損なわれ、寿命を縮める一因になったのかもしれない。

同じく田小屋に住んでいた頃の句である。

米提げて火を吐く喉をラムネに灼く
米提ぐる霜夜もラムネたぎらし飲む
ラムネ滾らす銀河の河心真っ逆さま
ラムネあふる重き背の糧呪はれよ

いずれも、重い米を運ぶという慣れない重労働でひりひりと渇いた喉を、ラムネで潤している情景を描いた作品である。この渇きはとても水では治まらないほどの激しさだったのであろう。

三句目、「滾らす」という語で、傾けたラムネ瓶から、たくさんの泡が喉を流れていくようすがみごとに浮かぶ。飲もうとして仰向いた作者の目には、銀河が逆様になったように映り、あたかもラムネとともに銀河が作者のうえにかぶさってくるように感じたのであろう。激しさのなかに詩情があふれている。

これは『解説　しづの女句文集』に二十四年の作として収録されている句である。

日野草城が戦後に主宰した俳誌「青玄」の昭和二十五年八月号に、しづの女は「天に牽牛」と題して十六句を寄稿している。そのなかに〈ラムネ沸らす銀河の河心まさかさま〉がある。

香西照雄編『定本　竹下しづの女句文集』には、〈ラムネ飲む銀河の河心まさかさま〉という句が載っている。

『解説』「青玄」『定本』の三種の上五を比べてみよう。まず、「滾らす」「沸らす」の用字は、ラムネには「滾らす」がふさわしいと思う。「ラムネ滾らす」の字余りは、しづの女作品らしい個性があり、力強い律動を生んでいる。

いっぽう「ラムネ飲む」は定型に収まるものの、常套的で句の力が弱くなり、労働のあとの激しい渇きが充分に伝わらない。「ラムネ飲む」は別の句と捉えることもできるが、収録段階で編集者の手で加えられた改訂ではないかとも思われる。最終的にしづの女がどのように考えていたかは確かめようがないが、一句の力強さ、完成度から『解説』の〈ラムネ滾らす銀河の河心真つ逆さま〉を採用したい。

四　龍骨忌

龍骨忌に

孤り棲む埋火の美のきはまれり

昭和二十三年の吟。独居の寂寥のなかで灰を掻くと真っ赤な埋火が現れ、その美しさに見とれた。かつて〈おそき子に一顆の丹火埋め寝る〉と詠んだ我が子への尽きぬ哀惜の情がこもっている。中七「ウズミビノビノ」は、音の反復で流れがやや渋滞するが、しづの女はこの瞬間の感嘆を、あえて「美」という硬質な音の名詞で表現した。つづく下五「きはまれり」が彼女の思いを高く詠い上げている。過去の日々をなつかしむように、埋火に見入ったのである。

前書きに、龍骨忌とあるが、龍骨の亡くなったのは八月であり、埋火は冬の季語で、季節が合わないことになる。おそらくそれは、夫伴蔵の命日の一月二十五日に、伴蔵と龍骨の法事をあわせて行ったからと思われる。昭和二十四年に龍骨の五回忌の句会が開かれている。その折に虚子は手向けとして句を贈った。

梅一樹守りてこれを供華とする　　虚子

虚子がこの句をしづの女宛てに速達郵便で送ってきた封筒が福岡県立図書館に残っている。

梅の季節に営まれた法要に合わせた句である。忙しいなかで虚子は、しづの女のために心を配っている。このように龍骨の実際の命日とは別に、しづの女は夫の命日の一月を龍骨忌としたのであろう。彼女が最愛の息子のことを考えない日は一日たりともなく、すべての日々が龍骨忌の思いであったのかもしれない。

平井照敏は埋火の句について、「亡き子のことを偲んでいるのであろうが、その埋火の美しさが何としづの女のたましいの姿を思わせることだろう。埋火が、独り棲み、子を失い、句を作る気にもなれぬ、虚脱したしづの女のたましいの姿そのものなのである」(「女流俳句の先駆者たち」)としづの女の龍骨への愛惜の情を汲んでいる。

早世の龍骨へのしづの女の追慕はつぎの句にも詠まれている。

梅を供す親より背より子ぞ哀し

梅を供す父と背は白子は紅梅

前句は昭和二十三年、後句は昭和二十四年の吟。「背」は、夫の意。父よりも、急逝した夫よりも深い長男への愛惜を詠んで、逆縁の哀しみを嘆いている。若く未婚のまま亡くなった長男に、母は紅梅を供えたのである。

汝を悼む友皆遠し春の雁

昭和二十三年の吟。冬が過ぎて雁たちは北方へ帰って行く。「春の雁」の季語が哀切である。

「成層圏」は終刊となり、かつて親しく交流した句友たちも復員後それぞれの人生を歩み始めて、疎遠になっている。しづの女はひとり、帰らぬ龍骨を偲んでいる。

昭和二十三年に『ホトトギス同人第二句集』が刊行され、しづの女も五十句を載せた。〈香の名をみゆきとぞいふ冬籠〉〈母の道古今貫く月真澄〉〈旅人も礎石も雪もふり昏るゝ〉〈罌粟炎ゆる農婦は飢餓の臍を秘め〉など昭和六年以降に発表した五十句を四季別に分類して収録している。

そこに付された簡単な経歴から、当時のしづの女の心境を窺うことができる。現住所は京都郡稗田中川、寄寓先として福岡市浜田町の住所があり、簡単に「農」と記載されている。つまりこの時、しづの女は故郷の行橋の田小屋を本拠地として、農業に従事する者であることを表明している。

つづけて「俳句雑誌成層圏（休刊）を主宰す」とある。「成層圏」は戦中に廃刊が命ぜられ、また発行人であった長男龍骨はすでに病没した。成層圏東京句会の会員たちの多くは、終戦後、草田男を中心とする新しい俳誌「万緑」創刊に参加していた。しかし、しづの女の心のなかでは、「成層圏」はあくまで休刊中であり、なお「成層圏」を続行していく意志があったことが読み取れる。

二十三年十月に健次郎が九州大学工学部助教授となったことは、しづの女にとってうれしい報せであった。

健次郎就職

弊衣破帽無手袋なれど教授なる

と詠んでしづの女は祝福した。お祝いの句であるのにあえて負のイメージの語を三つ重ねたところがおもしろい。我が子の出世に母親が目を細めている姿が浮かぶ。健次郎によれば、しづの女は龍骨には「峻烈に干渉」したが、健次郎には「殆ど無関心であった」（『解説　しづの女句文集』）という。長男に対する期待の大きさを示すものであろう。

昭和二十三年に詠まれたこの句は、香西照雄編『定本　竹下しづの女句文集』では「無帽無手袋」となっているが、竹下健次郎編『解説　しづの女句文集』と淑子著『回想のしづの女』では「破帽無手袋」となっている。句としては、「無帽無手袋」と頭韻を踏んですっきりと詠むよりも、「破帽無手袋」のほうが、しづの女らしい覇気のある表現となり、また当時の汚くした帽子をかぶったバンカラ学生風の姿が浮かんで愉快と思う。無帽と破帽のどちらが正しいかは、句稿がないので確かめる術がないが、破帽のほうが句として優れている。自身のことを詠まれた健次郎は、おそらくしづの女の手書きの句稿を見て記憶していたと思われるので、「破帽無手袋」を採用したい。

しづの女は久保より江と親しくしており、久保邸によく出入りしていた。久保家の豊かな生活を見て彼女は、子どもたちをなんとしても大学教授にしようと思ったという。健次郎は、「母はかねてよりわが子を大学教授にしたいと思っていた。それは、母が俳句を通じてじっ懇だった九大医学部の久保猪之吉教授とより江夫人に強く影響されたようである。」（「西日本新聞」平成四年六月二十一日）と述べている。長男を喪ったあとを埋め合わせるように、次男が大学に職を得たことをしづの女は喜んだ。

五　九大俳句会の指導

終戦後、しづの女は行橋の田小屋に暮らして農業に励んでいたが、過重な労働の疲れで糖尿病が悪化して福岡へ戻ることになる。龍骨没後の長い虚脱状態を経て、しづの女は乞われて昭和二十四年から九大の学生に俳句を指導するようになる。彼女は世俗にまみれない若い学生たちの純情を愛し、彼らと熱心に俳論を戦わせた。

九大俳句会のメンバーの田中志津夫は、「万緑」が組んだ「竹下しづの女追悼集」で、そのころを回顧している。

戦後それまで句作を中絶されてゐた先生は、私達の願ひに応じて「再び若者たちと俳句を作りはじめる」決意をされた。この場合「俳句を作る」とは、先生にとつては「若者たちと生きなほす」ことを意味するものであつた。先生は若者たちに屢々(しばしば)耳を藉(か)された。(中略）一週一回の句会に、先生は小一時間の市電に揺られて定刻前に来られ、講義が延びて遅れた連中の駈けてくるのを窓から見下してゐられた。討論会とも句会ともつかぬ批評会が先生を中心に、宿直員が会場の学部演習室別館の閉扉を告げに来る夜の八、九時頃迄――更に帰りの市電の中に迄つづけられた。

（「青葦」、「万緑」昭二十六・十一）

「俳句研究」が座談会「『成層圏』を偲んで」を開いた。司会は出沢珊太郎、出席者は香西照雄、岡田海市、玉置野草、金子兜太、福田蓼汀(りょうてい)、川門清明、保坂春苺、藤野房彦などであった。そこで藤野は語っている。

今でも思い出すのは学校が近いので昼に行っては西瓜の入っているおいしいそうめんを毎日食べさせてもらったことです。人となりは決して男まさりとか何とかじゃなくて、普通の人以上に非常にこまかい女らしい人だったと思います。（中略）
龍骨さんには非常な愛着をもっておられまして学者としてもあれはとにかく一人前にな

る人間だと。

　私ども、俳句のことについては、万葉を読めということとフランスの詩を読めということでした。へたな俳句は読む必要はないと。（「『成層圏』を偲んで」、「俳句研究」昭三十八・五）

　藤野房彦は『颱』以後のしづの女の句を、「ホトトギス」、「俳句研究」、「成層圏」などから書き出すという根気の要る作業をした。それを元にして『定本　竹下しづの女句文集』は、香西照雄が編集し、健次郎が出資して、出沢珊太郎が興した出版社、星書房から刊行された。

　しづの女は晩年の心境を、誰も詠まなかったような手法で描く先鋭的な句を残した。若き日のしづの女は漢学の影響の濃い作品を詠んだが、晩年には西欧の詩歌を意識した思索に富んだ句を残している。戦前に竹下家を訪れた「成層圏」会員の川門清明は、卓上に出版されたばかりのヴァレリーの『詩について』があって、しづの女と龍骨が感想を話し合っていたと述懐している。

　藤野はしづの女が生前に、

　「日本の詩には抒情ばかりで理性がない。その理性を持たせるのが私の課題であり又君達のです」と言はれてた。そしてマラルメ、ヴェルレエヌの詩と、万葉を読むことを無暗（むやみ）

に奨められた。俳句にかけられた此の野心は数多の逆境にたゝかれるたびにますく強固さを加へ（中略）六月床の人になられてからも「まだ私は人がわかってないようなのを作ろうとばかりしてます」と云つて笑はれてゐた。

（「晩年の竹下先生」、「万緑」昭二十六・十一）

と綴っている。

六　女性へ向けた視線

しづの女には同性を冷徹な視点から捉えた、曰く言い難い作品がある。職業婦人として先駆的な生き方をしてきた彼女は、客観的、批判的なものの見方をしており、女性の凡俗な生態に向けても、醒めた視線を注いでいる。古い作品からたどってみると、

蜜蜂の如女集(たか)れりゐびすぎれ　（大正九年）

化粧(けは)ふれば女は湯ざめ知らぬなり　（昭和九年）

たんぽぽと女の智恵と金色なり　（昭和十四年）

一句目、俳句を始めたばかりの大正九年の句であるが、批判精神旺盛であることが見て取れ

る。「ゑびすぎれ」は、恵比須講の日に呉服屋が安売りする、裁ち残りの端布のこと。セール品に押し寄せる女たちの姿を眺めて、巣に群れる蜜蜂に喩えている。この比喩には冷静な批判が働いている。

二句目は、女の虚飾に目を向けた皮肉な視線であろうか。冷徹な詠み方である。

三句目はすでに引用したが（本書二五七頁）、図書館に勤務していた時代の句である。女の智恵とたんぽぽを金色と断じて、明るい輝きを讃えているように読める。

戦後になってもしづの女の批判精神は衰えていない。

夕顔開花女に懐疑またたき初む　（昭和二十四年）

夕顔ひらく女はそそのかされ易く　（昭和二十四年）

二句とも具体的に誰のどのような状況を詠んだか不明であるが、自身のことではなく、女性の生態を描いたものであろう。これらの句は、夕顔という季語から発想した題詠かもしれない。ことに後句は「夕顔ひらく」の詩情のある季語の働きで、夕暮れ時の小説風の情感を醸しだしている。謎めいた雰囲気があり、さまざまな想像をかき立てて多様な解釈を許す作品である。無理に解釈しすぎずに、ことばのままに味わっておくほうがよいかもしれない。

七　竹下家の家族の葛藤

しづの女が嫁の出産に際して、嫁の実家に宛てた手紙が残っている。立派な文面から、理解のある姑であることが読み取れる。しかし、それであっても子どもが生まれ、一つの家に四世代が同居することで、若い嫁に負荷がかかった。それはどんな家庭にも起こり得る、古くて新しい家族間の葛藤といえよう。ストレスが昂じて昭和二十五年八月に、ついに健次郎親子が家を出て行くことになった。

発端となったのは、結核を患った娘、淑子の食事には苦労して手に入れた卵がつき、若い嫁にはなかったこと、また、しづの女は病気がちの淑子の誕生日に、布がないので絹の風呂敷を縫い合わせてふとんを作って祝ったが、嫁には何も作らなかったことだという。

なにぶん物資がない終戦直後の窮乏生活のなかで、卵も布もなかなか手に入らない貴重品であったころの話である。長男を亡くしたばかりの母親として、三女の健康を気遣ったのであろう。しづの女の性格からして、もし嫁が病気がちであったなら、迷わず卵は嫁に食べさせたであろうが、その思いは嫁には伝わらなかった。家族のなかで一人だけ血のつながらない嫁という立場は、微妙である。卵も布も象徴的な事象で、その背後には大きな精神的な軋轢があったのであろう。些細なことであっても、積もり積もって深刻な不和が生じた。敗戦後の日本の生活事情が、それだけ厳しかったのである。

淑子は当時の竹下家のようすを述べている。

> 私は、わが家の不和の因を背負っているとは気がつかず、傍観するだけで、自分のことに埋没していたが、昭和二十一年、国立大学の門が女性にも開放された。そこで翌二十二年、九州大学（当時、帝国大学）に応募したら、レ線撮影の検査がなかったので合格した。（中略）入学しても授業が始まらないので、食糧の配給帳を移動していた、母のいる行橋の住居、といっても、電気も、井戸も風呂もない掘立小屋に暫く滞在した。（中略）併し母が、収穫物を積んだ車もろとも、崖から落ちて打撲傷を負い、帰福の折病院に立寄って受診したことなどは知らなかった。母は「私程我慢強い女はいない」等といった事があるが、自分の苦衷を余り人に云わなかった。私は母が死ぬ迄家計のことは全く知らなかった。
>
> （『回想のしづの女』）

ようやく病気も快復した淑子は、戦後、女性の入学が許されるようになったばかりの九州帝国大学法文学部文科に入学し、哲学を専攻した。戦後の物資不足のなかで配給された布地で作ったモダンなジャケットとズボンに、下駄履きで通学したという。淑子は、現在のパンツルックの先駆けだと私に笑って語ってくれた。しづの女は病み上がりの娘には、家計の苦労などいっさい伝えなかったのである。

女性が大学に行き、研究に打ち込める時代が到来し、淑子は昭和二十五年に無事に新制となった九州大学文学部哲学科（西洋哲学・哲学史専攻）の卒業を迎えた。

淑子大学卒業

鳥雲に伏屋の女人哲学者

竹下家は子ども三人を九州大学で学ばせたことになる。母としてしづの女は誇らしく、満ち足りた思いであっただろう。淑子はシモーヌ・ヴェイユを研究するクリスチャンで、生涯独身を通した。彼女は卒業後、文学部の助手を経て、昭和三十五年から五十九年までカトリック系の私立中学高校である、大牟田明光学園で教諭を務めた。

健次郎は母と妻との確執について後年、自身の歌を集めた歌文集にこう綴っている。

私の母は気が強く、祖母と母と妹、それに私ども三人をいれての六人暮らしにはさすがの妻も耐えられず、家庭内に一大渦の波が起こった。経済的にも別居生活は極めて困難であったが、別居のほかなしと私は決心した。

（『韋駄天』）

彼はリヤカーに荷物を積んで、実家のすぐ近くのカーテンもない粗末な家へ、妻子を連れて出ていったのだという。

そのころしづの女は日記代わりの句帖に、つぎのように記していた。

絶つべきの愛情は絶つ利鎌(とがま)月

血に痴(し)る蚊痴れしめ嫁を憎しみゐ

いずれも『解説』に収録の昭和二十五年の吟である。前句は『定本』では、「断つべきの」と表記。後句の「痴(し)る」とは、何かに心を奪われて、正気を失うの意。一心に人の血を吸う蚊の姿を見ながら、作者は蚊を叩くことも忘れて、嫁への憎しみを募らせている。普段は明朗闊達で、ものわかりのよいしづの女が、嫁に対するすさまじい憎しみを吐露している。

「血に痴る」という衝撃的な表現から、「天の川」の論客であった神崎縷々の代表句〈血に痴れてヤコブのごとく闘へり〉が浮かんでくる。結核闘病中の彼が、自身の喀血する姿を詠んだ凄絶な句である。

苦難に耐えて気丈に一家を支えてきたしづの女にとって、ようやく子どもたちが成長し、一安心したところで龍骨が病没したことは想像を絶する痛手であった。しかし、すべてを託した長男を亡くした母の哀しみの深さを、次男の若い嫁に理解せよといっても、それは無理であっただろう。しづの女は電気もない粗末な田小屋に住んで、体調の悪いなかで慣れない農作業までしたが、彼女の激烈な生き方を家族は心を痛めながらも、どう手助けしてよいのかわからなかったのかもしれない。

長男亡き後、一家の柱となるはずの次男は、母と嫁との板挟みになって、別居する道を選んだ。しづの女はつぎつぎと苦難が襲ってくる人の世の不条理にやり場のない怒りを覚え、そのはけ口が見つからないまま、嫁への憎しみを燃やした。

淑子によれば、「ある時、ふと一言、母が『血は汚い』と云ったことがある」（『回想のしづの女』）という。血とは血縁のことであろう。家族のなかで、分け隔てなく公平にと心がけていても、嫁よりも血の繋がった我が子に甘くなってしまう自身の姿を、客観的に眺めての感想と思われる。意識しないうちに身びいきになってしまうことに気づいたのである。しづの女らしい、理性的な分析であり、率直なもの言いだと思う。

そのような家庭の事情を離れて、作品として鑑賞すれば、句意は明快で、力強い。ことに後句は、歯切れよい語調が作者の激しい感情を伝えて小気味よい。

昭和二十五年当時のしづの女の殺伐たる暮らしは、『解説』のつぎの句から想像できる。

蚤と寝て襤褸追放の夢ばかり
痰壺抱きひとりの蚊帳にひとり棲む

八　西洋の詩と最晩年の句

文明開化期の日本は熱心に西欧の文化や技術を取り入れた。サミュエル・スマイルズの『自助論』は、中村正直訳で『西国立志編』として明治四（一八七一）年に刊行され、自助の精神を説く啓蒙書として近代国家と資本主義の形成期に大きな影響を与えた。そこには三百人余りの立志伝中の人物が挙げられているが、そのなかにイギリスのロマン派詩人、ワーズワース、バイロン、シェリー、キーツ、コールリッジなどの名前が挙がっている。西欧の詩は明治の初期から翻訳されていた。明治三十八（一九〇五）年には田山花袋が『キーツの詩』を刊行して、キーツの主要な詩を訳し、また翌三十九年発表の夏目漱石の『草枕』にはシェリーの詩「雲雀に」が引用されている。

しづの女が俳句を始めた大正時代には、西洋文化を積極的に取りこんで、新しい文芸、絵画、音楽、演劇への関心がいよいよ高まり、「大正モダン」、「大正ロマン」と呼ばれる文化のスタイルが生まれた。正富汪洋訳の『バイロン・シェリィ二詩人集』をはじめさまざまな西洋詩の翻訳が出され、また斎藤勇、日夏耿之介、土居光知などによる研究書も刊行されている。若いころから読書家であったしづの女は、新聞小説「格子戸の中」の序言にアメリカの小説家ホーソーンを引用しているように、大正期のモダンな欧米の文化を熱心に取りこんだ。さらに図書館勤務時代に広い範囲の書物に触れる機会に恵まれ、さらに龍骨や「成層圏」の会員との交流を通して、西欧文学や哲学への造詣を深めていった。そのようにして西洋の文学思潮は、若いころに学んだ漢学とともにしづの女俳句のバックボーンとなった。戦後のしづの女の作品を、西欧文学の影響も考えながら鑑賞しよう。

穴を出し蛇居てはふりの梢に華やぐ

昭和二十四年の吟。不思議な魅力のある句である。儀式の折に、ふと近くの梢に、冬眠から覚めたばかりの蛇を見つけたのであろう。中七の「はふり」は、「葬」という字、あるいは「祝」という字を当てることができよう。葬は、「はぶり」あるいは「はふり」と訓読して、ほうむること、埋め祀るの意。祝は、罪やけがれを放(はふ)り清め、幸いを祈ることを意味し、名詞で神に奉仕する職業の者を指す。漢字好きのしづの女であるが、両義に取れるように、あえて漢字ではなく、平仮名で表記したのかもしれない。いずれの文字にせよ神に向けた儀式であるが、私は厳粛な葬の場面を連想する。葬儀の折に見上げた梢に蛇が輝いているのを見つけ、作者はこの世とは別の世界があることに、ふと気付いた句のような気がする。

「梢に華やぐ」という措辞から、光る蛇が高いところから人の世を見下ろしているような印象を生む。蛇は日本でも西洋でも、霊的、神秘的な存在とされる。智恵、豊穣、あるいは脱皮することから再生や生命力の象徴、また神聖さと邪悪さなど両極のイメージをもっている。「創世記」にイブを誘惑した蛇が登場し、エジプトやギリシャの文化にはさまざまな蛇の意匠が見られる。蛇のもつ重層的なイメージがこの作品を奥深いものにしている。読み手の脳裡には、聖書や神話をモチーフにした西欧の絵画のような画面が浮かび、〈金色の尾を見られつゝ穴惑ふ〉に見られたのと同様の神秘的な世界が展開する。

高く高く高く高くと鵙が吾が

つづれさせ貧しき歴史負ひて啼く

晩年の昭和二十五年に詠まれた句である。鵙の高音に、作者は理想を追って、より高いところを目指す自身の思いを重ねている。「高く」のくり返しから作者の心の動きの切迫した激しさが伝わってくる。下五は「鵙が吾が」のあとを省略している。やがて鵙の声もまた自身も虚空に吸い込まれていくような感じがある。

同じく二十五年に詠まれたつぎの句もまた多様な解釈ができる。

雪の夜の毒薬買ひに行きしことも

夜半の雪起きてくすしに君馳せしか

死んではならぬと凍てし吾が手を犇ととりし

一句目、毒薬ということばが目を引く。どのような毒薬なのか、何のために買ったのかには触れられていない。毒薬といっても、殺鼠剤、害虫駆除剤などを指すのか、あるいは人体によくないもの、という程度から、命を奪う劇薬まで、さまざまな想像ができる。静かな雪の夜という背景のなかで、しづの女の作品はドラマを孕んでいる。『定本』には三句がまとめて収録されており、一つの緊迫した事態を詠んだものであろう。しづの女の句として異色の作品である。

「俳句研究」に最後に作品が載ったのは、亡くなる一年ほど前の「虚無無限」と題したつぎの五句である。

虚無無限

雪荒ぶカインも吾をやは凌ぐ
雪霏々霏々カインの裔の斯く絶えず
欲りて世になきもの欲れと青葉木菟
青葉木菟甘き悲哀が吾を鈍す
虚無無限罌粟の紅さの虚しさの
（「俳句研究」昭二十五・五）

心の領域を詠った深い自省の作である。『解説』には三句目「欲りて世に」が昭和二十三年に収録され、『定本』には五句とも未収録。難解にも見えるが、句の背景にある西欧の文学を念頭に読み解くと、この時期のしづの女の心境に近づくことができるだろう。

最初の二句の主要なモチーフとなるのは、旧約聖書「創世記」のカインとアベルの話である。ふたりはエデンの園から追放されたアダムとイブの間に生まれた兄弟で、兄のカインは農耕を、弟アベルは牧羊に励み、それぞれが神に供え物を捧げた。すると神はアベルの捧げ物だけを受け取った。カインは屈辱感と嫉妬、激しい憤りでいっぱいになり、弟を野に連れ出して殺してしまう。神はこの罪でカインをエデンの東へ追放し、耕作しても作物が得られずに、地上をさまよう者になると告げる。カインは人類最初の殺人者であり、愛を希求しても与えられない者として、さまざまな西欧絵画や文学の素材とされてきた。スタインベックの小説に基づく映画〈エデンの東〉のタイトルは、このカインとアベルの話に由来し、描かれているのは、父に愛されない哀しみ、兄弟間の葛藤である。

しづの女は、カインと自身を引き比べている。一句目、「やは凌ぐ」とは、どうして越えることがあろうか、の意。激しく降る雪を背景に、しづの女はわが身をじっと見つめる。哀しみを直接語ってはいないが、ただエデンの東に追放されたあの罪深い、見放されて孤独なカインでさえも、今の私ほどではあるまいと詠む。さまざまな努力、献身を重ねながら、心が砕かれるような悲運に見舞われた者の、荒涼とした心象風景を静かに浮かびあがらせている。

二句目は、「霏々霏々」と重ねることで、天から湧くようにいつまでも降りしきる雪を描いている。雪を見て、今ここに自分が存在するように、悲哀と孤独の刻印を押されたカインの末裔は絶えることがないと詠んだ。

それであっても、しづの女は絶望やニヒリズムに陥っているわけではない。三句目からは、晩年の彼女が到達した境地を窺い知ることができるように思う。それはヨーロッパのロマン派の詩人が追求しつづけた永遠なるものへの憧れである。彼女は俳句という極小の詩型によって、熱い理想を詠い、思想を表現しようとした。その一生は、ロマン派風に言えば、真善美を求めつづける果てしない旅路だったといえる。

彼女の句に、〈すみれ摘みバイロン・シェーレなつかしし〉（昭二十三）がある。スミレはロマン主義の文学者の象徴ともいうべき可憐な花で、日本でも星菫派（せいきんは）と呼ばれるロマン主義の文学者がいた。しづの女が懐かしんでいるのは、イギリスの詩人バイロンであり、シェリー（シェーレと『解説』に表記されている）である。

手の届かない永遠の美、真実の追求というロマン派の詩の主題は、イギリスの詩人、ジョン・キーツの詩「ギリシャの古甕に寄せるうた」に美しく表現されている。詩人は、古いギリシャの壺に描かれた森の恋人たちの絵を眺めている。


ギリシャの古甕に寄せるうた　　　ジョン・キーツ

耳に聞こえる音楽は美しい、だが聞こえない音楽はいっそう美しい。だから、壺絵のなかの静かな笛を　吹きつづけてくれ。
耳にではなく　心に向けて　音のない調べを鳴らしつづけてくれ。

絵のなかの若者は熱心に乙女を追いかけているのだが、もう一歩のところで手が届かない。この若者に向かって詩人は、「嘆くなかれ」と語りかける。なぜなら壺に焼き付けられた森の木々は、永遠に葉を落とすことがなく、また恋人も老いることがないのだから、と。「美は真であり、真は美である、この世で知っておくべきことはそれだけだ」と詩は結ばれて、滅びやすい人間世界ではなく、永遠に滅びることがない世界を歌いあげている。田山花袋はこの詩を「希臘古瓶賦」の題で、「聞かるゝ調はやさしかれど、猶聞かれざる調は更にやさしきや」と訳した。

キーツの詩が詠う世界を念頭にしづの女の句を考えてみよう。深夜にただ独りで、しづの女は青葉木菟の声に耳を傾けている。この世のものとも思えぬ青葉木菟の鳴き声は、彼女の心に響いて、老いてもなお、手が届かないものを求めよ、「世になきもの欲れ」とささやきかけているように聞こえるのである。ロマン派詩人は、はるかなものに憧れ、近づこうと懸命になるが、ようやく手が届きそうになると、さらに遠いものに憧れ、手に入れようとする。この世になきものへの憧憬、望んでも手に入らないものの追求は、このようにして果てしなく、永遠につづくことになる。人間の努力は永遠に達成されることがない故に哀しく、そして永遠に終わりがない故に美しいのである。

五句目、虚空に咲き出す罌粟(けし)の花の人工的ともいえる紅色を詠む。罌粟は阿片の連想を呼ぶ花であるが、その花は華やかであって、また散りやすい。この花の一時だけの盛りに、しづの女は、空しさ、果てしない虚無を思うのである。

九　しづの女の最晩年

昭和二十五年十二月に母フジが赤痢に罹り、しづの女が看病する。淑子によると、配られた弁当による食中毒で、長期に患っていたわけではないという。明けて昭和二十六年一月十八日、フジは八十八歳で亡くなった。看病で心身の疲労がつづいたしづの女も、ついに起き上がれなくなって、どっと床についた。彼女は、長年、腎臓を患い、高血圧、糖尿病もあり体調がずっと悪かったが、それまで母より先に倒れまいと気力で日常生活をこなしていたのである。まったく手入れをしない庭には雑草が生い茂り、葦が風に音を立てていた。そのなかで静かに伏せっていた彼女の病床に、九大の学生たちが押しかけては俳句の議論をし、ときには学生と話しすぎて、夜に発作が起きて苦しむこともあったが、交流はつづいた。

しづの女は自分ほど我慢強い女はいない、と語っていたというが、跡取り娘として老いた母をいたわり、夫亡き後は忍耐強く一家を支え、終生家族に献身的な愛を注いだ。女権の拡張、「新しい女」の主張について詳しく知っていたしづの女であるが、その人生は親に孝行を尽くし、子どもの教育に熱心な賢母という伝統的な価値観に基づく生き方であった。

俳句の師弟関係では、師である虚子に、三度も序句をもらうほど、愛され信頼された弟子であった。人とのつきあいが上手であった彼女は、日野草城、久保より江、橋本多佳子、横山白虹なども、親密な関係を保った。

一枯葦にプロメテの火の夢炎ゆる

作者の西洋文化の教養を窺わせる昭和二十六年の吟。プロメテウスはギリシャ神話の男神で、人類の幸せを願って、ゼウスの反対を押し切って天界から火を盗んで人類に授けた。ゼウスの怒りを買ったプロメテウスは岩に鎖で縛りつけられ、毎日大鷲に肝臓を食い破られるという苦しみを味わうが、不死の身のため夜には身体は元に戻ってしまい、苦痛がくり返されるという罰を受けた。プロメテウスの火を使って人類は文明を作り上げることができたが、また火を用いた技術から武器が作られ、諍いも生まれた。しづの女が愛する詩人シェリーには、プロメテウスを描いた戯曲『鎖を解かれたプロメテウス』もある。

人間が考える葦ならば、一枯葦は、晩年の作者の表象である。一本の枯れ葦になっても、作者は人類に恩恵を与えようというプロメテウスの夢を燃やしつづけている。句には、しづの女の理想への果てしない希求を見ることができる。この句は九大俳句会に投じた句で、『定本』には未収録である。

病床にて

黄沙来と涸れし乳房が血をそそる

最晩年、昭和二十六年の吟。しづの女は乞われて九大俳句会の指導を始めたものの、二十五年の秋には健康上の理由で中断しており、この句が九大俳句会への最後の投句となった。大陸から九州に黄沙が飛来するころともなれば、衰えた肉体にまた血が沸き立つのである。「ホトトギス」で初の巻頭句となった〈短夜や乳ぜり泣く児を須可捨焉乎(すてっちまをか)〉では、幼い子に授乳する若い母であったが、もう老いて乳房は涸れてしまった。颯爽と俳壇に登場した若き日から、ここまでのしづの女の長い苦難の道程が、句の背景に浮かんでくる。

雨重し新樹のかさをかぶり寝て

季節が廻ってきて茂った庭の木が新緑に包まれている。病床のすぐそばまで新樹の枝が伸びてきているのが、見えるのであろう。作者は静かに病に臥せったまま、外界の盛んな生命の息吹を感じている。すっかり体力の衰えた作者は、新樹を打つ雨が重いと思った。「かさ」は「かぶり」とあるので、傘というより笠であろう。

六月に腎臓病が悪化して、七月末に九大付属病院に入院し、龍骨の命日の二日前、八月三日に亡くなった。享年六十四。

虚子はしづの女の訃報に接し、「竹下しづの女史は暫く無音に過ぎてゐましたが、突如逝去の報に接し驚きました。女丈夫型の人で、その句にも異彩がありましたが残念なことに思ひます」（「ホトトギス」昭二十六・十二）と消息欄に記して、悼んでいる。

十　蛾が挑む

絶筆となったのは、

ペンが生む字句が悲しと蛾が挑む
蛾の眼すら羞ぢらはれゐて書を書く
蛾の眼すら羞ぢらふばかり書を書く

これらは昭和二十六年に詠まれた辞世の句である。九大俳句会の藤野房彦がしづの女の病床で、広告のチラシの裏に書かれていたものを見つけたのだという。

いずれの句も蛾がモチーフになっている。蛾は何の表象であろうか。一句目の「蛾が挑む」の下五から思い浮かぶのは、ロマン派詩人シェリーが、恋人に捧げた詩である。詩人は、あまりに軽々しく使われ、汚されてきた「愛」という「あの一語」ではなく、私はあなたに天も拒まないような心からの崇敬を捧げようと語る。そこにこんな一節がある。

あまりに穢されてきた、あの一語　　P・B・シェリー

星を求める蛾の願い
暁を待つ夜の思い
悲しみの多いこの時空を超えて
遙かなるものへ捧げる憧れ

蛾は、木立の間に見える美しい星に憧れて、その遠さも考えずに近づきたいと願う。手の届かないもの、はるかなものを追い求めることこそロマン派の詩人たちの究極の姿である。

シェリーの詩は末松謙澄の漢訳をはじめ、明治初期から日本に紹介されて人びとの心を捉え、親しまれてきた。しづの女の辞世の句が詠まれた三年前には、星谷剛一訳の『シェリ詩選』が刊行され、そこに星を求める蛾の願いを詠んだ詩が、恋人の名前を伏せて、「――に」という題で訳されている。彼女もこの訳詩集を九大俳句会の学生たちと読んだかもしれない。

しづの女は、なんとかよい作品を得ようと苦闘する自身を、シェリーがうたう「星を求める

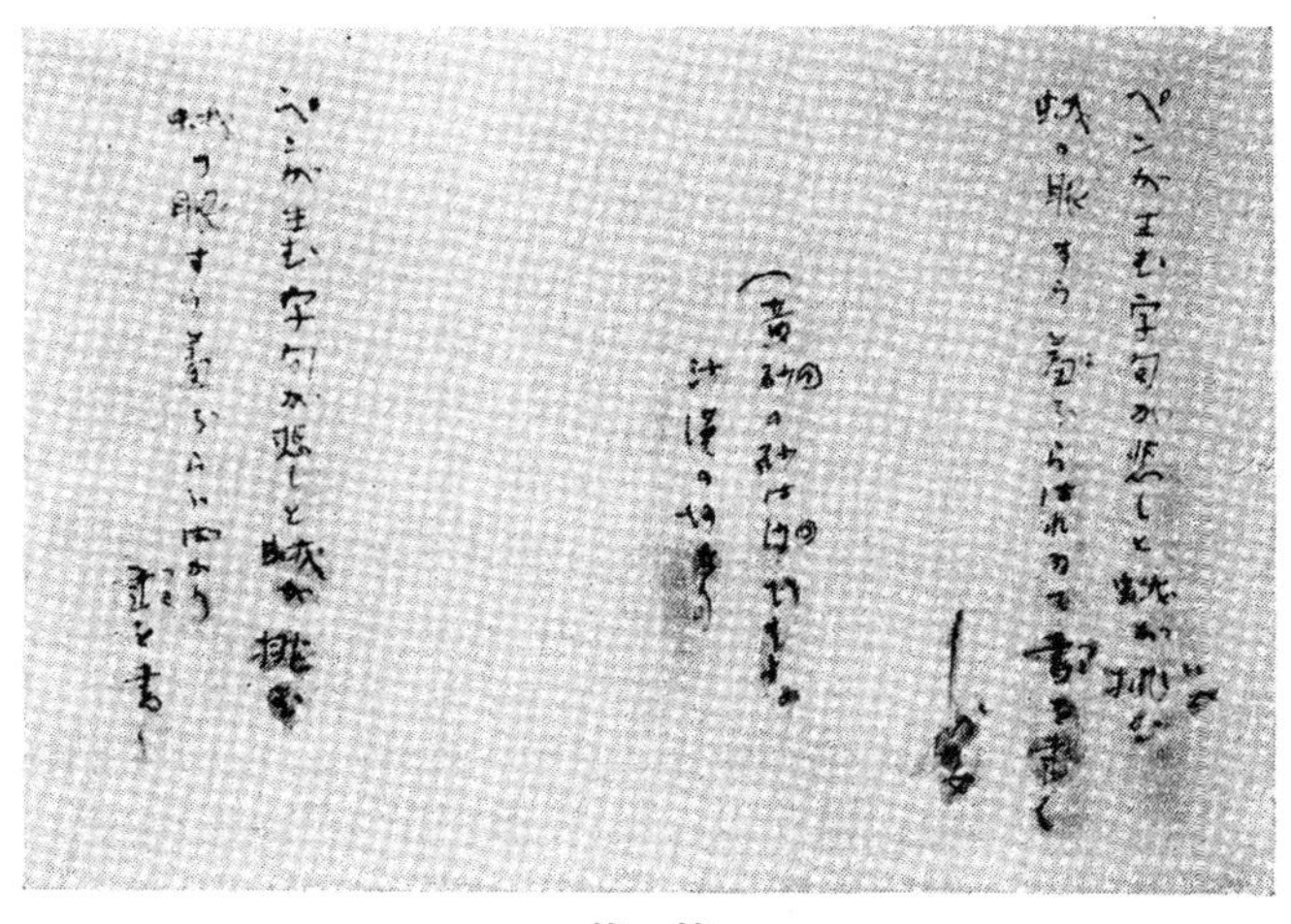

絶　筆

蛾」に喩えている。書き上げた作品は作者の理想には程遠いけれど、星に憧れる蛾のように、しづの女は永遠の美と真実への挑戦を止めることがなかった。

二句目、三句目は、『定本　竹下しづの女句文集』では、〈蛾の眼すら羞ぢらふばかり書(ふみ)を書く〉として、『解説　しづの女句文集』には〈蛾の眼すら羞(は)ぢらはれゐて書(ふみ)を書く〉として収録されている。『定本』にしづの女自筆の句稿が写真版で掲載されており、そこにはこれら二つの形が並記されている。この句稿は残念ながら紛失したとのことであるが、どちらの句の形もしづの女の「書(ふみ)を書く」という静かな意志を伝えている。

「蛾の眼」のモチーフは、金子兜太が「成層圏」の最終号で発表した〈蛾のまなこ赤光なれば海を恋ふ〉を思い出させる。この「書」とは、広く文芸作品と取ってよいだろう。しづの女は死の床にあってなお永遠の美への憧憬をことばにする。彼女は敬愛する詩人シェリーを思い浮かべる。シェリーの詩に詠まれたはるかな星に憧れる蛾を思い、自身の未完成の詩を恥じらいつつも、なおも創作をつづけるのである。

これら三句とも、果敢に俳句の新領域を開拓してきたしづの女ならではの含蓄のある絶筆である。

おわりに

大正時代の初めに、高浜虚子は女性を俳句界に参入させようと、「婦人十句集」という題詠のトレーニングを始め、「ホトトギス」誌上に主婦のための台所俳句欄を設けた。それはちょうど自由主義と女権の拡張を目指す「婦人公論」が創刊された年である。虚子のもくろみは成功して、女性俳人が次第に増えていった。その多くが、穏やかで情緒豊かな、いわゆる女らしい句を目指していたが、そのなかで、しづの女はいち早く女性俳句の枠から抜け出した俳人である。

彼女は俳句という詩型に主観を盛り込むことを積極的に試しつづけた。彼女は進取の気性に富み、旺盛な批判精神の持主であり、加えて社会で働くという体験も有していた。また、彼女が著した俳論からも窺われるように、向学心に燃えた読書家として知識も豊かで、客観的な視野をそなえていた。古典、漢籍、西洋文学に造詣が深い知性派の俳人として、彼女には語りたい理念や思想が豊富にあり、社会状況とそこに生きる人間、その生活を俳句で表現したいと思った。客観写生が提唱されていた「ホトトギス」にあって、彼女は近代的自我に目覚めた女性俳人として、情に寄りかからない知の句、また地に足のついた生活者としての句のあり方を模索した。

しづの女は伝えたい内容にふさわしい表現形式を求めて、試行錯誤しながら新しい詠法を開拓していった。『颱』の後記で彼女は、自身の句には「客観的平明」と「佶屈聱牙」の相反する性格があるとしている。その表現上の特徴としては、まず漢文調の表現や漢語をしばしば用いること、また特殊な漢字を使うことがあげられる。そのため句は響きが硬くなり、見慣れない漢字が並んでいて視覚的に特異な印象を刻む。

短い字数で複雑な内容を表現するために、〈颱風に髪膚曝して母退勤来(ひけく)〉のように漢字に特殊なふりがなをふることもした。あるいは〈やすまざるべからざる風邪なり勤む〉にみられるように、漢文調の二重否定の構文を試みた。また、語彙にも特徴があり、水魔、書魔などの造語を好み、また二重人格、汝儕(きやつら)など俳句には珍しい語を用いた。さらに、対句構成をしばしば用いている。

しづの女の作品は、一句のなかで多くのことを述べようとするため、破調の句が少なくない。また正確に叙述しようとして助詞を多く用いるため、散文化しやすい。このような傾向の結果として、作品は、剛直な、切れ味のよさを獲得する成功例もあったが、しばしばその強引さから散文の断片と化したり、あるいは衒学、晦渋、佶屈となり、意味伝達という点で問題が生じた。あるいはすべてを言い尽くそうとするあまり、逆に一本調子で平板に陥り、単調になって、詩としての余情に乏しくなって、失敗作も多かった。

秋桜子、夜半の句の美点を称賛したしづの女にとって、その模倣の道をたどり、なだらかな作品を詠むこともできたであろうが、彼女は俳句が「権威者の幻影を伴う」ことを嫌い、あくまでも作者独自の文体を確立することを目指した。彼女の詠法の特徴は、調べを整えること、端正な句姿にすることを犠牲にしても、俳句にこめた作者の創作意図を明確にしたいという欲求から生じたものである。

内容と調和した、独自の表現様式を生みだすのは、しばらくの作句中断期間を経て、昭和二年ごろに俳句に復帰してからである。夫の急逝後、しづの女は心にしみる作品を詠むようになる。しづの女の作品がもっともみごとな結晶を結んだのは、長男龍骨とともに心血を注いだ俳誌「成層圏」の時代である。戦争へと進んでいく世の中で、自身の家族や、「成層圏」の若い会員たちを見守りながら、彼女は忘れ難い珠玉の作品を残した。

竹下しづの女と杉田久女という二人の俳人は、九州の地でほぼ同時代を生きた。どちらも「ホトトギス」、また地元の「天の川」に投句し、二人の間に交わされた書簡も残っている。互いに句の評を発表してもいる。しかし、初期の一時期、二人の間に交流はあったものの、性格も違い、親しい間柄ではなかったようである。

しづの女と久女は生き方も、句風も大きく異なっていて、対照的な俳人のようにも思える。けれども、少し離れて時代の流れのなかで二人を眺めると、大正から昭和初期に、女性が表現活動をしようとするときに立ちはだかる家事労働や家族、また世間という現実問題に直面して苦悩しながらも、創作に打ち込んだという共通点が見えてくる。二人は男尊女卑の社会に生きながら、知的な意欲を抱き、時代が女性に課した制約に対峙し、果敢に乗り越えて俳句を通して自己表現をした。同じ時代を生きた彼女たちは、女性俳句の黎明期に大きな貢献をしたことを改めて知る。

二人が残した作品の大きな違いはつぎのようになるだろう。久女は自然の写生にすぐれ、虚子が説く花鳥諷詠の王道を行く端麗な自然詠を得意とした。久女の美意識は華麗な王朝風であり、記紀の伝承に彩られた筑紫の風土を、格調高く詠んだ名吟を多く残した。「ホトトギス」同人除名後、昭和十四年ごろで意識的な創作をやめており、戦争に関する句は少ない。いっぽうしづの女は、歴史的な視座から時代を詠み思念を表現する知的な句を得意とした。終戦後まで活動をつづけたしづの女は、さまざまな角度から社会や戦争を詠んだ佳什を残している。

生前のしづの女は、生活に追われる日々を過ごしていたために創作に集中する時間的な余裕がなく、俳壇的にも恵まれていたとはいえない。俳句は推敲を重ねることをしたが、文章に関しては、思い切りのよい性格も手伝って、時間をかけて練るということが少なかったと思われる。残された文章は一気呵成に書かれた勢いがあるものの、やや荒削りな印象がある。しかし、有季定型という俳句の根幹にかかわる基本的な問題についての考察をつづけた。彼女の視野の広さと該博な知識は驚嘆すべきであり、教養と情熱を感じさせる。

しづの女は、「私は、俳句を俳句が有つ極限をかけて『複雑化』したいと希ふ。／この、俳句に複雑性を豊潤にする刻苦艱難こそ、新しい一つの俳句の滑走路である」（「成層圏」一巻三号）と記している。俳句は本来、事象の核心を摑んで、単純化してことばに結晶させる詩型である。しかしながらしづの女は、単純化を志向すれば俳句はマンネリズムに陥ってしまう、俳句が永遠の新しさを保つには、複雑化を目指すことだと述べている。俳句の複雑化の価値を決定するのは、「作者の『人』であり『教養』であり『修練』である」（「ホトトギス」昭十三・十）と考えた。わずか十七音の短詩に、いかに理性を取り入れ、主観を詠い、複雑化できるか、これが俳句作家として彼女が生涯果敢に挑みつづけた課題であった。

しづの女の作品は俳句が情緒だけではなく、思念を語ることができることを立証している。彼女が俳句史で果たした役割は、知的な構成のなかに主観、自我を詠った独創的な作品を残したという点である。知的で先鋭的な句は、時代を経た現在も新鮮な起爆力をもっている。

青年のような理想に燃えて、自由に主観を詠う意欲的な作句姿勢は、時代とともに女性の地位が向上し意識の変化が進むにつれて、共感者を増やしている。みずから学びながら、突出した独創性を誇る自己の俳句世界を打ち立てたしづの女は、近代女性俳句の先駆的な存在である。それのみならず、俳句という形式に観念、主観を盛り込むことで俳句の領域の拡大に大きな貢献をした者として評価される。

かつてしづの女は若い学生に向けてこう宣言した。


人生に対する高遠な理想を俳句したいと悩むことが幾度かある。

社会に対する複雑深遠な思想を十七字詩に盛られないものかと苦しみもする。

然し未だ、嘗て一句も成功したことがない。然し私は一生この願望を捨つることのあるまいといふことを断言する。この理想への到達手段方法として、俳句は環境諷詠詩であるといふ方法論的標識を樹立する。

（「成層圏」三巻二号）


〈ペンが生む字句が悲しと蛾が挑む〉——絶筆の「挑む」という文字に、しづの女が終生忘れなかった不撓不屈の精神を見ることができる。

あとがき

竹下しづの女の本名は、静廼か、シヅノか。俳人しづの女を語るには「しづの女」だけで充分で、本名の表記など瑣末なことかもしれない。しかし私はそんなことがどうも気になって仕方がなかった。というのも、しづの女の次男竹下健次郎編著『解説 しづの女句文集』、また香西照雄編『定本 竹下しづの女句文集』の年譜、句碑に添えられた略歴には「本名静廼（しづの）」とあり、いっぽう、上野さち子著『女性俳句の世界』、中島秀子編「竹下しづの女集」略年譜では「シヅノ」となっているからである。

息子がずっと傍にいた母親の名前を間違って記憶することは考えにくい。これまで書かれたほとんどの評論、解説では「静廼」を採用して定説のようになっており、私も事典の解説を書く折に踏襲した。しかし、私は「シヅノ」が正しいような気がしてならなかった。その理由は、妹の名前がアヤであったからである。四歳違いの二人姉妹で、妹は簡単なカタカナ、姉だけが妙に難しい漢字であることに、私は違和感をおぼえた。家族のなかで、きょうだいの名づけ方が違っていることはままあるが、それでもアヤと静廼はしっくりこなかった。

では、「静廼」説と「シヅノ」説のどちらが正しいか。明治生まれの実在の人物の名前であるから、簡単にわかりそうなものだが、なかなかわからない。『ホトトギス同人句集』（昭和十三年）には「シヅノ」とある。この略歴はしづの女が記したと思われるが、なんと生年が一年間違っている。若く見せようと一歳鯖をよんだわけでもないだろうが、本人が書いたものでも全面的に正しいとは限らない。

個人情報の保護は年々厳重さを増している。この件は身内の方に確認するほかはなく、三女淑子氏に本名の表記について伺ったところ、「シヅノ」と答えられた。兄健次郎氏がまとめた年譜に「静廼」とあるのだが、と確認したところ、記憶をたどるようにしばらく考え込まれた。淑子氏は学究肌の綿密な方で、それからわざわざ戸籍謄本で確認してくださった。高齢でもう役所に出向くことができず、弁護士に委任して戸籍謄本をとったから見せてくださるという連絡をいただき、お宅に伺った。たしかにそこには「シヅノ」と記されていた。

一事が万事このような具合で、しづの女評伝を書こうと思いながら、細かなことが気になって、なかなか筆が進まなかった。調べることで思いがけない新しい発見もあったが、未詳の点も残った。これまでの多くの評伝は、しづの女本人が書き残した句集『颱』の俳歴に基づいて経歴を記している。しかし、これはかなり大雑把な書き方で、注意して扱う必要がある。また健次郎氏の著書『解説　しづの女句文集』も、没後半世紀近く経ってから書かれており、しづの女の本名の件のように鵜呑みにはできない。健次郎氏、淑子氏に直接伺っても、なにぶん昔のことで、しづの女の若い頃については記憶がはっきりしなかった。もっと早い時期に調査をしなかったことが悔やまれる。

それであっても、しづの女と暮らしたご家族の話を直接伺うことができて、しづの女という女性、竹下家の雰囲気、また時代について具体的なイメージを作るのに大きな力となった。お二人に電話、手紙などで質問に丁寧にお答えいただいたことは、感謝に堪えない。

ふり返って、「成層圏」会員の橋本風車氏、保坂春苺氏には、私が二十代のころに「夏草」の句会や吟行会でなんどもお会いしたが、そのときは「成層圏」についてまだ何も知らず、貴重な機会を逃してしまった。「成層圏」や成層圏東京句会について伺っておきたかった、と残念である。

「成層圏」の会員であった金子兜太先生に、「成層圏」に集った青年たちの思い、また戦争へ向かう時代相について話を伺うことができたことは何よりも有難かった。しづの女の俳句を高く評価される兜太先生に、『愛句百句』中の句評を、本書の帯文として使うことをお許しいただいたことに、深く感謝の意を表する次第である。

実際にしづの女の評伝執筆に取りかかってから完成までに、十年あまりが過ぎ、ようやく草稿が出来上がった。それを眺めて、いったいなぜそれほど時間がかかったのかと情けない思いがする。私の非才はもちろんのことであるが、それ以外の大きな原因は資料収集の難しさにある。結果として同じ間違いがくり返されて、いつの間にか定説のようになっていて、どこまでが正しいのかわからないのである。さらにテクストについても、しづの女が編集した『颱』以降の作品については本人の句帳などがないため疑問点が多く、確認に手間取った。

竹下家は戦火に遭わず多くの第一次資料が残っており、それらは福岡の公立図書館に寄託・寄贈された。福岡県立図書館の資料は整理され公開されているが、福岡市総合図書館の資料は手書きのものも多く、整理が進んでいない状態が続き、閲覧が制限されていることも作業を困難にした。貴重な資料が一日も早く整理、公開されることを期待したい。

さらにしづの女が深く関わっていた「天の川」のバックナンバーが全巻揃っているのは、福岡県立図書館だけであり、東京在住の私にとって調査が容易ではなかった。福岡に行き、マイクロフィルムの「天の川」、「門司新報」などを調べた。以前に評論を書いた杉田久女の場合は、資料が豊富で、久女直筆の生涯の句の総括があったが、久女のほうがむしろ例外的であったのかと思う。

評伝を書くために調査をしていると、さまざまな意見が聞こえてくる。女性の生き方としては、虚子との確執で深傷を負った久女よりも、自由闊達なしづの女を支持する声が多かった。しづの女に共感し、応援したくなるという大方の反応は、彼女の生き方が現代にも通じる知的で合理的なものであったからだと思う。しづの女の書いたものを読み、その足跡をたどるなかで、しづの女と討論しているような気分になった。俳句史上の人ではなく、身近な先輩の俳人と向き合っているような気がしたのは、本音を語るしづの女の率直な人柄のせいであろう。彼女は全力で波乱の人生を、みごとに生き抜いたと感嘆する。

多くの資料が集まってきたところで、これを取捨選択して、一つの切り口からすっきりとしたしづの女論を目指すか、それとも参考資料として活用できるように、多くの事柄を紹介するか、迷った。私自身がこの間に資料収集に手間取った体験があり、またこれまで知られていなかった資料との出会いもあったので、知り得た情報をできるだけ盛り込むことにした。その結果、当初考えていた以上に大部の評伝になってしまったが、草創期の女性俳句について、また戦中の学生俳句について、興味のままに読んでいただければ有難いと思う。

しづの女の句集『颱』についても、出版時期が日中戦争のただ中という事情を考慮して、煩雑であるが初出の形を明らかにしたので、参考にしていただければ幸いである。

評伝を書くことは、過ぎゆく時間との競争の感があり、書きとめておかなければ歴史の闇のなかに埋もれてしまう。いろいろ教えていただき、資料を提供してくださった健次郎氏、淑子氏も亡くなった。本の完成を楽しみにしてくださっていたにもかかわらず、遅延したことを申し訳ないと思う。最後の「成層圏」会員、金子兜太先生も、本年二月に天寿を全うされた。未詳の箇所は今後の課題として、現時点でわかったことをまとめてみた。一度本の形にすることで、埋もれていた資料が見つかることもあるかと思う。

健次郎氏の長男竹下光一郎氏に、経歴などの不明点について丁寧にご教示いただき、厚くお礼を申し上げる。

『真実の久女』につづき、本書の出版をお引き受けくださった藤原書店の藤原良雄社長に心よりの感謝を捧げ、また編集を担当してくださり、たくさんの有益なご助言をいただいた山﨑優子様に厚くお礼を申し上げたい。山﨑様の綿密な校閲とみごとな編集で、原稿は格段に滑らかに、読みやすくなり、有難かった。兜太先生へご紹介の労をお執りいただいた黒田杏子「藍生」主宰に感謝申し上げる。

またこの間ずっと我慢強く支えてくれた家族に、ありがとう、そして小さな声で、これからもよろしく、と言いたい。

本書が俳人竹下しづの女についての理解を深めることに少しでも寄与できるならば、著者としてこの上ないよろこびである。

二〇一八年立夏

坂本宮尾

竹下しづの女略年譜（一八八七―一九五一年）

西暦	和暦	年齢	しづの女関連事項	俳句史・社会文化史事項（本文で言及された俳人・事項を中心に）
一八八七	明治20年		3月19日、福岡県京都郡稗田村大字中川（現、行橋市中川）一七一番地に父竹下宝吉と母フジの長女として出生　本名シヅノ	「国民之友」創刊　「中央公論」創刊
一八八九	22年			大日本帝国憲法公布　新聞「日本」創刊　森鷗外ほか訳『於母影』刊
一八九〇	23年			「国民新聞」創刊
一八九一	24年	4歳	妹アヤ出生	
一八九二	25年			正岡子規「獺祭書室俳話」連載　俳句革新運動始まる
一八九三	26年			「日本」に子規選俳句欄開設
一八九四	27年	7歳	4月、京都郡稗田尋常小学校に入学	日清戦争始まる（～95年）
一八九七	30年			柳原極堂「ほとゝぎす」を松山で創刊　島崎藤村『若菜集』刊

一八九八	31年	11歳	3月、同尋常小学校卒業 4月、行事高等小学校入学	高浜虚子が継承し東京で「ホトトギス」発行
一八九九	32年			子規『俳諧大要』、『俳人蕪村』刊
一九〇一	34年	14歳	3月、同高等小学校卒業 4月、京都郡の教員養成所入学 この頃より末松房泰に漢詩、古典の指導を受ける	与謝野晶子『みだれ髪』刊　愛国婦人会設立
一九〇二	35年			子規没 日英同盟協約調印
一九〇三	36年	16歳	4月、同養成所卒業 10月、福岡県女子師範学校本科に入学	平民社創立
一九〇四	37年			日露戦争始まる（～05年） 与謝野晶子「君死にたまふこと勿れ」発表 千人針の風習が始まる
一九〇五	38年			漱石「ホトトギス」に「吾輩は猫である」連載　上田敏訳『海潮音』刊　「婦人画報」創刊 日本海海戦　ポーツマス条約調印
一九〇六	39年	19歳	10月、同師範学校卒業　京都郡久保尋常小学校訓導となる	河東碧梧桐が全国を遍歴し新傾向俳句を広める

一九〇七	40年	20歳	3月、東京音楽学校師範科受験を志すが体調不良のため合格できず	足尾銅山ストライキ、各地で暴動
一九〇八	41年	21歳	3月、母校の稗田尋常小学校に訓導として転任	「ホトトギス」雑詠欄創設
一九〇九	42年			碧梧桐再び全国旅行で新傾向俳句を普及　碧梧桐・虚子編『子規句集』刊　「ホトトギス」雑詠欄中断
一九一〇	43年			「白樺」創刊　大逆事件　韓国併合
一九一一	44年	24歳	3月、福岡県立小倉師範学校の訓導となる	荻原井泉水「層雲」、平塚らいてう「青鞜」創刊　松井須磨子がイプセン「人形の家」のノラを演じる
一九一二	45／大正元年	25歳	7月、同師範学校を依願退職 11月、福岡県立福岡農学校教諭水口伴蔵と結婚（養子縁組）	「ホトトギス」雑詠欄復活
一九一三	2年	26歳	3月、長女澄子出生 筑紫郡住吉町大字住吉に居住	「婦人十句集」の回覧が始まる　「青鞜」の「新しい女」特集号が発禁となる　「太陽」、「中央公論」、「六合雑誌」婦人問題の特集
一九一四	3年	27歳	10月、長男吉伯（後年龍骨と号して俳句を作る）出生	荻原井泉水が自由律俳句に移行 第一次世界大戦参戦

西暦	年	年齢	事項	社会
一九一五	4年			松根東洋城「渋柿」、臼田亜浪「石楠」創刊　虚子「進むべき俳句の道」を「ホトトギス」に連載
一九一六	5年			「ホトトギス」に女性専用の台所雑詠欄開設　「婦人公論」創刊　白樺派全盛　街に洋装の女性が登場
一九一七	6年	30歳	3月、次女淳子出生 11月、父宝吉没	飯田蛇笏「キラヽ」を「雲母」と改題　萩原朔太郎『月に吠える』刊　「主婦之友」創刊
一九一八	7年			吉岡禅寺洞「天の川」創刊　武者小路実篤ら「新しき村」建設　与謝野晶子、平塚らいてう、山川菊栄、山田わかが「母性保護論争」を展開　シベリア出兵　米騒動起こる　第一次世界大戦終わる
一九一九	8年	32歳	1月、次男健次郎出生 俳句を始め、年末に「天の川」主宰の吉岡禅寺洞に師事 筑紫郡住吉町蓑島の借家に居住	「改造」創刊

一九二〇	9年	33歳	4月、「天の川」、「ホトトギス」に投句を始める 5月、「天の川」に〈警報燈魔の眼にも似て野分かな〉初入選 6月、「ホトトギス」雑詠欄に〈いつも此溝破れ鍋沈み田螺かな〉初入選 6月、「天の川」の第一回婦人俳句会に出席し、長谷川零餘子を識る 8月、「天の川」で〈伏し重つて清水掬ぶや生徒達〉など七句で初巻頭 8月、「ホトトギス」で〈短夜や乳ぜり泣く児を須可捨焉乎〉など七句で初巻頭　日野草城を識る	日野草城、鈴鹿野風呂「京鹿子」創刊 戦後恐慌始まる 平塚らいてう、市川房枝らによる新婦人協会発足
一九二一	10年	34歳	俳句の主観、季の問題に悩む　日常生活に忙殺される　句作を中止 9月、三女淑子出生	原石鼎「鹿火屋」、長谷川零餘子「枯野」創刊 プロレタリア文学論おこる
一九二二	11年			佐々木綾華「破魔弓」創刊
一九二三	12年			関東大震災
一九二四	13年			アルス社『子規全集』刊行開始 婦人参政権獲得運動盛ん

一九二五	14年	38歳	吉仁が肋膜炎のため休学	横山白虹が幹事で九大俳句会の第一回句会　清原枴童「木犀」創刊 治安維持法公布　普通選挙法公布　不景気でストライキ多発
一九二七	昭和2年	40歳	執筆活動を再開　草城の句集『花氷』に跋文を書く	草城『花氷』刊　水原秋桜子が連作「筑波山縁起」発表 金融恐慌始まる　第一次山東出兵
一九二八	3年	41歳	10月、ホトトギス第二回関西俳句大会が福岡市第一公会堂で開催され、より江、久女とともに参加	虚子「花鳥諷詠」の講演　第二回ホトトギス関西俳句大会 久保より江『より江句文集』刊　秋桜子が「破魔弓」を改題し「馬酔木」主宰 第一回普通選挙実施
一九二九	4年	42歳	浜田町（現、福岡市中央区草香江）に自宅新築、転居 4月、「門司新報」に小説「格子戸の中」を連載 12月、第一回学生俳句大会（九大俳句会主催）で選者を務める 句集出版の話があり、虚子から序句、禅寺洞から序文を貰う	改造社『現代日本文学全集』第38篇〈現代短歌集・現代俳句集〉刊　小林多喜二『蟹工船』刊 世界恐慌始まる　不況が進み、労働・小作争議頻発

西暦	和暦	年齢	事項	社会・俳壇
一九三〇	5年	43歳	台風で家が損傷、句稿が濡れるなどの事情で、句集出版を断念 12月、第二回学生俳句大会（九大・福岡高等学校俳句会主催）で講演 12月、夫伴蔵が粕屋郡立粕屋農学校校長になる 腹部の傷の化膿により、横山白虹の手術を受け、入院	秋桜子『葛飾』刊　星野立子「玉藻」、山口青邨「夏草」、長谷川かな女「水明」創刊　一石路、橋本夢道らがプロレタリア俳誌「旗」創刊 林芙美子『放浪記』刊 労働争議激増
一九三一	6年	44歳	4月、粕屋郡長者原の農学校校長官舎に転居 4月、虚子選日本新名勝俳句で銀賞入選 12月、第三回学生俳句大会で、選者を務める	秋桜子が「自然の真と文芸上の真」発表し、「ホトトギス」離脱　「プロレタリア俳句」創刊 満州事変始まる 不況激化
一九三二	7年	45歳	4月、長女澄子、横山白虹の媒酌で山藤一雄と結婚 ホトトギスの山陰俳句大会に出席 禅寺洞が「天の川」に「私の立場を語る」発表	杉田久女が「花衣」創刊するも5号で廃刊後、「ホトトギス」同人になる 阿部みどり女「駒草」創刊　山口誓子『凍港』、禅寺洞『銀漢』、蛇笏『山廬集』刊 第一次上海事変おこる　満州国建国　5・15事件おこる　愛国婦人会が婦人報国運動展開

西暦	和暦	年齢	しづの女の事項	俳壇・社会の事項
一九三三	8年	46歳	1月25日、夫伴蔵が脳溢血のため急逝　享年48 官舎を出て、福岡市春吉町の借家に転居	平畑静塔「京大俳句」創刊　「俳句月刊」が「連作俳句研究特集号」　新興俳句興隆期となる ナチスが政権獲得　国際連盟脱退
一九三四	9年	47歳	福岡県立図書館に出納手（児童閲覧室係）として勤務 4月、長男吉仰が旧制福岡高等学校文科独類（乙）に入学 6月、ホトトギス同人に推挙される	改造社より総合俳句誌「俳句研究」創刊　草城の連作「ミヤコ・ホテル」が論議を呼ぶ　中原中也『山羊の歌』刊
一九三五	10年	48歳	禅寺洞、より江、河野静雲などの協力でしづの女の短冊頒布会を催し、その資金で浜田町の敷地内に小さな別棟を建て、母屋を貸し家賃を家計にまわす 9月、〈緑蔭や矢を獲ては鳴る白き的〉で二度目の「ホトトギス」巻頭	草城「旗艦」創刊　「天の川」に無季俳句欄創設　誓子『黄旗』刊　誓子が「ホトトギス」を離脱し、「馬酔木」に参加
			9月、久保猪之吉が九州帝国大学を退官　久保夫妻の送別会に出席	
一九三六	11年			禅寺洞、草城、久女がホトトギス同人から除名 中村草田男『長子』刊 2・26事件おこる

一九三七	12年	50歳	3月、吉伯（俳号龍骨）が友人と高等学校俳句連盟を設立 4月、吉伯が九州帝大農学部林学科に進学し、機関誌「成層圏」を創刊　しづの女は顧問として会員を指導する 6月、長女澄子一家が台湾に赴任	横山白虹「自鳴鐘」創刊　虚子『五百句』、立子『立子句集』刊 盧溝橋事件勃発　日中戦争始まる　第二次上海事変　愛国婦人会の活動活発化
一九三八	13年	51歳	4月、次男健次郎が鹿児島の旧制第七高等学校造士館理科に入学 7月、吉伯は林学の実習で樺太、北海道に旅行 8月、横山白虹、吉伯とともに橋本多佳子の櫓山荘に招かれる	『ホトトギス雑詠選集』刊　戦火想望俳句が詠まれる 火野葦平『麦と兵隊』刊 国家総動員法公布
一九三九	14年	52歳	1月、上京し虚子の紹介で政府要人を訪れ、長女一家の帰国への配慮を依頼　腎臓炎が慢性化 1月、草田男が「成層圏」顧問に復活 4月、図書館を辞して、ヘルニアの手術 9月、吉伯が九大農学部の朝鮮山林見学旅行に参加	加藤楸邨『寒雷』、石田波郷『鶴の眼』、草田男『火の島』刊　楸邨、波郷、草田男に人間探求派の呼称が与えられる 春ごろ草田男を指導者とした成層圏東京句会が発足　以後17年末まで月一回句会が開かれる ノモンハン事件おこる　第二次世界大戦始まる

西暦	和暦	年齢	しづの女	俳壇・社会
一九四〇	15年	53歳	2月、吉仰が入院、手術を受け、退院後は大分県の温泉で湯治療養　しづの女は中耳炎を患う 3月、吉仰が九州帝大農学部林学科卒業、研究室副手となる 8月、吉仰が「成層圏」刊行について、市警察から出頭命令を受ける 10月、しづの女の句集『颱』を三省堂より出版 11月、内務省の命令で福岡警察署より「成層圏」廃誌命令が下る　福岡俳句作家協会が組織され、横山白虹、しづの女が顧問となる	京大俳句事件がおこる 三省堂より「俳苑叢刊」28巻（中村汀女『春雪』、立子『鎌倉』、東鷹女『向日葵』）刊 大政翼賛会結成　日本俳句作家協会設立、会長に虚子 左翼出版物の弾圧強化　「天の川」新興俳句の名を放棄する宣言 日独伊三国同盟調印
一九四一	16年	54歳	3月、健次郎が七高理科甲類卒業　しづの女は次女淳子に付き添われて卒業式に出席 4月、健次郎が九州帝大工学部応用化学科に入学 6月、「成層圏」休刊 12月、三女淑子が福岡女子専門学校文科研究科を繰り上げ卒業	橋本多佳子『海燕』、鷹女『魚の鰭』、草田男『万緑』、茅舎『白痴』、富沢赤黄男『天の狼』刊　河野静雲「冬野」創刊　より江没 秋元不死男ら検挙　新興俳句誌、プロレタリア俳句誌の弾圧　出版用紙配給割当規定発表　出版規制強化 国民学校令公布　改正治安維持法公布　ゾルゲ事件　防空ずきん、ゲートル、もんぺの日常化 12月、太平洋戦争始まる

西暦	昭和	年齢	事項	社会
一九四二	17年	55歳	吉伯が九州帝大大学院に進学 4月、次女淳子が望田慶次郎と結婚 9月、健次郎に応召状来る	日本文学報国会設立 ミッドウェー海戦
一九四三	18年	56歳	3月、健次郎が九州帝大工学部応用化学科卒業　大学院特別研究生となり、兵役を免除される 7月、吉伯が「成層圏たより」第一集刊行 三女淑子が肺浸潤となり入院 吉伯応召（健康上の理由で即日除隊）　日本文学報国会より、傷痍軍人慰問行を嘱託される	理工学系以外の学生の徴兵猶予停止　女子勤労動員促進決定 ガダルカナル島撤退　アッツ島玉砕
一九四四	19年	57歳	秋、吉伯が結核のため九大付属病院に入院	当局より俳句雑誌の統合要請 国民総武装閣議決定　学徒動労令、女子挺身勤労令　神風特攻隊　サイパン島、グアム島玉砕
一九四五	20年	58歳	6月、福岡空襲のため、吉伯は自宅療養を命ぜられる 8月5日、吉伯没　享年30 秋、郷里行橋の農地を確保するために粗末な小屋を建て、五反の田を耕す　収穫した米を福岡の家族に運ぶ	「石楠」「馬酔木」「雲母」「ホトトギス」など休刊 米軍による日本本土大空襲本格化 8月、広島・長崎に原爆投下　日本無条件降伏　太平洋戦争終結　婦人参政権実現

西暦	年	歳	事項	社会
一九四六	21年	59歳	6月、健次郎が西理子と結婚し、浜田町の家に同居	久女没　成層圏東京句会の会員を中心に草田男主宰「万緑」創刊　久保田万太郎「春燈」、大野林火「濱」、松本たかし「笛」、下村槐太「金剛」、皆吉爽雨「雪解」、沢木欣一「風」、篠田悌二郎「野火」、波郷「現代俳句」、中島斌雄「麦」など俳誌創刊あいつぐ　休刊中の俳誌が復刊　桑原武夫「第二芸術」　新選挙法による総選挙　第一次農地改革始まる　日本国憲法公布　インフレが急進し、深刻な食糧難　発疹チフスなど大流行
一九四七	22年	60歳	4月、淑子が九州帝大法文学部文科に入学	汀女「風花」創刊　6・3制教育制度実施　日本国憲法施行　改正民法公布、旧法の家制度廃止
一九四八	23年	61歳	10月、健次郎が九州帝大工学部助教授となる	誓子「天狼」、多佳子「七曜」、髙柳重信「弔旗」創刊　かな女『雨月抄』刊　国連総会で世界人権宣言採択

一九四九	24年	62歳	九大俳句会の指導を始める　高血圧と糖尿病に苦しむ	草城「青玄」創刊　桂信子『月光抄』、石橋秀野『桜濃く』刊
一九五〇	25年	63歳	3月、淑子が九州大学文学部哲学科（西洋哲学・哲学史専攻）卒業 8月、健次郎が妻子と共に家を出て、近くのアパートに別居 九大俳句会指導を健康上の理由で中断 暮に母フジが赤痢に罹患	波郷『惜命』、不死男『瘤』、立子『笹目』刊 朝鮮戦争始まる（～53年休戦）
一九五一	26年	64歳	1月18日、母フジ没 6月、肝臓病悪化のため、九大付属病院に入院 8月3日、腎臓炎のため没　享年64	サンフランシスコ講和条約・日米安全保障条約調印

竹下健次郎編『解説 しづの女句文集』、中島秀子編「竹下しづの女集」、図録「吉岡禅寺洞と『天の川』」、図録「銀の爪紅の爪」、『竹下しづの女・龍骨句文集』に付された年譜および、鷹羽狩行ほか監修『現代俳句大事典』、村松定孝ほか編『現代女性文学辞典』などを参照し、坂本宮尾が作成

書誌

主要文献

竹下しづの女『ホトトギス同人句集』麻田椎花編　三省堂　一九三八（昭和13）年12月［自選の五十句収録］

――『颱』三省堂［俳苑叢書］一九四〇（昭和15）年10月［編年体による自選の三百三十五句］

――「〝颱〟拾遺」、「俳句研究」一九四一（昭和16）年4月

――『ホトトギス同人第二句集』かに書房　一九四八（昭和23）年7月［自選の五十句収録］

――『定本 竹下しづの女句文集』香西照雄編　星書房　一九六四（昭和39）年3月［俳句篇として、『颱』収録句にしづの女の句帳メモに残っていた七十二句を追加、また『颱』刊行以降の作品として、「ホトトギス」、「俳句研究」、「成層圏」より藤野房彦が抽出したものから香西が選んだ句を加え、「万緑」（昭26・11）のしづの女追悼特集所収の中村草田男選の六十四句も加え、五四〇句を編年体で収録。制作年代不明の句は、香西が推定したとある。また、しづの女の随想四編、俳論三編、草田男、香西によるしづの女作品の鑑賞、吉岡禅寺洞、日野草城による句集用の序文を併せて収録。

　しづの女の全貌がわかる重宝な本であり、これまでのしづの女に関する論考の多くはこの版に依拠している。ただし、この版ではしづの女が自選した『颱』収録句と、選外の句が同列に扱われ区別がつかないこと、『颱』と表記に相違があることに留意する必要がある。望ましくは、今後『颱』を原本通りに復刻し、割愛された句を補遺として収録する編集の出版であろう］

――『颱』『現代俳句大系』第三巻　角川書店　一九七二（昭和47）年8月〔解題は香西照雄〕

――「竹下しづの女集」中島秀子編　『現代女流俳句全集　第一巻』講談社　一九八一（昭和56）年6月〔『定本 竹下しづの女句文集』を底本とし、その後に発掘された七十三句を追加〕

――「竹下しづの女『颱』」『現代俳句集成』第七巻　河出書房新社　一九八二（昭和57）年1月〔三橋敏雄の解説は新興俳句の消長を詳述〕

――『解説 しづの女句文集』竹下健次郎編　梓書院　二〇〇〇（平成12）年10月〔作品を制作年順に配列し、作品ごとに各種の鑑賞文を紹介。さらに健次郎が家族の立場から解説を加えた。七六二句収録〕

――『句碑建立記念 竹下しづの女』竹下しづの女句碑建立期成会編　一九八〇（昭和55）年3月〔しづの女の文章およびしづの女に関する作品論、作家論と資料を包括的に収録〕

――『竹下しづの女・龍骨句文集』神谷優子編　福岡市文学館選書　二〇一七（平成29）年3月〔『定本 竹下しづの女句文集』を底本とし、併せて竹下龍骨の句を「成層圏」から収録〕

竹下淑子『回想のしづの女』私家版　二〇〇二（平成14）年2月〔娘から見た母しづの女の思い出〕

「成層圏」学生俳句連盟　創刊号〈一九三七（昭和12）年4月〉～第十五冊（終刊号）〈一九四一（昭和16）年5月〉全十五冊〔現在までに福岡市総合図書館、日本現代詩歌文学館、俳句文学館（コピー）に収蔵が確認できた〕

「成層圏たより」一九四三（昭和18）年7月〔福岡市総合図書館所蔵の一冊のみ現存〕

主な引用・参照文献（項目毎に発行年順に配列）

竹下しづの女の主な評論・随筆

竹下しづの女「自句自解」、「天の川」一九二一（大正10）年1月

――「おくがきに代へて」『草城句集（花氷）』京鹿子発行所一九二七（昭和2）年6月

――「恨草城子之記」、「天の川」一九二八（昭和3）年1月

――「雑言」、「天の川」一九三一（昭和6）年2月

――「雑言（若きインテリへの婆言）」、「天の川」一九三一（昭和6）4月

――「句作の実際的一理論」、「天の川」一九三一（昭和6）年6月

――「懐旧」、「天の川」一九三二（昭和7）3月

――「雪折れ笹」「福岡日日新聞」一九三三（昭和8）年4月1日、2日

――「公開状」、「天の川」一九三三（昭和8）年5月

――「期待の幻滅」、「俳句研究」一九三五（昭和10）年9月

――「かな女・久女・みどり女・あふひ・せん女・淡路女・三巴女諸氏」、「俳句研究」一九三五（昭和10）年10月

――「女性と俳句」、「俳句研究」一九三七（昭和12）年8月

――「立子句集寸観」、「俳句研究」一九三八（昭和13）年5月

――「句評〈鶯や白黒の鍵楽を秘む　友次郎〉」、「ホトトギス」一九三八（昭和13）年10月

――「新蝶古雁」、「成層圏」一九三八（昭和13）年10月

――「盆の月」、「ホトトギス」一九四〇（昭和15）年10月

――「妄執」、「冬野」一九四一（昭和16）年6月

――「美しき陰翳（久保より江夫人の追憶）」、「俳句研究」一九四一（昭和16）年8月

――「愛誦句と秘誦句」、「俳句研究」一九四三（昭和18）年2月

――「作品月評」、「俳句研究」一九四三（昭和18）年9月

竹下しづの女に関する作品・作家論および女性俳句関連

杉田久女「大正女流俳句の近代的特色」、「ホトトギス」一九二八（昭和3）年2月［以下久女の文章は『杉田久女全集』第二巻〈立風書房　一九八九（昭和64）年8月〉に再録］

――「近代女流の俳句」、「サンデー毎日」一九二八（昭和3）年4月
――「近代世相の反影」、「天の川」一九三一（昭和6）年4月
――「女流俳句を味読す」、「花衣」一九三二（昭和7）年3月
――「九州の女流俳人を語る」、「女性風景」一九三五（昭和10）年5月
香西照雄「竹下しづの女――現代俳句鑑賞」、「俳句研究」一九五三（昭和28）年7月［『香西照雄著作集』第三巻に再録］
――「『成層圏』と竹下しづの女」、「俳句研究」一九六一（昭和36）年1月
――「成層圏とその終末」、「俳句」一九六一（昭和36）年2月
――「『成層圏』時代」、「俳句研究」一九六二（昭和37）年2月
――「しづの女」「俳句研究」一九六三（昭和38）年8月
――「師との邂逅」、「俳句」一九七一（昭和46）年8月［『香西照雄著作集』第一巻に再録］
――「竹下しづの女」『近代俳句大観』明治書院　一九七四（昭和49）年11月
――「昭和初期の竹下しづの女」、「俳句研究」一九七五（昭和50）年6月［『香西照雄著作集』第三巻に再録］
柴田白葉女『女流の俳句』河出書房　一九五六（昭和31）年11月
池上不二子『俳句に魅せられた六人のをんな』近藤書店　一九五七（昭和32）年2月
水原秋桜子「現代俳句思潮と句業――久女、しづの女、淡路女、秀野」『現代俳句全集』第六巻　みすず書房　一九五九（昭和34）年2月
中村草田男「しづの女鑑賞」『俳句講座』第六巻　明治書院　一九五九（昭和34）年2月［『定本 竹下しづの女句文集』および『名人×名句×名評集　上』（明治書院　二〇一二（平成24）年8月）に再録］
沢田初枝『はぎ女句集』池上不二子編　短歌研究社

一九六三（昭和38）年6月
――『俳人はぎ女』福田俳句同好会編　桂書房　二〇〇五（平成17）年5月
吉屋信子「女流俳人・はぎ女事件」、「オール読物」一九六五（昭和40）年2月号〔『私の見た美人たち』読売新聞社　一九六九（昭和44）年11月に再録〕
石田波郷・楠本健吉『昭和秀句Ⅰ』春秋社　一九六五（昭和40）年11月〔『新版　昭和秀句Ⅰ』春秋社　二〇〇〇（平成12）年12月〕
轡田　進「しづの女」『現代俳句鑑賞辞典』水原秋桜子編　東京堂出版　一九七四（昭和49）年4月
大野林火「竹下しづの女　鑑賞」『日本の詩歌・俳句集』中公文庫　一九七六（昭和51）年12月
上野さち子『近代の女流俳句』桜楓社　一九七八（昭和53）年6月
――『女性俳句の世界』岩波新書　一九八九（昭和64）年10月
平井照敏ほか編『女流俳句の世界』有斐閣選書　一九七九（昭和54）年8月
西村和子「竹下しづの女を読む」、「若葉」一九九二（平成4）年11月～一九九三（平成5）年3月〔『西村和子集』邑書林　二〇〇四（平成16）年3月に再録〕
宇多喜代子『イメージの女流俳句』弘栄堂　一九九五（平成7）年1月
――『ひとたばの手紙から――女性俳人の見た戦争と俳句』邑書林　一九九五（平成7）年7月
――『女性俳句の光と影――明治から平成まで』日本放送協会　二〇〇八（平成20）年7月
鈴木伸一「しづの女の沈黙」、「俳壇」一九九五（平成7）年8月
坂本宮尾「竹下しづの女」『現代俳句大事典』鷹羽狩行ほか監修　三省堂　二〇〇八（平成20）年8月
神谷くに子（鳴戸奈菜）「近代女性俳句の出発――『ホトトギス』と竹下しづの女」、共立女子大学「研究叢書」一九九八（平成10）年2月〔『詩の旅』現代俳句協会　二〇一八（平成28）年11月に再録〕
尾形仂編『新編　俳句の解釈と鑑賞事典』笠間書院　二〇〇〇（平成12）年11月

阿木津英『折口信夫の女歌論』五柳書院　二〇〇一（平成13）年10月
中嶋秀子『黎明期の女流俳人』角川書店　二〇〇一（平成13）年11月
宗田安正『昭和の名句集を読む』本阿弥書店　二〇〇四（平成16）年1月
寺井谷子「激しく瞬時を生きて　竹下しづの女」『鑑賞女性俳句の世界』第一巻　角川学芸出版　二〇〇八（平成20）年1月
秋山素子『俳人・竹下しづの女――豊葦原に咲いた華』北溟社　二〇一二（平成24）5月
――『詩から死へ　安楽死・尊厳死をどう受け止めますか』幻冬舎　二〇一六（平成28）年7月
谷村鯛夢『胸に突き刺さる恋の句――女流俳人百年の愛とその軌跡』論創社　二〇一三（平成25）年3月
坂本宮尾『真実の久女――悲劇の天才俳人　1890-1946』藤原書店　二〇一六（平成28）年10月

俳句史および社会背景

吉岡禅寺洞『吉岡禅寺洞文集』吉岡禅寺洞文集刊行会　一九七一（昭和46）年12月
村山古郷『明治俳壇史』角川書店　一九七八（昭和53）年9月
――『大正俳壇史』角川書店　一九八〇（昭和55）年11月
――『昭和俳壇史』角川書店　一九八五（昭和60）年10月
北垣一柿『吉岡禅寺洞覚書』三元社　一九八一（昭和56）年1月
女性史総合研究会編『日本女性史』第四巻　東京大学出版会　一九八二（昭和57）年5月
村松定孝ほか編『現代女性文学辞典』東京堂出版　一九九〇（平成2）年10月
井上洋子「紅塵を肉として――竹下しづの女と『成層圏』」、「叙説」一九九〇（平成2）年8月
――『柳原白蓮』西日本新聞社　二〇一一（平成23）年10月

小山静子『良妻賢母という規範』勁草書房　一九九一（平成3）年10月
上野千鶴子『近代家族の成立と終焉』岩波書店　一九九四（平成6）年3月
稲畑汀子監修『ホトトギス巻頭句集』小学館　一九九五（平成7）年10月
稲畑汀子編著『よみものホトトギス百年史』花神社　一九九六（平成8）年12月
総合女性史研究会編『史料にみる日本女性のあゆみ』吉川弘文館　二〇〇〇（平成12）年11月
川名　大『現代俳句――名句と秀句のすべて　下』ちくま学芸文庫　二〇〇一（平成13）年6月
――「昭和俳句の軌跡――解説にかえて」『昭和俳句作品年表（戦前・戦中篇）』現代俳句協会　二〇一四（平成26）年9月
――『昭和俳句の検証――俳壇史から俳句表現史へ』笠間書院　二〇一五（平成27）年9月
福岡市文学館編『「天の川」俳句集　十四人選』福岡市文学館　二〇〇七（平成19）年11月
黒岩比佐子『明治のお嬢さま』角川選書　二〇〇八（平成20）年12月
湯沢雍彦『大正期の家族問題――自由と抑圧に生きた人びと』ミネルヴァ書房　二〇一〇（平成22）年5月
森まゆみ『「青鞜」の冒険――女が集まって雑誌をつくるということ』平凡社　二〇一三（平成25）年6月
岸本マチ子『吉岡禅寺洞の軌跡』文學の森　二〇一三（平成25）年11月

「成層圏」周辺

金子兜太『愛句百句』講談社　一九七八（昭和53）年6月
――『わが戦後俳句史』岩波新書　一九八五（昭和60）年12月
――『遠い句近い句――わが愛句鑑賞』富士見書房　一九九三（平成5）年4月
――『あの夏、兵士だった私』清流出版　二〇一六（平成28）年8月

香西照雄『香西照雄著作集』全四巻　香西隆子編　私家版　一九九二（平成4）年3月
小沢眞人ほか『赤紙――男たちはこうして戦場へ送られた』創元社　一九九七（平成9）年7月
田島和生『新興俳人の群像――「京大俳句」の光と影』思文閣出版　二〇〇五（平成17）年7月
中村草田男『中村草田男全集』第十六巻　選評集Ⅰ　みすず書房　一九八五（昭和60）年3月
――『中村草田男全集』別巻　一九九一（平成3）年12月
梯久美子『昭和二十年夏、僕は兵士だった』角川文庫　二〇一一（平成23）年6月
樽見　博『戦争俳句と俳人たち』トランスビュー　二〇一四（平成26）年2月
荒木田隆子『子どもの本のよあけ――瀬田貞二伝』福音館書店　二〇一七（平成29）年1月
坂本宮尾「青春の兜太――「成層圏」の師と仲間たち」『存在者　金子兜太』黒田杏子編著　藤原書店　二〇一七（平成29）年4月

福岡県の教育史など

桜井　役『女子教育史』増進堂　一九四三（昭和18）年2月
福岡県教育委員会編『福岡県教育史』一九五七（昭和32）年3月
鳥飼里の会編『福岡県女子師範学校誌』一九七三（昭和48）年5月
粕屋郡教育研究所編『粕屋郡教育史』一九七四（昭和49）年1月
福岡県教育百年史編さん委員会編『福岡県教育百年史』第二巻　福岡県教育委員会　一九七八（昭和53）年11月
――『福岡県教育百年史』第五巻　通史編Ⅰ　福岡県教育委員会　一九八〇（昭和55）年9月
――『福岡県教育百年史』第六巻　福岡県教育委員会　一九八一（昭和56）年3月
井上義巳『福岡県の教育史』思文閣　一九八四（昭和59）年11月

北九州市史編さん委員会編『北九州市史　近代・現代（教育・文化）』北九州市　一九八六（昭和61）年12月
西日本図書館学会編『九州図書館史』千年書房　二〇〇〇（平成12）年11月
行橋市市史編纂委員会編『行橋市史』上・中・下・資料編　二〇〇四（平成16）年10月～二〇〇六（平成18）年3月
平田宗史『「師魂」の継承――福岡教育大学の過去・現在・将来』福岡教育大学後援会運営委員会編　梓書院、二〇〇六（平成18）年8月
坂本麻実子『明治中等音楽教員の研究――『田舎教師』とその時代』風間書房　二〇〇六（平成18）年12月
創立百周年記念誌編集委員会編『福岡県立福岡魁誠高等学校　創立百周年記念誌』福岡県立福岡魁誠高等学校　二〇一三（平成25）年3月

西欧文献の邦訳など

斯邁爾斯（スマイルス）『西国立志編』中村正直訳　自由閣　一八八七（明治20）年1月［サミュエル・スマイルズ『西国立志編』講談社学術文庫　一九八一（昭和56）年1月］
ジョン・キーツ『キイツの詩』（田山）花袋訳　隆文館　一九〇五（明治38）年10月
パーシー・ビュシュ・シェリー『含羞草』木村鷹太郎訳　武林堂　一九〇七（明治40）年9月
――『シェリーの詩論と詩の擁護』横山有策著訳　早稲田泰文社　一九二三（大正12）年5月
――『シエリーの詩集』松山敏訳　崇文舘書店　一九二四（大正13）年6月
――『シェリィ研究』荻田庄五郎註訳　研究社　一九四三（昭和18）年9月
――『シェリ詩選』星谷剛一訳　新月社　一九四八（昭和23）年9月
バイロン、シェリー『バイロン シエリイ 二詩人詩集』正富汪洋訳　目黒分店　一九二一（大正10）年
齋藤　勇「Shelley と Keats」、『シェリ研究』研究社　一九二三（大正12）年2月
ジョージ・ゴードン・バイロン『泰西名詩選集バイロ

ン詩集』幡谷正雄訳　一九二四（大正13）年4月
ナタネール・ホーソン『緋文字』佐藤清訳　日本基督教興文協会　一九一七（大正6）年6月［N・ホーソーン『完訳　緋文字』八木敏雄訳（岩波文庫）一九九二（平成4）年12月］
ドナルド・キーン『日本文学の歴史』第十六巻　中央公論社　一九九六（平成8）年11月
――『日本文学史――近代・現代篇』第八巻　中公文庫　二〇一二（平成24）年9月

その他

末松房泰編『冠詞例歌集』博文館　一九〇〇（明治33）年4月
高浜虚子「『雑詠選集』雑記（一）」「ホトトギス」一九二三（大正12）年1月
高浜虚子選『日本新名勝俳句』大阪毎日新聞社・東京日日新聞社　一九三一（昭和6）年4月
高浜年尾『俳句ひとすじに』新樹社　一九七六（昭和51）年2月
竹下健次郎「母・しづの女の俳句と私」、「西日本新聞」一九九二（平成4）年6月21日
――『パロディスト教授のつぶやき』梓書院　一九九四（平成6）年9月
――歌文集『韋駄天』梓書院　二〇〇八（平成20）年5月
中村弓子『わが父 草田男』みすず書房　一九九六（平成8）年3月
横山房子「しづの女さんのこと」『えにし 俳句侶行』角川書店　一九九八（平成10）年9月
城戸淳一『京築の文学風土』海鳥社　二〇〇三（平成15）年3月
光畑浩治『ふるさと私記』海鳥社　二〇〇六（平成18）年6月
藤沢周平『雲奔る』中公文庫　二〇一二（平成24）年5月

雑誌・図録など

吉岡禅寺洞「私の立場を語る」、「『天の川』一九三二（昭

和7）年12月
阿部みどり女「しづの女・立子・多佳女・汀女・妙子諸氏」、「俳句研究」一九三五（昭和10）年10月
「万緑」（竹下しづの女追悼集）一九五一（昭和26）年11月
　香西照雄『成層圏』と竹下先生」
　藤野房彦「晩年の竹下先生」
　川門清明「竹下静廼先生――万緑以前の事ども」
　田中志津夫「青葦――竹下しづの女先生について」
　里井彦七郎「竹下先生を憶う」
橋本多佳子「片蔭」、「万緑」一九五二（昭和27）年2月
清水万里子「竹下しづの女の十数句鑑賞」、「万緑」一九六〇（昭和35）年9月
座談会『成層圏』を偲んで」、「俳句研究」一九六三（昭和38）年5月
片岡片々子「リバイバル　竹下しづの女」、「冬野」一九六四（昭和39）年7月
横山白虹「俳句雑感――久女としづの女」、「自鳴鐘」一九七〇（昭和45）年5月
――「女人高邁――竹下しづの女の思い出」、「読売新聞」一九七九（昭和54）年8月1日
西村弥生「竹下しづの女――人と作品」、「泉」一九七七（昭和52）年10月
増田　連「竹下しづの女のこと――女流俳壇の先達」、「西日本新聞」一九七九（昭和54）年9月8日
「俳句とエッセイ」（特集「女流俳句の先駆者たち」）一九七九（昭和54）年11月
　野沢節子「竹下しづの女」
　平井照敏「いのちのうた」
　石田勝彦「竹下しづの女の作品と生涯――緑蔭の的」
和泉僚子「竹下しづの女書簡」「福岡総合図書館研究紀要」第二号、二〇〇一（平成13）年
――「竹下しづの女書簡補遺」「福岡総合図書館研究紀要」第三号、二〇〇二（平成14）年
行橋市図書館編「郷土史ガイド　行橋いいとこ見つけた!!」［図録］　行橋市文化振興公社二〇〇一（平成13）年3月

後藤貴子『われ』を詠む――竹下しづの女小論」、「鬣TATEGAMI」二〇〇二（平成14）年10月

坂本宮尾「竹下しづの女の挑戦――俳句の複雑化を目指して」、「日本現代詩歌研究」第七号　日本現代詩歌文学館　二〇〇六（平成18）年3月

――「久女からしづの女への手紙」、「銀の爪紅の爪」［図録］福岡市文学館　二〇一六（平成28）年11月

――「評伝　沢田はぎ女――「ホトトギス」雑詠欄の女性初巻頭」、「パピルス」創刊号　二〇一八（平成30）年1月

「吉岡禅寺洞と『天の川』――季節の歯車をまわせ」［図録］福岡市文学館　二〇〇七（平成19）年10月

山下知津子ほか「竹下しづの女研究」、「麟」第十八号〈二〇〇七（平成19）年12月〉〜第三一号〈二〇〇九（平成21）年12月〉

小島　健「大正俳句のまなざし――多彩なる作家たち」NHKカルチャーラジオ日本放送出版協会　二〇一〇（平成22）年10月

鬣の会「特集　金子兜太に聞く戦後」、「鬣TATEGAMI」二〇一三（平成25）年11月

「銀の爪紅の爪――竹下しづの女と龍骨」［図録］　福岡市文学館　二〇一六（平成28）年11月

「ゆくはし歴史人物読本」［図録］行橋市教育委員会　二〇一八（平成30）年3月

俳誌「ホトトギス」、「天の川」、「成層圏」、「俳句研究」、「玉藻」、「花衣」、「冬野」、「数の子」「現代俳句」、「万緑」、「俳句」、「山茶花」、「青玄」、「泉」など

新聞「門司新報」、「福岡日日新聞」、「西日本新聞」、「読売新聞」など

雑誌「婦人公論」、「太陽」など

＊本書は書き下ろしであるが、しづの女の俳句史上の位置づけは、「竹下しづの女の挑戦」として、第2章の長谷川零餘子のしづの女推挙の経緯は「久女からしづの女への手紙」として、第8章、第10章の「成層圏」と金子兜太については「青春の兜太」として、第3章の沢田はぎ女については「評伝　沢田はぎ女」として部分的に発表した。

引用句索引

＊本書に引用した竹下しづの女の俳句を五十音順に配列し、参考までに、新仮名遣いで適宜読み仮名をふった。しづの女は漢文調を得意とし、意欲的な破調の句も多く、また句帖が無く作句の過程が不詳であるため、句の読み方を特定することが時に困難である。しづの女の文体の特徴から坂本が推量した読みを示したものである。大方のご教示を賜れば幸いである。なお、原句に付された旧仮名遣いのふりがなについては、本文を参照されたい。

あ行

か行

さ行

た行

な行

は行

ま行

や行

ら行

わ行

ま　行

や　行

ら　行

わ　行

な　行

は　行

た　行

さ　行

人名索引

あ　行

か　行

《図版、写真　出典一覧》　　　＊数字は頁番号

著者紹介

坂本宮尾（さかもと・みやお）

1945年大連生。英文学者、東洋大学名誉教授。
1971年、東京都立大学大学院修了（英米演劇専攻）。のちロンドン大学およびケンブリッジ大学に留学。東京女子大学入学後、1966年同大学の白塔会で山口青邨の指導を受けて俳句を始める。1976年青邨主宰の「夏草」の新人賞を受賞、80年に同人に。90年に「夏草」終刊後、有馬朗人主宰の「天為」・黒田杏子主宰の「藍生」に参加。2004年には評伝『杉田久女』で第18回俳人協会評論賞を受賞。2015年、第6回桂信子賞を受賞。2016年、『真実の久女——悲劇の天才俳人　1890-1946』（藤原書店）刊行。2017年、句集『別の朝』で第5回与謝蕪村賞を受賞。2018年に俳誌「パピルス」を創刊、代表。俳人協会評議員。句集に『天動説』『木馬の螺子』『別の朝』、句文集『この世は舞台』。英文学関係の著書に『オーガスト・ウィルソン——アメリカの黒人シェイクスピア』、訳書にオーガスト・ウィルソン『ジョー・ターナーが来て行ってしまった』『ピアノ・レッスン』『フェンス』等。

竹下しづの女（たけしたしづのじょ）——理性（りせい）と母性（ぼせい）の俳人（はいじん）　1887-1951

2018年 7月10日　初版第1刷発行©

著　者　坂本宮尾
発行者　藤原良雄
発行所　株式会社　藤原書店

〒162-0041　東京都新宿区早稲田鶴巻町523
電　話　03（5272）0301
FAX　03（5272）0450
振　替　00160 - 4 - 17013
info@fujiwara-shoten.co.jp

印刷・製本　中央精版印刷

ISBN978-4-86578-173-1

存在者であること、平和であること

存在者 金子兜太

黒田杏子編著 【題字】金子兜太

白寿を目前に、平和のため、今なお精力的に活動する、超長寿・現役俳句人生の秘訣とは。俳人黒田杏子が明らかに。**口絵「金子兜太アルバム」三二頁**

いとうせいこう／深見けん二／星野椿／木附沢麦青／橋本榮治／横澤放川／A・フリードマン／櫂未知子／マブソン青眼／堀本裕樹／髙柳克弘／中嶋鬼谷／井口時男／坂本宮尾／筑紫磐井ほか

［特別CD付き］金子兜太＋伊東乾「少年I」

A5変上製　三〇四頁　**二八〇〇円**
（二〇一七年三月刊）
◇978-4-86578-119-9

最高の俳句／短歌 入門

語る 俳句 短歌

金子兜太＋佐佐木幸綱

黒田杏子編　推薦＝鶴見俊輔

「大政翼賛会の気分は日本に残っている。頭をさげていれば戦後は通りすぎるという共通の理解である。戦中もかわりなく自分のもの言いを守った短詩型の健在を示したのが金子兜太、佐佐木幸綱である。二人の作風が若い世代を揺すぶる力となることを。」

四六上製　二七二頁　**二四〇〇円**
（二〇一〇年六月刊）
◇978-4-89434-746-5

薄明の峡に詩魂を抱いて生きた、天性の俳人

峡（かい）に忍ぶ

（秩父の女流俳人、馬場移公子（いくこ））

中嶋鬼谷＝編著

序＝金子兜太　跋＝黒田杏子

「意志強く思念純粋な詩美と、清潔感」（金子兜太）。水原秋桜子、石田波郷、桂信子らに高く評価されながら、俳壇の表に出ることを厭い、秩父の「峡」に生きたその七五年の生涯を徹底的に調べ尽くし、句や随筆等の作品を網羅した労作。

四六上製　三八四頁　**三八〇〇円**　**口絵四頁**
（二〇一三年五月刊）
◇978-4-89434-913-1

従来の〝久女伝説〟を覆す、渾身の評伝

真実の久女

（悲劇の天才俳人 1890-1946）

坂本宮尾

高浜虚子の『ホトトギス』同人除名問題などから、根拠のない〝伝説〟が横行していた悲劇の人、杉田久女。その実像に、多くの秀れた俳句を丁寧に鑑賞しつつ、初めて迫る。俳人協会評論賞受賞作に、その後発見された新資料をふまえ加筆された決定版！

四六上製　三九二頁　**三二〇〇円**　**カラー口絵四頁**
（二〇一六年九月刊）
◇978-4-86578-082-6

〝言葉〟から『論語』を読み解く

論語語論

一海知義

『論語』の〈論〉〈語〉とは何か？　孔子は〈学〉や〈思〉、〈女〉〈神〉をいかに語ったか？　そして〈仁〉とは？　中国古典文学の碩学が、永遠のベストセラー『論語』を、その中の〝言葉〟にこだわって横断的に読み解く。逸話・脱線をふんだんに織り交ぜながら、『論語』の新しい読み方を提示する名講義録。

四六上製　三三六頁　**三〇〇〇円**
（二〇〇五年一二月刊）
◇978-4-89434-487-7

中国文学の碩学による最新随筆集

漢詩逍遥

一海知義

「詩言志——詩とは志を言う」。中国の古代から現代へ、近代中国に影響を与えた河上肇へ、そして河上が愛した陸放翁へ——。漢詩をこよなく愛する中国古典文学の第一人者が、中国・日本の古今の漢詩人たちが作品に託した思いをたどりつつ、中国古典の豊饒な世界を遊歩する、読者待望の最新随筆集。

四六上製　三二八頁　**三六〇〇円**
（二〇〇六年七月刊）
◇978-4-89434-529-4

漢詩の魅力を軽妙にそして深く描く、名随筆集

漢詩放談

一海知義

二〇一五年に惜しまれつつ逝去した中国文学の第一人者、一海知義さん。陶淵明・陸游らの漢詩人はもとより、夏目漱石・河上肇など優れた漢詩を残した日本の文人にも目を向け、漢詩の魅力を余すところなく捉えた、著者ならではの名随筆を集成。『著作集』未収録の貴重な随筆集、第一弾。

口絵二頁
四六上製　三六八頁　**三六〇〇円**
（二〇一六年一一月刊）
◇978-4-86578-099-4

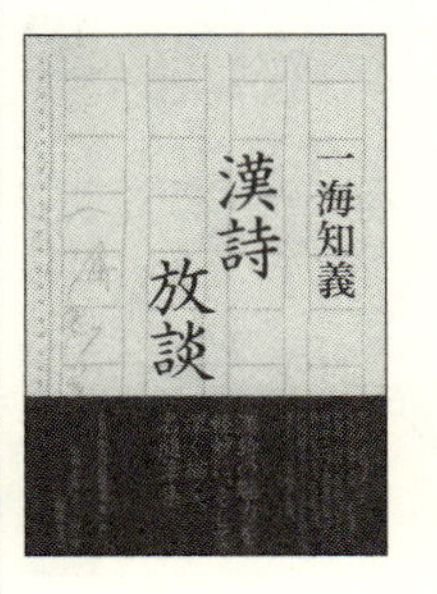

イッカイ先生が語ることばの世界

ことばの万華鏡

一海知義

二〇一五年に惜しまれつつ逝去した中国古典文学の碩学が、漢詩・漢語の豊かな知識を背景に、『いろいろ』づくし」「数字あれこれ」「医術と漢語」「名前・名前・名前」「政治家のことば」などなど、ことばの多様性と歴史の深みをかいま見せてくれる。著作集未収録随筆集、第二弾。

四六上製　四一六頁　**三六〇〇円**
（二〇一七年五月刊）
◇978-4-86578-125-0

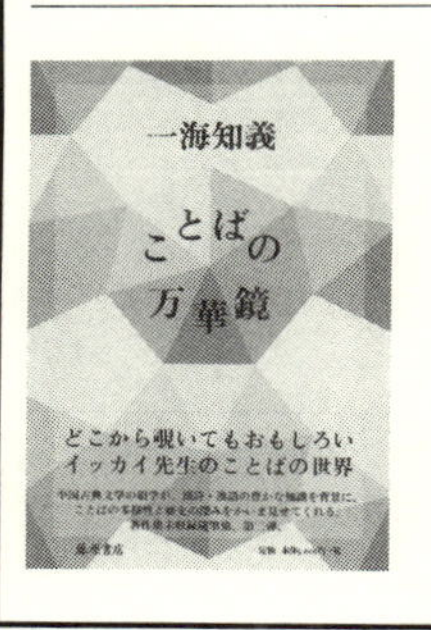

この十年に綴った最新の「新生」詩論

生光　せいこう

辻井喬

「昭和史」を長篇詩で書きえた『わたつみ 三部作』（一九九二〜九九年）を自ら解説する「詩が滅びる時」。二〇〇五年、韓国の大詩人・高銀との出会いの衝撃を受けて、自身の詩・詩論が変わってゆく実感を綴る「高銀問題の重み」。近・現代詩、俳句・短歌をめぐってのエッセイ——詩人・辻井喬の詩作の道程、最新詩論の画期的集成。

四六上製　二八八頁　**二〇〇〇円**
（二〇一一年二月刊）
◇978-4-89434-787-8

「景と心はひとつ」

和歌と日本語

（万葉集から新古今集まで）

篠田治美

日本語には、〝自然と人間が一体としてある〟という認識が、奥ふかく織りこまれている——和歌を通して、大自然の律動を聞き、積み重ねられた歴史を受けとめる、日本の生のありようを綴る。

四六変上製　二四八頁　**二四〇〇円**
（二〇一一年一一月刊）
◇978-4-89434-886-8

詩という希望へ

闇より黒い光のうたを

（十五人の詩獣たち）

河津聖恵

尹東柱、ツェラン、ロルカ、リルケ、石川啄木、立原道造、小林多喜二、宮沢賢治、原民喜、石原吉郎……近現代の暗い時空にあらがい、爪を立て、牙を剥かずにはおれなかった「詩獣」たちの叫びに、薄闇の現代を生きる気鋭の詩人が深く共振した、詩論／詩人論の集成。

四六変上製　二四〇頁　**二五〇〇円**
（二〇一五年一月刊）
◇978-4-86578-010-9

「詩」は死んだのか？

詩の根源へ

飯塚数人

「詩」をめぐるイメージが、〝難解〟〝純粋〟な現代詩と、詩と似て非なる「ポエム」に二極化されたかに見える現在、中国古典・生物学・人類学・考古学の知見を横断して、詩の〝根源〟に迫る野心作。音楽と言語が渾然となった「詩」の発生に立ちかえり、自然との一体化・共生の回路がそこに開かれることを跡づけ、詩の魔術的な力の再生への方途を探る。

第10回「河上肇賞」奨励賞受賞

四六上製　二九六頁　**二八〇〇円**
（二〇一八年二月刊）
◇978-4-86578-166-3

〝玄洋社〟生みの親は女性だった！

新版 凛〈近代日本の女魁・高場乱〉

永畑道子

新版序文＝小林よしのり
解説＝石瀧豊美

胎動期近代日本の主役の一翼を担った玄洋社は、どのように生まれ、戦後の日本史の中で、なぜ抹殺されたのか？ 玄洋社生みの親である女医・高場乱の壮絶な生涯を描き切る名作を、新たに解説を加え刊行！

四六上製 二六二頁 **二二〇〇円**
（一九九七年三月／二〇一七年六月刊）
◇978-4-86578-129-8

知られざる逸枝の精髄

わが道はつねに吹雪けり〈十五年戦争前夜〉

高群逸枝著
永畑道子編著

満州事変勃発前夜、日本の女たちは自らの自由と権利のために、文字通り命懸けで論争を交わした。山川菊栄・生田長江・神近市子らを相手に論陣を張った若き逸枝の、粗削りながらその思想が生々しく凝縮したこの時期の、『全集』未収録作品を中心に編集。

A5上製 五六八頁 **六六〇二円**
（一九九五年一〇月刊）
◇978-4-89434-025-1

長谷川時雨、初の全体像

長谷川時雨作品集

尾形明子編＝解説

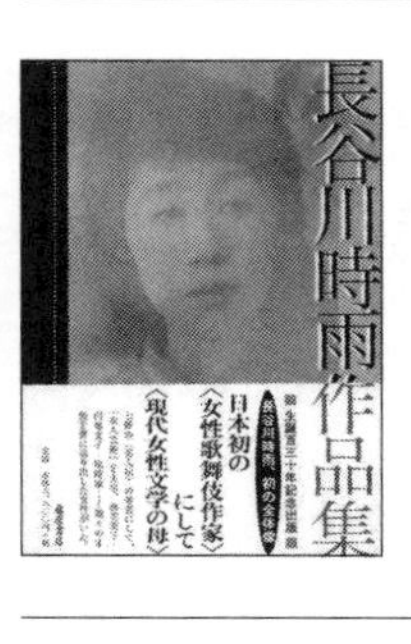

日本初の〈女性歌舞伎作家〉にして〈現代女性文学の母〉、長谷川時雨。七冊の〈美人伝〉の著者にして、雑誌「女人芸術」を主宰、林芙美子・円地文子・尾崎翠……数々の才能を世に送り出した女性がいた。

四六上製特装貼函入 **口絵八頁**
五四四頁 **六八〇〇円**
（二〇〇九年一一月刊）
◇978-4-89434-717-5

林芙美子の真実に迫る

華やかな孤独 作家 林芙美子

尾形明子

誰よりも自由で、誰よりも身勝手で、誰からも嫌われ、そして誰よりも才能に溢れた作家がいた。同時代を生きた女性作家を取材し、戦争の最中、また戦後占領期、林芙美子がどう生きたか、新たな芙美子像を浮彫りにする。『環』好評連載の単行本化。

四六上製 二九六頁 **口絵四頁** **二八〇〇円**
（二〇一二年一〇月刊）
◇978-4-89434-878-3